Berthe Obermanns

Und hinter mir das Nichts

Berthe Obermanns

UND HINTER MIR DAS NICHTS

Roman

Osburg Verlag

Für Jhon

Erste Auflage 2023
Osburg Verlag Hamburg 2023
www.osburgverlag.de

Lektorat: Ulrich Steinmetzger, Halle
Umschlaggestaltung: Judith Hilgenstöhler, Hamburg
Satz: Hans-Jürgen Paasch, Oeste
Druck und Bindung: CPI books GmbH, Leck
Printed in Germany
ISBN 978-3-95510-331-6

Bist du es, Nadja? Ist es wahr, dass das Jenseits, das ganze Jenseits in diesem Dasein ist? Ich höre dich nicht. Wer da? Bin ich allein? Bin ich es selbst?

Aus: André Breton, Nadja

1

»Den Schreck dieses Augenblicks werde ich nie vergessen.« »Du wirst ihn vergessen, es sei denn, du errichtest ihm ein Denkmal.«

Ich wusste, dass er tot war. Ich wusste es sofort.

Der Polizist wiederholte seine Frage: »Ist es richtig, dass Herr Martin Mangold von Ihnen behandelt wurde?«

Wie unbeteiligt er klang. So, als sei das alles nicht wichtig, als spiele der Tod eines Menschen keine Rolle.

Ich fing einen Satz an, verlief mich in meinen Worten, hielt inne. Dann antwortete ich: »Ja.« Nur dieses eine belanglose Wort, nicht mehr. Ich wusste nicht, was ich sonst hätte sagen sollen, welche Reaktion von einer Psychotherapeutin erwartet wurde, deren Patient sich das Leben genommen hatte.

Mein Blick hielt sich an dem Kunstdruck fest, den ich vor etwas mehr als einem Jahr auf dem Flohmarkt gekauft hatte – im Glauben daran, ein abstrahiertes Gehirn sei das ideale Motiv für meine Praxis. Im Nachhinein kam es mir lächerlich vor. Am liebsten hätte ich den Rahmen von der Wand gerissen und mit ihm meine Schuldgefühle, meine Gedanken, all mein Inneres. Denn es war, als sammelten sich zu viele Emotionen in mir, zu viele offene Fragen, als könnte ich ihnen nicht standhalten.

Der Polizist erzählte. Allein habe Herr Mangold das Matterhorn bestiegen, ohne Klettererfahrung und die entsprechende Ausrüstung, von der Bergwacht sei die Leiche Tage später erst gefunden worden, im Rucksack ein Abschiedsbrief. Ob es Hinweise darauf gegeben habe.

»Nein«, antwortete ich. Nichts hatte ich bemerkt, nichts war mir aufgefallen, niemals hätte ich damit gerechnet.

Der Polizist bedankte sich, sagte, dass er gegebenenfalls auf mich zurückkommen werde, und legte auf, als sei nichts gewesen.

Ob er sich morgen überhaupt noch an den Anruf erinnern würde? Wie viele Menschen er wohl schon über einen Suizid informiert hatte? Vermutlich wusste er das selbst nicht mehr. In meiner Vorstellung war er Mitte vierzig, dunkelhaarig, mit einem leichten Bauchansatz und ein paar ersten kahlen Stellen auf dem Kopf. Ich sah ihn vor mir, wie er am Abend nach Hause ging, die Tür aufschloss, seine Schuhe auszog, die Jacke an die Garderobe hängte. Kurz darauf würde er mit seiner Frau zu Abend essen. Na, wie war dein Tag, Schatz?, würde sie fragen. Er würde nicken und antworten: Alles gut, nichts Besonderes.

Ja, nichts Besonderes. Zumindest für ihn nicht. Für ihn stellte der Anruf nur eine unbedeutende Etappe im Laufe eines gewöhnlichen Tages dar, während er mein Leben von einem Moment auf den anderen veränderte.

***

Die nächste Patientin saß schon im Wartezimmer. Ich sagte ihr, dass ich dringend wegmüsse, ein familiärer Notfall, und dass es mir leidtue.

Sie nickte kaum merklich, stand auf, sah bedrückt aus und erzählte noch etwas, während ich sie zur Tür begleitete: von ihrem Enkel, was das Baby schon alles könne, dass es keinen Schnuller wolle und man daran erkenne, was für ein starker Charakter der Kleine sei – ganz die Mama. Immer weiter redete sie. Ich verstand ihre Worte kaum, hörte nicht mehr zu, wollte nachdenken, deshalb öffnete ich demonstrativ die Tür und verabschiedete mich. Langsam ging sie die Treppe hinunter.

Ich schaute ihr nach, bis sie nicht mehr zu sehen war, dann sagte ich die weiteren Termine des Tages ab und zog Herrn Mangolds Patientenakte aus dem Schrank. Hastig blätterte ich zu den Aufzeichnungen, die ich während unserer letzten Sitzung gemacht hatte. Es waren nicht allzu viele, dennoch langweilte ich mich beim Durchlesen beinahe so sehr wie in den wöchentlichen Gesprächen mit meinem Patienten. Mehrmals hintereinander ging ich meine Notizen durch. Aber nein, nichts fiel mir auf, nichts, was ich übersehen oder mir vorzuwerfen hatte, nichts, was seinen Suizid auch nur ansatzweise erklärte.

Es war heiß in der Praxis, seit Wochen hielt sich die warme Luft an der Stadt fest. Kein Wind, keine einzige kühle Böe, nur stinkende Hitze. Ich öffnete das Fenster, sah nach draußen. Menschen wuselten durch die Straßen, irgendwo hupte ein Auto. Ich nahm Grillgeruch wahr und leise Klaviermusik aus einer Wohnung gegenüber. Der verfrühte Sommer zog die Menschen wie ein Magnet aus ihren Wohnungen, es wurde gepicknickt, im See gebadet, Eis gegessen, als ließe es sich nicht aufschieben. Und ich stand in dieser viel zu heißen Praxis und schaute von oben dem Sommer zu, der mit einer solchen Präsenz auf die Stadt gefallen war, dass es wirkte, als hätte es den Winter nie gegeben. Wie schnell sich Realitäten verändern konnten – von jetzt auf gleich.

***

Zu Hause schenkte ich mir ein Glas Wein ein und rief Steffen an. Für einen Moment überlegte ich, ihm von Herrn Mangolds Suizid zu erzählen, doch weil er redete und redete und zwischen seinen Worten keine Pausen entstanden, ließ ich es bleiben. Er sprach von der E-Mail, die ihm das Umzugsunternehmen geschrieben habe, sagte, dass er sich auf Samstag freue, fragte mich, ob ich meine Sachen schon gepackt hätte oder er mir helfen solle, gerne würde er das tun, habe sich extra freigenommen, um alles vorzubereiten. Seine Stimme klang wie immer, auch an der Art, wie er seine Sätze betonte, hatte sich nichts verändert. Er sprach mit mir, wie er immer mit mir sprach, doch an diesem Tag störte ich mich daran, ohne zu wissen warum. Ich hörte ihm nicht mehr zu, dachte stattdessen über die Worte nach, die ich eigentlich sagen wollte. Ich fand sie nicht, hatte nur eine Ahnung davon, doch es war, als müsste ich sie erst entwirren, wie eine dieser dünnen Silberketten, die man achtlos in eine Tasche geworfen hat.

Ich wusste nicht, was mit mir los war, wusste auch nicht, woran es lag, dass ich meine Worte verloren hatte und die kahlen Wände meiner Wohnung mit einem Mal bedrohlich auf mich wirkten. Selbst meine Bewegungen kamen mir sonderbar vor, unnatürlich, unkoordiniert.

»Sara?«, fragte Steffen. Irgendetwas antwortete ich. Ich solle mich ausruhen, sagte er, und es sei sicher nur ein bisschen viel im Moment mit dem Packen, der Praxis, dem Verkauf meiner Möbel.

Nachdem wir uns verabschiedet hatten, ließ ich Wasser in die Wanne laufen in der Hoffnung, ein Bad könnte meine Gedanken beruhigen. Warum hatte Herr Mangold sich ausgerechnet jetzt das Leben nehmen müssen, so kurz vor meinem Umzug? Ich hasste ihn dafür, schämte mich zugleich, so zu denken, und versuchte, meinen Zorn über den Zeitpunkt seines Suizids an einer Stelle irgendwo am Rande meines Gehirns vor mir selbst zu verstecken. Es gelang mir nicht.

Langsam zog ich mich aus, dabei berührten meine kalten Hände meinen Körper und verursachten eine Gänsehaut. Ich betrachtete die kleinen Punkte auf meinem Bauch, meinen Beinen, meine Armen. Schön sahen sie aus, wie sie sich bildeten und wieder verschwanden, immer wieder aufs Neue. Ganz akkurat waren sie nebeneinander angeordnet. Zusammen mit meinen vielen kleinen Muttermalen ergaben sie ein Muster, eine Zeichnung auf meiner Haut. Ich betrachtete die Punkte, die Linien, die Formen, fuhr mit meinem Finger darüber, um meinen Bauchnabel herum, an der Innenseite meines Oberschenkels entlang, zwischen meinen Schamlippen hindurch. Es erregte mich. Warum ich ausgerechnet jetzt – so kurz nach Herrn Mangolds Tod – das Bedürfnis hatte, meinen Körper zu berühren, konnte ich nicht sagen. Ich wusste nur, dass ich mich spüren wollte, immer weiter, von innen wie von außen. Ich legte meine

Hand auf meine Vulva, ließ sie dort liegen, um sie aufzuwärmen, bevor ich sie hin- und herbewegte, erst ganz langsam und sanft, dann immer schneller. Mit Mittel- und Zeigefinger umfuhr ich meine Klitoris, hielt inne, machte weiter, hielt wieder inne – um den Moment, in dem ich alles um mich herum für ein paar Sekunden vergessen würde, länger hinauszuzögern.

***

Obwohl das Wasser zu heiß war und ein Brennen auf meiner Haut verursachte, legte ich mich in die Wanne und tauchte mit dem Kopf unter. Dem Wasser wollte ich mich hingeben und diesem Gefühl von Schwerelosigkeit. Schon als Kind hatte ich es geliebt, schwimmen zu gehen, mich im Wasser treiben zu lassen, unterzutauchen. Unter Wasser zu sein wie die Fische, in einer anderen, ruhigen Welt. Danach sehnte ich mich, alles um mich herum wollte ich ausblenden, von mir werfen. Doch als ich für einen Moment auftauchte, um Luft zu holen, und dabei nur kurz meine Augen öffnete, sah ich die weißen Fliesen, das kalte Licht, die Sterilität dieses Badezimmers, und mit einem Mal drang ein Bild in meinen Kopf: Herrn Mangolds Leiche, wie sie starr und leicht bläulich auf einem Obduktionstisch aus Metall lag. Von irgendwoher trat eine junge Frau in den Raum. Ihr Gesicht konnte ich nicht erkennen, ich sah nur, wie sie anfing, den toten Körper aufzuschneiden. Nein, rief ich in meiner Vorstellung, nein warten Sie, ich habe noch Fragen. Meine Rufe verhallten irgendwo in diesem großen, weißen Saal, die junge Frau schnitt unbeirrt weiter. Sie entfernte Herrn Mangolds Organe, seine Haut, all sein Inneres – so lange, bis er verschwunden war.

Schnell stieg ich aus der Wanne, nahm ein Handtuch vom Halter und ging damit ins Wohnzimmer. Doch auch dort kam ich nicht zur Ruhe. Da war das Bedürfnis in mir, Antworten zu bekommen auf all die Fragen, die seit Herrn Mangolds Tod in mein Gehirn gefallen waren. Es war wie damals, als Kind.

***

Wir lebten im Ortskern von Buhlingen. Das Haus war unscheinbar und sah aus wie die anderen Häuser in diesem Dorf, wie in den umliegenden Orten, wie in der gesamten Gegend. Als Kind glaubte ich, es sei riesig, viel größer, als es tatsächlich war. Zudem noch dunkel und bedrohlich. Immer wieder – bis heute – träume ich davon, im Innern dieses Hauses zu sein und nicht mehr herauszufinden. Es ist einer dieser Träume, die sich so tief ins Gedächtnis legen, dass man sie nicht loswird, so sehr man sich auch bemüht. Und so, wie sich dieser Traum ständig wiederholt, gibt es eine Erinnerung, die sich nicht abschütteln lässt. Im Grunde ist es eine Belanglosigkeit, eine Situation, wie sie vermutlich alle Kinder – so oder so ähnlich – bereits erlebt haben.

In der Schule hatten wir die Metamorphose der Schmetterlinge durchgenommen. Ich fand es faszinierend, wie sich diese hässlichen Larven zu solch schönen Tieren entwickelten, weshalb ich meiner Mutter beim Mittagessen davon erzählen wollte. Am liebsten hätte ich ihr mein Biologiebuch gezeigt, die Bilder der Eier, Larven, Puppen. Doch schon nach wenigen Worten unterbrach sie mich: »Beim Essen wird nicht geredet.«

Ich ärgerte mich, weil ich es hätte wissen müssen, vor allem aber kam ich mir schrecklich wertlos vor, als hätte ich nichts Interessantes zu erzählen, als spielte es keine Rolle, wofür ich mich begeisterte.

Schnell aß ich meinen Pfannkuchen auf, legte die Gabel auf dem Teller ab, lehnte mich zurück und betrachtete meine Mutter – nur darauf wartend, dass auch sie endlich fertig werden würde. Sie aß langsam, schrecklich langsam. Nach jedem Bissen tupfte sie sich den Mund mit einer Serviette ab. Ganz vornehm und bedächtig. Und mit jedem einzelnen Tupfen, jedem Wischen, jedem Mal, wenn sie ihre Hand langsam zu ihrem Gesicht führte, wurde ich ungeduldiger. Erzählen wollte ich – erzählen und fragen, Antworten bekommen.

Sekunden zogen sich zu Minuten, es kam mir vor wie eine Ewigkeit. Und dann, als sie endlich fertig war, erzählte ich von der Verwandlung der Tiere und davon, wie schön die Schmetterlinge im Vergleich zu den Larven und Puppen waren. »Mama, die sehen so schön aus, die Schmetterlinge. Und davor sind sie nur ganz hässliche, graue Päckchen. Frau Kling-Riebel hat erzählt, dass drei Viertel der Insekten, zum Beispiel die Schmetterlinge, aber auch Bienen und Käfer, sich von einem Ei zuerst zu einer Larve entwickeln. Dann verpuppen sie sich, dabei essen sie nichts und können sich gar nicht bewegen. Irgendwann später werden sie zum Imago, so heißt das fertige Tier. Und erst dann können sie fliegen oder krabbeln, davor geht das nicht, wegen dieser Hülle. Meinst du, Gott hat das extra so gemacht? Er hätte doch auch gleich die fertigen Tiere machen können, oder? Das wäre doch einfacher gewesen.«

Meine Mutter schüttelte den Kopf, kniff ihre Augenbrauen zusammen, wie sie es oft tat, und begann, den Tisch abzuräumen.

Am Abend sprach ich sie erneut auf die Metamorphose an. Wieder nur Kopfschütteln, ein »Ach, Sara«, ein kurzes Seufzen und bei mir die Erkenntnis, dass ich keine Antworten bekommen würde. Dieses Mal nicht und in Zukunft auch nicht.

***

Von jetzt auf gleich – seit Herrn Mangolds Suizid – waren sie wieder da, all die Fragen. Ich kniete mich auf den Boden, wie ich es gelernt hatte, richtete Worte und Sätze an einen Gott, von dem ich nicht wusste, ob er existierte, und kam mir lächerlich vor dabei. Was sollte er mir schon sagen, gerade er, der doch schuld war an dem Ganzen.

Ich stand wieder auf, ging zum Fenster. Die Straße lag still im Laternenlicht und wirkte, als hätte sie nichts mit der Welt um sie herum zu tun. Mein Gesicht spiegelte sich in der Fensterscheibe. Für gewöhnlich vermied ich es, mich im Spiegel zu betrachten – nicht etwa, weil ich mich an meinem Äußeren stören würde, an den grünen Augen, meinen langen aschblonden Haaren oder meiner kleinen Nase, den schmalen Lippen. Das war es nicht, es war auch nicht mein Körper, die kleinen Brüste oder die skelettartigen Finger. Es war nichts Objektives, eher so eine Art Gefühl, irgendetwas Unbestimmtes, was dazu führte, dass das Bild von mir selbst mich zwar nicht störte oder anwiderte, aber doch irritierte.

Heute sah ich dennoch hin, heute sah ich mir in die Augen und erschrak ein bisschen, weil es mir vorkam, als betrachtete ich eine völlig fremde Person. Da war eine seltsame Diskrepanz zwischen Außen und Innen.

***

Der nächste Tag verlief wie im Zeitraffer. Die restlichen Dinge packen, den Zweitschlüssel beim Umzugsunternehmen abgeben, einen ersten Koffer zu Steffen bringen, noch einmal zurück in die Wohnung, um alles zu kontrollieren. Ein letztes Mal die Tür ins Schloss fallen hören und dann Ende, dann verabschieden von dem Leben, das meines war.

Im Treppenhaus wurde mir schwindelig. Ich lehnte mich an die kühle Wand und ließ mich daran heruntersinken. So blieb ich sitzen, mit geschlossenen Augen, bis ich die Stimme meiner Nachbarin wahrnahm, dazu ein leichtes Röcheln und eine Hand auf meiner Schulter. »Was ist denn los, Kindchen? Geht es Ihnen nicht gut?«

Ich öffnete die Augen, Frau Ludwig kniete vor mir, ihren keuchenden Mops trug sie wie eine Handtasche unter dem linken Arm. »Brauchen Sie was?«

Ich schüttelte den Kopf, stand aber nicht auf, weil ich noch nicht sicher war, ob meine Beine mich würden tragen können.

Für einen Moment kam es mir sogar so vor, als wäre mein Mund nicht mehr in der Lage, Worte zu erzeugen. Ich versuchte es, vorsichtig, zaghaft, und ja, meine Stimme existierte noch, auch meine Umgebung sah aus wie immer: die gräulichen Wände, das hölzerne Treppengeländer, die Fußmatte vor Frau Ludwigs Tür mit der Aufschrift »Carpe diem«.

»Wollen Sie eine Tasse Tee?«, fragte sie.

Ich ließ mir von ihr aufhelfen und antwortete: »Nein danke, ich hatte nur einen anstrengenden Tag.«

Frau Ludwig schwieg und dann sagte ich doch ja.

Ihre Wohnung war voller Farben, auf dem Küchentisch stand ein Strauß roter Tulpen, und das Licht wirkte gelblich.

»Nehmen Sie doch Platz.«

Sie setzte Wasser für eine Kanne Tee auf, richtete einen Teller mit Gebäck, und sofort kam es mir vor, als sei ich zwanzig Jahre jünger. Ich bemühte mich, es mir nicht anmerken zu lassen, aß ein paar Kekse.

Frau Ludwig setzte sich mir gegenüber an den Tisch. Ihr Körper sah ungewöhnlich weich aus. Dick war sie nicht, es war eher die Haut, die wirkte, als bestünde sie aus einem flauschigen Stück Stoff.

»Blass sehen Sie aus«, sagte sie, bevor sie den Hund auf den Schoß nahm und mit beiden Händen die große Falte in seinem Nacken kraulte.

Steffen übersah so etwas: meine Augenringe, meine aufgesprungenen Lippen und die fahle Haut.

»Der Umzugsstress?«, schob Frau Ludwig hinterher. Ich hatte ihr davon erzählt, vor zwei Wochen, als wir uns zufällig im Treppenhaus begegnet waren, hatte gesagt, wie schön Steffens Haus doch sei und der Garten, dass ich ja ohnehin oft dort sei und wie sehr ich mich freute.

Der Tee schmeckte so, wie Frau Ludwigs Augen aussahen: nach Geborgenheit und Willkommensein. Und dann, mit einem Mal, während ich ihr Gesicht betrachtete, die Falten um ihre Augen und ihren Mund, die grauen Haare und die Hände voller brauner Flecken, fragte ich mich, wie alt sie wohl war, wie lange sie noch zu leben hatte, was nach ihrem Tod aus dieser Wohnung werden würde, aus ihren Sachen und dem Mops, der vor sich hin gurrte und dabei klang wie eine Taube.

»Wann ist der Umzug denn genau?«, fragte Frau Ludwig, unterbrach damit meine Gedanken, und weil ich wusste, dass ich sie nie mehr wiedersehen würde, log ich nicht, wie ich es sonst oft tat, sondern schüttete alles vor ihr aus, und es war, als bildete sie mit ihren Händen eine Schüssel, als finge sie damit meine Worte auf. Immer weiter redete ich, erzählte von Herrn Mangolds Suizid, meinen Schuldgefühlen, der leeren Wohnung, und sie nickte nur. Nickte und sagte, dass ich mich sicher nur ein wenig erholen müsse, ich mich von meinem Freund betüddeln lassen solle, weil das ja immer helfe.

»Ja«, antwortete ich und bedankte mich fürs Zuhören. Sie erwiderte nichts, aber um ihren Mund formte sich ein Lächeln.

Hastig stand ich auf und verabschiedete mich, denn ich ertrug weder die Vorstellung, mich von Steffen trösten zu lassen, noch die Gedanken an den Tod, der von einem Moment auf den anderen wie ein Schatten hinter allen Menschen zu stehen schien, denen ich begegnete.

***

»Guten Morgen, Schatz, es ist schon halb neun, das Umzugsunternehmen ist gleich da.«

Ich hatte schlecht geschlafen, war müde, drehte mich weg, schloss sofort wieder die Augen und kam mir lächerlich vor dabei. Es half nicht, die Hände vors Gesicht zu halten, nur, um die Wahrheit nicht sehen zu müssen. Ich wusste das, so oft schon hatte ich es versucht.

»Ja, ich komme gleich«, sagte ich und blieb liegen, bis von unten die ersten Umzugsgeräusche zu hören waren. Erst dann stand ich auf, putzte mir die Zähne, zog mich um und ging langsam die Wendeltreppe hinunter. Das sollte nun also mein Zuhause werden.

Im Wohnzimmer alles voller Menschen in braunen Kitteln, Steffen dazwischen. Er streckte seine Arme in verschiedene Richtungen, gab Anweisungen, einer der Männer trug eine Kiste auf dem Rücken und stöhnte dabei.

»Das bitte in die Küche, aber Vorsicht, zerbrechlich! Und die Kommode kommt nach oben, erster Stock, zweites Zimmer von links«, sagte Steffen.

Während er redete, stand ich unbeteiligt mitten im Wohnzimmer wie eine Beobachterin, so, als hätte ich nichts zu tun mit den Kartons und Kisten, mit dem, was um mich herum geschah. Ich drehte mich weg und starrte durch die Terrassentür in den Garten, der seine verschiedenen Grüntöne vor mir auffächerte.

Wie sauber hier alles war. Nicht nur dieses Haus und der Garten, sondern der ganze Ort. Keine Zigarettenkippen auf dem Boden, keine Kaugummipapiere, keine Hundehaufen. Alle Straßen sahen gleich aus, die Häuser alle gleich hoch. Es gab nichts, woran sich die Augen festklammern konnten. Ein Dorf wie eine akkurat zugeschnittene, auf Einheitlichkeit getrimmte Fläche. Auch die Gärten fast identisch. Quadratisch und mit einem Zaun nach allen Seiten. Einige mit einem Trampolin in der Mitte, andere mit weißen Plastikmöbeln, auf den Stühlen Polster mit Blumenmuster, die meisten schon ausgeblichen von der Sonne. An den Rändern Rosenstöcke, Beete mit Pflanzen, die ich nicht zuordnen konnte, perfekt zugeschnittener Rasen.

»Kommt der hierhin?«, fragte einer der Männer.

»Jaja, stellen Sie ihn ruhig hier ab«, antwortete ich, ohne zu wissen, was in dem Karton war. Es spielte keine Rolle. Irgendein Teil meiner Existenz steckte darin, wurde verpackt und verschoben an einen anderen Ort. Immer wieder aufs Neue. Doch das Leben blieb dasselbe.

Mit beiden Händen griff ich mir an den Bauch, der seit gestern Abend schmerzte. Ich setzte mich auf die Fliesen und versuchte, das Stechen in meinem Magen zu ignorieren und das Gefühl, als zögen sich meine Organe zu einem kleinen, festen Klumpen zusammen.

Fliesen im Wohnzimmer, wie abartig. Die Kälte wanderte von der Bodenfläche an meinem Körper nach oben, ich stand wieder auf und dachte: Das ist kein Ort für mich.

Die Umzugsarbeiten verfolgte ich wie durch Nebel, es kam mir unwirklich vor, ich sah mich selbst von außen, wie ich unbeweglich im Zimmer stand. Fremd sah ich aus und so, als gehörte ich nicht dazu.

»Wir sind jetzt fertig!«

Steffen schloss die Tür hinter den Arbeitern, küsste mich auf den Mund und fragte: »Freust du dich denn gar nicht?«

»Doch.« Es war eine Lüge. Nein, ich freute mich nicht, ich wollte weg.

***

Natürlich hätte ich Nein sagen können, als Steffen mich gefragt hatte, ob ich zu ihm ziehen wolle. Aber was dann? So oft hatten wir darüber gesprochen, die immergleichen Fragen gestellt, die immergleichen Antworten gegeben, die immergleichen Worte gesagt – er, wie schön es doch sei, wenn wir uns ein gemeinsames Leben aufbauen würden, ich, warum ich dringend noch in der Stadt bleiben müsse in meiner eigenen Wohnung. Das alles wiederholte sich, immer wieder, als hätten wir ein

Drehbuch und müssten nur die Dialoge daraus ablesen. Doch dann, ein bisschen später, fragte er wieder, und es war, als hätte ich meinen Text vergessen. Nichts sagte ich, bemerkte nur das Nicken meines Kopfes, ohne dass ich es hätte steuern können, es passierte einfach. Vielleicht war es ein Impuls unbewusster Loyalität oder die Konsequenz eines dieser ironischen Zwänge, die in den Gegebenheiten der menschlichen Existenz lauern. Vielleicht war es auch nur mein Kopf, der das Nicken ausführte, ohne dass ich daran beteiligt gewesen war. Eine Art Reflex, Automatismus. Ich wusste es nicht, sah nur das Nicken, wie es im Raum stand und hämisch lachte. Tja, Frau Becker, Zeitpunkt verpasst, tut mir leid!

Zunächst freute ich mich ja auch. Oder redete es mir zumindest ein. Vielleicht sehnte ich mich auch nur nach ein wenig Halt, nach einer Art Normalität im Außen, wenn schon im Innern nichts normal war.

***

»Ich liebe dich.«

»Ich dich auch.«

Wir küssten uns.

»Wollen wir was essen gehen? Komm, das haben wir uns verdient, und auspacken können wir auch morgen noch.«

Ich nickte, sagte, dass ich mich noch umziehen müsse. Dann ging ich nach oben ins Schlafzimmer. Es war mir vertraut wegen all der Nächte, in denen ich hier neben und mit Steffen geschlafen, wegen all der Stunden am frühen Morgen, in denen ich wach gelegen und die Vögel vor dem Fenster zwitschern gehört hatte. Es war mir vertraut, doch es war nicht mein Zuhause.

Steffens Möbel, seine Kleidung, nur ein kleines Fach in der Kommode für meine Sachen.

Schnell zog ich mich um und fragte mich dabei, ob ich Steffen von Herrn Mangolds Tod erzählen sollte. Er würde es als etwas Unwichtiges abtun – was es ja eigentlich auch war. Es hatte keine Hinweise auf einen Suizid gegeben, die Gefahr einer Haftung bestand nicht, da war ich mir sicher. Aber darum ging es nicht, es ging um mehr, auch wenn ich zu diesem Zeitpunkt noch nicht wusste, worum genau.

***

Heute, wenige Wochen später, weiß ich noch immer nicht, worum es geht. Zumindest habe ich mittlerweile eine Vorstellung davon. Ich kann es erahnen, erspüren, mehr aber auch nicht. Was ich jedoch sicher sagen und als Wahrheit definieren kann: Seit Stunden sitze ich nun schon hier in der Kälte. Das Matterhorn ragt spitz in den Himmel und sieht aus wie gemalt. Vom Gipfel weht ein eisiger Wind nach unten. Ein paar wenige Bergsteiger sind noch an der Felswand unterwegs. Ihre Stirnlampen leuchten in der Dunkelheit. Ein Leben, zwei, drei, vier – klein und unbedeutend wie mein eigenes, das in wenigen Stunden enden wird. Ja, morgen um diese Zeit werde ich tot sein. Zumindest gehe ich davon aus. Ich fürchte mich nicht davor, die Angst vor dem Sterben ist nicht mehr als ein abstraktes Konstrukt. In diesem Moment, jetzt und hier, bin ich seltsam ruhig, beinahe gelassen, weil es mir gleich ist, ob ich weiterleben werde oder mein Körper an einem Felsen in seine Einzelteile zersplittern wird. Nicht einmal eine Präferenz habe ich, macht es doch ohnehin keinen Unterschied. Das Leben, das meines war, existiert nicht mehr, so oder so. Es hat sich aufgelöst innerhalb weniger Wochen.

Noch immer denke ich über Herrn Mangold nach. Vor allem aber über Nikto. Vor allem über sie: über Nikto, die ich damals noch nicht kannte.

***

Es war ein klarer Abend, der Himmel ohne Wolken. Die Straße menschenleer, kaum Autos fuhren vorüber. Wir passierten die gleichhohen Häuser, ich schaute durch ein geöffnetes Fenster an der Straßenecke, hinter dem eine Familie stumm am Esstisch saß, nur ganz leise hörte man das Klirren von Geschirr.

»Wie schön, dass du jetzt für immer bei mir bist«, sagte Steffen und legte den Arm um meine Hüfte.

»Ja, finde ich auch«, log ich und bemühte mich, die Berührung zu ignorieren, doch seine Finger klebten an meinem Körper. Ich bückte mich, tat so, als würde ich mir den Schuh binden. Erst dann nahm Steffen seine Hand von meinem Rücken. Ohne uns zu berühren, gingen wir weiter, nebeneinanderher und doch jeder für sich.

Steffen erzählte von seinen Plänen, redete darüber, wie wir das morgen am besten machen sollten mit dem Ausräumen der Kisten, dem Aufstellen der Möbel. Und dann seien wir ja noch bei seinen Eltern zum Kaffeetrinken eingeladen. Seine Worte drangen nur bruchstückhaft in meine Ohren, ich hörte ihm kaum noch zu. Meine Gedanken lösten sich von seiner Stimme, seinen Worten, seinem Mund und wanderten stattdessen zu dieser Krähe, die neben uns über die Straße hüpfte.

Für einen Moment glaubte ich, sie zu kennen. Konnte es sein, dass sie mir gefolgt war? Dass sie eine der Krähen aus Buhlingen war, die mich so oft begleitet hatten – zur Schule, nach Hause, zu meiner Freundin. Ich sah sie vor mir, die schwarzen Vögel, hörte ihre Flügelschläge, dieses Flattern. Spürte, wie sie neben mir herflogen.

»Kra kra«, rief die Krähe, und ich wusste nicht, was sie mir damit sagen wollte. Schon früher hatte ich – jedes Mal aufs Neue – versucht, den Vögeln zuzuhören, zumindest zu erahnen, was sie mir mitteilen wollten. Doch damals wie heute: Ich verstand sie nicht. Ich verstehe dich nicht, wollte ich rufen, schwieg jedoch, nickte nur zwischendurch, damit Steffen nicht bemerken würde, dass meine Gedanken, meine Ohren und Augen längst nicht mehr bei ihm waren.

***

»Na, was möchtest du essen?«, fragte er über den Tisch hinweg. Es war dunkel im Restaurant, meinen Augen fiel es schwer, die Speisekarte zu lesen, meinem Kopf gelang es nicht, sich auf das Gespräch zu fokussieren. Die Gedanken kreisten durch mein Hirn, in meinen Ohren ein Rauschen, ein Dröhnen.

»Weiß nicht«, erwiderte ich und starrte auf die Karte. Was Herr Mangold wohl vor seinem Tod gegessen hatte? Und auch ganz generell: Aß man noch etwas, bevor man sich das Leben nahm? Oder spielte das alles so unmittelbar vor einem Suizid keine Rolle mehr?

Steffen bestellte Spaghetti mit Rinderfiletspitzen in Sahnesauce. »Aber nicht so viel«, sagte er zum Kellner und klopfte dabei auf den Bauch, den er nicht hatte. Dabei lachte er laut, ich schämte mich und schaute

Steffen konsterniert an. Ihm fiel es noch nicht einmal auf. Ich entschied mich für Tagliatelle mit Auberginen. Oder Zucchini. Ich weiß es nicht mehr.

»Und eine Flasche Bardolino«, rief Steffen dem Kellner hinterher, bevor er sich wieder mir zuwandte: »Heute lassen wir es uns mal so richtig gut gehen.«

Ich hatte ihn doch gemocht. Irgendwann einmal, bis eben noch. Und nun kam es mir vor, als seien all seine Sätze Plattitüden, auswendig gelernt, einstudiert. Seine Hand, die sich über den Tisch hinweg in meine Richtung bewegte, wurde zu einem labbrigen, leblosen Stück Fleisch.

***

Beim Öffnen der Tür zur Damentoilette drang Vogelgezwitscher aus einer kleinen grünen Box. Es roch nach Eukalyptus, und augenblicklich wurde ich wieder zu dem kleinen Mädchen, das mit Bronchitis im Bett gelegen hatte. Durch die nur einen Spalt breit geöffnete Zimmertür hatte ich die leisen Schritte meiner Mutter im Flur wahrgenommen. Ein gelbstichiges Licht fiel durch die Ritzen des Rollladens, erhellte für einen Moment ein paar Staubflocken, die über den Boden krochen, und die Wachsmalstifte, die ich auf dem kleinen, runden Teppich liegen gelassen hatte. Meine Mutter kam ins Zimmer, schweigend, ihr Blick leer. Sie beugte sich über mich, um meinen Brustkorb mit Salbe einzureiben, redete nicht dabei, zog nur mein T-Shirt wieder herunter, nachdem sie ihre Hände ein paarmal auf meiner Haut hatte kreisen lassen. Dann schlug sie die Decke nach oben, löschte das Licht und zog die Tür hinter sich zu.

***

Im Schlafzimmer küsste Steffen mich auf den Mund, dann auf den Hals. Wie immer, immer derselbe Ablauf. Mund, Hals, dann Eindringen, ein paar Stöße, ein paar Ohs. Ich starrte an die Decke, vorbei an seinem Körper, der noch immer auf mir lag – seine Bewegungen mechanisch. Ich überlegte, was ich tun sollte. Ich musste wissen, was mit Herrn Mangold losgewesen war, ob es an mir gelegen, ob ich etwas an ihm übersehen hatte. Und warum er ausgerechnet auf dem Matterhorn sterben wollte. Nie hatte er von den Bergen gesprochen, kein einziges Mal. Warum so? Warum diese Todesart, die etwas aussagte, etwas aufzeigen wollte. Wenn er sich erhängt oder mit Schlaftabletten das Leben genommen hätte, wäre es für mich nachvollziehbarer gewesen, das hätte zu ihm gepasst, etwas Unspektakuläres, etwas, das signalisierte: Es ist mir nicht wichtig, wie mein eigener Tod aussieht.

Steffen rollte sich zur Seite. Bald schlief er ein, ich dagegen war mit einem Mal hellwach. Nach einer Weile bemühte ich mich nicht einmal mehr darum einzuschlafen, sondern wartete nur noch auf den Moment, in dem es hell werden und die Geräusche der Straße sich tröstend über meine Ohren legen würden.

***

»Das kommt jetzt erst mal in den Keller«, sagte Steffen, nachdem er mein Rührgerät aus einem der beiden Kartons mit der Aufschrift »Küche« geholt hatte. Dann ein kurzes Seufzen: »Wir haben jetzt vieles doppelt. Aber auch gut, wenn man Ersatzgeräte hat.«

Meine Augen brannten, ich nickte. Er immer mit seinem Organisieren. Wie sehr mich das plötzlich langweilte. Ob es an mir lag? Oder war es nur die Zeit, die uns verändert hatte? Ihn, mich, uns beide? Als liefe man immer auf einer Linie, nur in die entgegengesetzte Richtung, bis man sich irgendwann so weit voneinander entfernt hatte, dass man sich nicht mehr sehen konnte am anderen Ende.

Manchmal fragte ich mich, wie ich auf ihn wirkte, welches Bild er von mir hatte, von mir in diesem Haus, an diesem Ort, zwischen diesen Vorgärten. Für ihn schien ich mich einzufügen in die Umgebung, dazuzugehören. Vermutlich sah er ein gleichförmiges, idyllisches Ölgemälde. Und ich? Mein Gehirn spielte mir ein surrealistisches, verstörendes Werk zu, auf dem ich abgebildet war, ohne dass sich erkennen ließ, ob ich ein Mensch war oder ein Gegenstand, tatsächlich existent oder nur eine Illusion.

***

Wir mussten nicht einmal aus der Haustür gehen, nur durch den Garten, über den kleinen Zaun steigen. Die weißen Plastikmöbel standen bereit, auf dem Tisch eine wächserne Decke, an ihren Enden kleine Klammern mit Früchten dran – gegen den Wind. Alles aus Plastik. Die ausgeblichenen Polster auf den Stühlen, auf dem Tisch Erdbeerkuchen, geschlagene Sahne in einer gläsernen Schüssel, Kaffee in einer weißen Thermoskanne, Tassen und Teller mit Blumenmuster.

»Hallo Sara, na, habt ihr es endlich geschafft?«, rief Heidi, ein bisschen zu schrill ihre Stimme, und umarmte mich. Ihr Körper war weich und ohne Spannung, ich dagegen wie ein Stock in ihrem Arm. Steif und unbeweglich. Ich hatte es mit Entspannungstechniken versucht, nichts half. Manchmal wünschte ich, ich könnte mich wie ein Blatt durch die Luft bewegen – kreiselnd, gleitend, sanft –, doch es gelang mir noch nicht einmal, meine Arme locker an meinem Körper hängen zu lassen.

Manfred klopfte mir auf die Schulter.

»Na, nun setzt euch mal«, sagte Heidi, während sie Kaffee einschenkte und in die Runde lächelte. Immer lächelte sie.

Wir setzten uns, Heidi schaufelte ein riesiges Stück Kuchen auf meinen Teller. Der Tortenguss war dick und schleimig, eine klebrige Masse, rötlich, mit kleinen Klumpen. Darauf noch einen Klecks Sahne. Heidi mit einem großen Löffel und der Schüssel in der Hand.

»Danke, das reicht«, sagte ich.

Dann fingen wir an zu essen, Manfred erzählte, dass er vorhabe, sich einen Mähroboter zu kaufen, den Steffen und ich ausleihen könnten für unseren Rasen.

Das ist nicht mein Rasen, ich möchte keinen Rasen haben, wollte ich rufen.

»Super«, sagte Steffen, ich nickte leicht, weil ich nicht schreien konnte, schob die Sahne von meinem Kuchen und starrte auf den Teller. Rot und weiß.

»Und Sara, freust du dich?«, fragte Heidi.

»Worüber?«

»Na, dass du jetzt endlich hier bist, das wurde ja auch Zeit.«

»Ach so, ja klar«, antwortete ich, aß ein paar Bissen. Rot und weiß, wie ein toter Körper im Schnee. Und dann, mit einem Mal, sah ich Herrn Mangolds Leiche vor mir. Sein Körper war grau und wie aus Wachs, die Haare weißlich eingefärbt vom Schnee, die Lippen und

Hände blau vor Kälte, eine Blutlache unter seinem Kopf, die aussah wie ein glänzender, dunkler See.

***

Sie hatten gesagt, es sei eine freie Entscheidung, meine Entscheidung, der freie Wille. Ja, frei – was war das schon?

»Los Sara, geh rein«, hörte ich meinen Vater rufen und spürte dabei die Blicke der Menschen, die sich hinter mir versammelt hatten. Geh rein!

»Komm, Sara«, rief der Pastor, der bis zum Bauch in diesem modrigen Wasser stand und seine Hand nach mir ausstreckte.

Nein, ich will nicht, wollte ich rufen und ging dennoch weiter geradeaus. Je näher ich dem Ufer kam, desto langsamer wurde ich, die Geräusche des Waldes wurden lauter, bedrohlicher. Mein Herz klopfte gegen meine Brust, eine Amsel, die in der Erde nach Würmern suchte, erschreckte mich.

Drei, vier Schritte vom Ufer entfernt blieb ich stehen, bemühte mich, sie auf Abstand zu halten: den See und den Pastor und das Leben, das danach auf mich warten sollte.

Ein Blatt segelte an mir vorbei, über das Wasser hinweg, dort fiel es, kreiselte einige Male, bevor es lautlos davongetragen wurde vom Wind, zurück in den Wald. Und um mich herum: nichts, kein einziges Blatt, nur der Pastor, der meinen Kopf nach unten drückte, ohne Vorwarnung. Unter Wasser riss ich meine Augen auf, es brannte. Meine Füße sanken in den Schlamm ein.

Was, wenn ich nun immer weiter in die Tiefe stürzen würde? Ich blickte mich um, suchte den See ab nach etwas Lebendigem, nach einem Fisch oder vielleicht sogar einer Krake. Doch nichts, nur dunkles Wasser, ein viel zu weicher Boden, eine Hand auf meinem Kopf und die Furcht zu sterben; als könnte es jederzeit vorbei sein. Von jetzt auf gleich. Die Angst vor dem Tod war unerträglich. Heute weiß ich, dass sie sich abnutzt mit der Zeit, mit jedem weiteren Mal weniger bedrohlich erscheint, bis sie irgendwann beinahe Normalität wird. Dann ausklinken, wegträumen, die Gedanken umleiten. Fort von dem Moment, von der Angst, von dem Pastor, dem drohenden Tod. Hin zu den Insekten vor dem Fenster, zu den Bäumen, in die Wälder. Sich selbst von außen sehen, die Perspektive wechseln. Um es aushalten zu können. Es ist ganz leicht.

Damals, in diesem See, war es noch nicht leicht. Alles andere als das. Doch irgendwann, nach ein paar Sekunden oder Minuten, ich kann es nicht sagen, ließ der Pastor meinen Kopf los. Sofort tauchte ich auf, rang nach Luft. Die versammelten Menschen stimmten ein Lied an. Der Gesang war laut und klang hohl. Ich atmete ein paarmal tief ein und aus, rieb mir die brennenden Augen. Die Blicke des Pastors, meiner Eltern, der anderen – alle waren sie auf mich gerichtet. Es war mir unangenehm, ich schämte mich, mein Herz schlug schnell. Aber mir war gesagt worden, dass ich auserwählt und angekommen sei. Ich versuchte, es zu spüren: Wiedergeburt, neues Leben in der Gemeinschaft. Spektakulärer hatte ich es mir vorgestellt, daran geglaubt, dass sich etwas ändern würde dadurch, dass auch ich mich anders fühlen würde. Erlöst vielleicht oder verstanden. Aber danach doch wieder nur mit Mama und Papa im dunklen Wohnzimmer, eine Kerze auf dem Tisch, Butterbrot und der alte Gasofen in der Küche.

Jahre später ging ich noch einmal zu diesem See, in ihn hinein. Nur noch einen Schritt, dachte ich, als meine Füße wieder in Schlamm versanken. Ich ging in die Knie, streckte meine Hand aus, berührte das Wasser, tauchte unter.

Nur hier unten bleiben, nahm ich mir vor. Hier unten bleiben, nicht mehr atmen, einfach aufhören – damit alles andere auch aufhören würde. Und dann tauchte ich doch wieder auf. Ich hasste es, auserwählt zu sein. Dein Körper ist das Werk Gottes, du musst sorgsam damit umgehen. Ja, scheiß Körper, scheiß Gott, dachte ich damals, und rang nach Luft. Im Hintergrund eine Art Wispern und das Rauschen von Blättern im Wind.

***

Nun das schabende Geräusch von Möbeln, die über den Boden gezogen wurden, das Rascheln von Zeitungspapier, das Knirschen von Kartons. Steffen trug den blau-weiß karierten Pyjama, den ich ihm letztes Jahr zu Weihnachten geschenkt hatte, und war dabei, mein Leben oder das, was ich dafür hielt, in seiner Wohnung zu verteilen. Als ich ihm im Vorbeigehen ein »Guten Morgen« zurief, bemerkte er mich.

Sofort kam er mir nach in die Küche, legte von hinten seine Arme um meinen Bauch und küsste mich in den Nacken.

»Na, gut geschlafen?«, flüsterte er mir ins Ohr.

Ich konnte seinen Atem hören, nickte. Dann goss ich mir aus seiner grauen Thermoskanne Kaffee ein und setzte mich auf einen der zwei Barhocker in der Küche. Es war ungemütlich, meine Füße baumelten in der Luft, sofort stand ich wieder auf und erinnerte mich an den kleinen Holztisch in der Küche meiner ersten eigenen Wohnung. Sie war klein und dunkel, das Badezimmer schlauchförmig und fensterlos, in die schmale Küche passte nicht mehr als dieser kleine helle Tisch. Aber es war mein Zuhause und fühlte sich nach Freiheit an, nach gelungener Flucht, nach Neuanfang und einem besseren Leben, auf das ich bis heute warte.

»Ich muss gleich nochmal in die Stadt«, sagte ich. Nachdem ich Steffens irritierten Blick bemerkt hatte, redete ich schnell weiter, um seinen Fragen zuvorzukommen. »Herr Kottler hat mir eine SMS geschrieben, es gibt wohl noch etwas in der Wohnung zu klären, irgendein Kratzer in der Tür, da geht es jetzt noch um die Kaution.«

Steffens Gesichtsausdruck hatte sich nicht verändert, mit zusammengekniffenen Augenbrauen saß er vor mir, musterte mich, sagte: »Aber bei der Wohnungsübergabe hat er ja nichts erwähnt, mir ist an den Türen auch nichts aufgefallen … Und ärgerlich, ich dachte, wir machen heute hier weiter, damit morgen alles soweit erledigt ist. Soll ich mitkommen?«

»Nein, das geht schon, du kannst ja hier weitermachen, bei mir dauert es sicher auch nicht lange.«

***

Das Lügen war ich gewohnt. Ich log, um der Wirklichkeit Sinn zu geben und weil die Lügen es leichter machten. Ich log, um dieses bessere Leben, das ich mir noch immer wünschte, zumindest in einer erfundenen Realität vor mir zu sehen. Schön sollte es sein, schön, warm und geborgen. So wie in diesem Moment damals, als ich mit Blinddarmentzündung im Krankenhaus gelegen hatte.

Zunächst hatte ich mich gefürchtet vor den vielen Menschen in den grünen Kitteln, vor diesem sterilen Operationssaal und den piepsenden Geräten. Die Tür, die mich von meinen Eltern trennte, kam mir unüberwindbar vor, und ich wünschte mich zu ihnen, ohne zu wissen warum. Dann aber war die OP vorbei, ich lag in einem viel zu großen Krankenhausbett, die Schwester kam ins Zimmer, brachte mir Tee und setzte sich zu mir auf die Bettkante. Hilde hieß sie, Schwester Hilde, sie war ein paar Jahre älter als meine Mutter, hatte dunkles, kinnlanges Haar, ihr Körper wirkte weich und warm, und ihre Stimme klang so, wie ihr Mund aussah. Es war Winter, kurz nach Weihnachten, und als ich am nächsten Morgen aufwachte, hatte sich der Schnee unbemerkt wie eine Decke über die Stadt gelegt. Ich sah es schon vom Krankenhausbett aus, das viele Weiß. Vorsichtig stand ich auf und öffnete das Fenster. Augenblicklich legte sich die kalte Luft auf meine Haut. Dann der Flügelschlag eines Vogels. Eine einzelne Krähe war es, sie flog über mich hinweg, bevor sie sich auf einer der schneebedeckten Tannen gegenüber dem Gebäude niederließ. »Kra kra«, machte sie, ein schwarzer Punkt in all dem Weiß. Immer weiter schaute ich nach draußen, weil dieses Bild so schön war. Wie ein Gemälde. Die Krähe saß auf einem Ast und putzte ihr Gefieder.

Erst als Schwester Hilde hereinkam und mich vom Fenster wegzog – »Nicht, dass du dich noch erkältest, Kind!« –, flog der Vogel davon.

Hilde deckte mich zu, erzählte mir etwas, hielt meine Hand, und ich wünschte, ich könnte bleiben oder die Schwester würde mich mitnehmen zu sich nach Hause. Natürlich nahm sie mich nicht mit, aber manchmal wünsche ich mich – bis heute – dorthin zurück. Dorthin zurück, in diese weiten Räume, weiß und zartgelb, wo der Schnee vor dem Fenster mich umhüllt hatte wie eine warme, kuschelige Decke; dorthin zurück, wo die Schwester mich verabschiedet hatte mit den Worten »Alles wird gut«.

***

Beim Verlassen des Hauses fiel sie mir wieder auf, diese Ähnlichkeit des Orts mit Buhlingen. Am Bahnhof links, die Hauptstraße entlang, vorbei an der Kirche und der Weinstube, beim Bäcker Maier rechts und dann immer geradeaus, an den drei Ahornbäumen auf der linken Seite vorbei, auf denen sich jeden Morgen die Krähen versammelten. Und schon wäre ich wieder im Haus meiner Eltern.

Vor Jahren hatte ich Steffen davon erzählt: von der Ähnlichkeit der beiden Orte und dass mir sein Heimatdorf dadurch vertraut, aber gleichzeitig fremd vorkomme. Er war dabei, das Unkraut zwischen den Bordsteinplatten zu entfernen. Mit einem kleinen Messer hockte er vor dem Haus, fuhr damit zwischen den Steinen hindurch, bevor er die winzigen Pflanzen herauszog und in einen Eimer warf. Wenn eine Wurzel oder ein Stück Moos zu fest saß, ärgerte er sich, dann holte er heißes Wasser und schüttete es über die Platten, um die Erde aufzuweichen und das Unkraut besser entfernen zu können. Regelmäßig tat er das, ganz akribisch, damit alles wieder perfekt aussah – zumindest für ein paar Monate, bis sich die Wurzeln wieder ihren Weg gebahnt hatten und Steffen von vorn anfing. Immer wieder, stoisch, wie Sisyphos mit seinem Stein.

Während ich erzählte, grummelte er vor sich hin: »Teufelszeug, man wird es nicht los.«

Ob er mir zugehört hatte, wusste ich nicht, auch ich hörte nicht mehr zu, sondern fragte mich, ob es mit dem Unkraut vielleicht war wie mit den Erinnerungen: Man wurde sie nicht los, so sehr man sich auch bemühte. Immer kamen sie wieder.

***

Die Akte lag noch aufgeschlagen auf meinem Schreibtisch. Ich hatte sie nicht zurück in den Schrank gehängt. Es hätte sich falsch angefühlt, ich wollte Herrn Mangold nicht weglegen, seinen Tod nicht mit dem Schließen und Verstauen seiner Unterlagen abtun. Wieder und wieder blätterte ich meine Aufzeichnungen durch – auf der Suche nach etwas, das meine Befürchtung, schuld zu sein an seinem Tod, bestätigte oder widerlegte, auf der Suche nach etwas, das in ihm war, ich aber nicht erkannt hatte.

16. 6. 2022. Unsere erste gemeinsame Sitzung. Beinahe ein Jahr war es nun her. Ob ich schon eigene Patienten annähme. Mit dieser Frage von Klaus, einem Kollegen, den ich flüchtig kannte, hatte alles angefangen. »Ja«, hatte ich geantwortet, »ja, gerne«. Und wenige Tage später hatte Herr Mangold seinen ersten Termin.

Mein erster eigener Patient. Es war mir vorgekommen, als läge sein Leben in meinen Händen. Ein paar Minuten vor seinem Klingeln fing mein Augenlid an zu zucken. Ich ging in die kleine Küche und setzte Wasser auf, um einen Tee zu machen. Vielleicht würde mir die Ablenkung meine Nervosität nehmen. Ich entschied mich für Rooibos, suchte auf der Packung nach der Ziehzeit und las dort: »Was du in deinem Inneren bewirkst, wirkt sich auf alles um dich herum aus.« Als ob es so einfach wäre, dachte ich, goss das kochende Wasser in die grüne Kanne und ging ins Badezimmer, um mich im Spiegel zu betrachten und zu überprüfen, ob man mir meine Unsicherheit ansehen konnte. Ja, es pochte zwischen meinem linken Auge und der Braue. Ich verzog mein Gesicht, spannte die Muskeln an, entspannte sie wieder, nichts half.

Den Patientenfragebogen und mein Klemmbrett mit ein paar weißen Blättern hatte ich schon im Behandlungszimmer bereitgelegt. Ich stellte den fertigen Tee auf den kleinen runden Tisch, der von zwei grauen Sesseln umgeben war, rückte die drei Sukkulenten und den schwarzen Wecker auf der dahinterliegenden Fensterbank zurecht. Das Licht im Zimmer erschien mir plötzlich zu grell, die Hängelampe in Form eines Oktaeders aus Metall ließ es nicht weich, sondern hart wirken. Die Wände waren kahl, die Möbel zu farblos, um den einladenden Effekt zu erzielen, den ich erreichen wollte. Das große Bild mit dem abstrahierten Gehirn kam mir vor wie eine Farce – genau wie ich selbst. Ich sah mich von außen in dieser Praxis stehen, in dem viel zu großen Behandlungszimmer, mit der weißen Bluse, die ich angezogen hatte, um möglichst seriös zu wirken. Doch es funktionierte nicht, in dem Bild von mir selbst war ich nicht souverän, nicht abgeklärt, sondern ein Kind, das in einem erwachsenen Leben ausgesetzt worden war, ohne darauf vorbereitet worden zu sein.

***

Herr Mangold war ein paar Jahre älter als ich, in Beige- und Grautönen gekleidet, das Haar an den Seiten schon ein wenig licht, auch oben auf seinem Kopf waren ein paar erste kahle Stellen erkennbar. Klein war er, kaum größer als ich, korpulent, ohne dick zu sein, sein Gesicht durchschnittlich.

»Guten Tag«, sagte er und klang dabei, als sei er nur zufällig hier vorbeigekommen, als hätte er nicht vor, sich nun fünfzig Minuten lang mit mir zu unterhalten. Sein Händedruck war fester als meiner. Ich bemühte mich, davon abzulenken, indem ich ihn bat, Platz zu nehmen und den Fragebogen auszufüllen. Ob er eine Tasse Tee wolle. Er nickte leicht, doch ich konnte ihm ansehen, dass er nichts trinken würde. Schnell war der Fragebogen ausgefüllt, der Tee eingeschenkt. Herr Mangold legte die Hände in seinen Schoß und starrte mich an, ohne auch nur ein einziges Wort zu sagen. Ich wich seinem herausfordernden Blick aus, nahm die Tasse in beide Hände, trank einen Schluck, obwohl der Tee noch zu heiß war und meine Zungenspitze taub werden ließ.

»So, Herr Mangold, warum sind Sie hier?« Ich hatte ihn mir zurechtgelegt, diesen Satz, ihn in Gedanken einstudiert, dennoch kam er mir nun lächerlich trivial vor.

Er antwortete, es gebe nicht den einen Grund.

»Das macht nichts, erzählen Sie mir einfach, was Sie gerade beschäftigt und dazu veranlasst hat, sich nach einem Therapieplatz umzusehen.«

»Ich bin unzufrieden. Die Scheidung, wissen Sie. Ich wollte endlich ankommen. Aber meine Ex hat sich als verlogenes Miststück herausgestellt.«

Musste ich darauf eingehen, seine Ausdrucksweise kommentieren? Ich schwieg, ließ ihn weiterreden.

»Kinder hätte ich gerne gehabt, vielleicht ein Haus mit meiner Ex, etwas Größeres, jetzt nur wieder eine kleine Wohnung. Mein Vater ist gestorben, er war gerade einmal einundsechzig, stellen Sie sich das mal vor. Erst einundsechzig und dann zack, tot.«

»Wann war das?«, fragte ich.

»Vor drei Jahren. Aber das ist es nicht. Wenn ich auch mit einundsechzig sterben würde, hätte ich jetzt noch zwanzig Jahre, das ist nicht viel ...«

»Hmm ...«

So ging es weiter, er sprach von seiner Arbeit im Landratsamt, dass er damit im Grunde zufrieden sei und die Kollegen möge. Jedes Wochenende besuche er seine Mutter. Und immer wieder sagte er: »Aber das ist es nicht.« Fast kam es mir vor, als wüsste er selbst nicht, weshalb er hier war. Oder wusste er es und traute sich nur nicht, es auszusprechen?

Während er erzählte, schaute er mir direkt in die Augen, beinahe ohne Unterbrechung, skeptisch. Ich ahnte, dass es an mir liegen musste – an meinem jugendlichen Aussehen, meiner Unsicherheit, der fehlenden Berufserfahrung. Erst nach ein paar gemeinsamen Therapiestunden erkundigte er sich nach meinem Alter. Er gab sich Mühe, möglichst uninteressiert zu klingen, dennoch war ich mir fast sicher, dass er von Anfang an – schon seit der ersten Sitzung – nur darauf gewartet hatte, mir diese Frage stellen zu können.

»Dreißig«, antwortete ich und erinnerte mich daran, wie ich an meinem Geburtstag vor zwei Monaten am geöffneten Fenster meiner Praxis gestanden und auf Steffen gewartet hatte, der mich abholen wollte – Essen gehen, ein bisschen feiern. Meinen Blick hatte ich in die Ferne gerichtet zu den paar Hochhäusern, die hinter der

Stadt in die Luft ragten und obszön aussahen. Kurz darauf war Steffen mit einem Strauß roter Rosen durch die Tür getreten, und sein Blick hatte alles, was in ihm vorging, sichtbar werden lassen: dass er nur darauf wartete, Kinder mit mir zu bekommen, mich zu heiraten, sich ein gemeinsames Leben aufzubauen. Ich hatte meinen Kopf zur Seite gedreht, um diese Bilder nicht sehen zu müssen, und mit einem Mal war es mir vorgekommen, als würde die Zeit zwischen meinen Händen verrinnen und mit ihr das Leben, ohne dass ich etwas dagegen tun konnte.

Herrn Mangolds »Hmm« holte mich aus meinen Gedanken zurück. Es ließ sich nicht erkennen, ob ihn meine Antwort zufriedengestellt oder beunruhigt hatte. Nachdem er aus der Praxis gegangen war, versuchte ich, mir seinen Blick, die Bewegungen seiner Hände, seine Mimik in Erinnerung zu rufen, sein Verhalten zu analysieren, nur um in der darauffolgenden Sitzung feststellen zu müssen, dass es keine Rolle spielte. Es hatte keine Bedeutung, was er über mein Alter dachte, denn Herr Mangold blieb. Vermutlich nur, weil sämtliche Kollegen in der Stadt monate-, teilweise jahrelange Wartelisten hatten. Und Herr Mangold wollte nicht warten.

Nach den ersten probatorischen Sitzungen hatte ich immer noch nicht verstanden, was »es« war – immer wieder, Termin für Termin: »Aber das ist es nicht.« Ich machte ein paar Tests und diagnostizierte eine mittelschwere depressive Episode, obwohl ich mir nicht sicher war. Im Grunde kam es mir vor, als läge gar keine Erkrankung vor, als sei alles in Ordnung. Er zeigte keine Auffälligkeiten, war durchschnittlich intelligent, wenig interessant – genau wie das, was er mir erzählte. Alles belanglos und nicht einmal ansatzweise pathologisch. Aber es brauchte eine Diagnose, eine Kategorisierung, und ich hatte mich streng an die Auswertung des Fragebogens gehalten, um möglichst alles richtig zu machen.

Ob ich den Antrag auf Durchführung einer Therapie stellen solle? Bei dieser Frage richtete er sich leicht auf, sein Blick starr, noch immer verunsicherte er mich. Fast hoffte ich, Herr Mangold würde Nein sagen und sich an einen Kollegen wenden. Gleichzeitig war er mein erster Patient, weshalb ich glaubte, auf ihn angewiesen zu sein. Noch einmal musste ich nachfragen, er nickte und lehnte sich wieder zurück. Wir beendeten die Sitzung zehn Minuten vor Ablauf der Zeit.

***

Immer weiter las ich in meinen Aufzeichnungen, bis die Worte vor meinen Augen verschwammen. Sie wurden zu einem einzigen Gebilde, wie aus Wasserfarbe. Viel Blau auf weißem Grund, keine Buchstaben, keine Worte mehr erkennbar, nur noch einzelne Farbkleckse. Es war, als symbolisierten sie Herrn Mangold oder das, was ich über ihn wusste: einzelne Ausschnitte, Fragmente. Mehr nicht.

Vermutlich hatte er denselben Weg genommen nach unseren Sitzungen. Nur zweimal abbiegen, schon war ich dort. »M. Mangold« stand auf einem der Klingelschilder. Bald würde es ersetzt werden. Das Haus war gräulich und unscheinbar – genau wie er selbst. Gerne hätte ich seine Wohnung gesehen und ihn, wie er sich darin bewegte mit seinen Handlungen, seinem Denken und Fühlen. Bis zu seinem Tod hatte ich geglaubt, ihn zu kennen, zu wissen, was in ihm vorging, mir sein

Leben, seinen Alltag vorstellen zu können. Doch nun begriff ich, dass ich nichts wusste, gar nichts.

Ich setzte mich in ein Café gegenüber, ohne meinen Blick von dem Hauseingang abzuwenden. Als könnte er jederzeit daraus hervorkommen, einfach jetzt dort stehen.

Das Café war voller Menschen. Um mich herum saßen sie, führten Gespräche, lachten, tranken, irgendwo schrie ein Kind. Linien wurden gezogen von einem zum anderen, der Kellnerin fiel beim Kassieren das volle Portemonnaie auf den Boden, die Gäste am Tisch bückten sich und halfen ihr beim Aufheben. Zu dritt krochen sie über die dunkelgrauen Betonfliesen, danach ein Dankeschön und dreimal Lächeln. Es war seltsam, normalerweise saß ich gerne ohne Begleitung in Cafés, weil ich mich dadurch zwar in ausreichendem Maße allein fühlte, aber doch unter Menschen war, in deren Nähe, als sei ich Teil der Welt um mich herum. An diesem Tag war es anders. Ich wunderte mich über das Lachen der anderen, über ihre Sätze, die ich vereinzelt wahrnahm, darüber, wie schnell sie ihre Kuchenstücke aufaßen. Wie sich die Münder immer wieder öffneten, auf und zu, auf und zu. Sie widerten mich an, die anderen Menschen, und ich mich selbst, wie ich meine Hände um die Kaffeetasse legte und den Milchschaum von meinem Cappuccino löffelte. Es ekelte mich, wie sie alle – mich selbst eingeschlossen – vorgaben, diese Handlungen hätten irgendeinen Sinn, seien wichtig. Und gerade ich. Ich wusste noch nicht einmal, worauf ich wartete, was ich hier wollte. Mein Patient würde nicht auftauchen, nichts würde ich herausfinden.

Ich war fest entschlossen, die Bedienung zu rufen, zu bezahlen, aufzustehen und zurück zu Steffen zu fahren.

Doch so sehr ich mich auch bemühte, mit meiner Zunge Buchstaben und Worte zu formen: Es kamen keine Töne aus meinem Mund. Auch war es mir nicht möglich, meinen Körper von diesem Stuhl zu lösen, meine Füße vom Boden. Ich hatte es nicht in der Hand. Darum blieb ich sitzen, die Finger noch immer um die Tasse gelegt, die Lippen aufeinandergepresst. In Gedanken ging ich meine Vorlesungen durch, die Seminare und Lehrbücher. Aber nichts, es gab keine wissenschaftliche Erklärung für das, was mit mir los war, im Grunde konnte ich noch nicht einmal sagen, ob es an mir lag, an meinem Denken, oder ob mit meiner Umgebung etwas nicht stimmte. Das Einzige, was ich sicher wusste, war, dass eine Veränderung eingetreten war und dass diese Veränderung mir Angst machte. Ich wartete, mehr konnte ich nicht tun.

Nach einer Weile kam die Kellnerin an den Tisch und forderte mich auf zu bezahlen. Schichtwechsel. Zunächst fürchtete ich mich davor, nicht nach meinem Portemonnaie greifen zu können, doch plötzlich konnte ich mich wieder bewegen, mein Mund sagte die Worte »Stimmt so«, und alles war wieder so, wie es sein sollte. Ich war erleichtert und nahm mir vor, diesen Moment zu verdrängen, ihn als etwas Unwichtiges abzutun.

***

»Na, hat alles geklappt?« Steffen stand im Wohnzimmer, sah mir in die Augen und kam auf mich zu mit diesem Lächeln, das ich früher doch so schön gefunden hatte. Wenn er lächelte, zog er die Augenbrauen hoch, auch seine Brille rutschte ein wenig nach oben dabei, neben seinen Nasenflügeln tauchten kleine Fältchen auf.

Warum fand ich ihn plötzlich so abstoßend? Mit seinem schmierigen Lächeln – als sei es nur dazu da, der ganzen Welt zu zeigen, was für ein guter, freundlicher und perfekter Mensch er war, was für ein aufopferungsvoller Hausarzt, was für ein zuverlässiger, loyaler Freund und eloquenter Gesprächspartner.

»Ja, alles gut.« Alles gut, alles gut, redete ich mir ein.

Das meiste hatte Steffen bereits erledigt: die leeren Kartons zusammengefaltet und in den Keller gebracht, mein Regal aufgebaut, die Kommode aufgestellt und den Nachttisch. Weitere Möbel hatte ich nicht mitgebracht. »Ich habe ja alles, mehr brauchen wir nicht«, hatte Steffen vor meinem Einzug gesagt.

Auch mein Regal war bereits eingeräumt. Aber wie lieblos Steffen die Bücher einsortiert hatte. Er wusste, dass ich meine Lieblingsgeschichten auf Augenhöhe brauchte, sie mussten ins mittlere Fach. Alle anderen darum verteilt. Steffen hatte die Bücher einfach hineingestellt, ohne darauf zu achten. Und auch wenn es mich ärgerte, dass er keine Rücksicht nahm auf das, was für mich von Bedeutung war, sagte ich nichts dazu, blieb nur eine Weile schweigend vor dem Regal stehen. Ich sagte nichts dazu, weil es keine Rolle mehr spielte, kam es mir doch ohnehin – seit Herrn Mangolds Tod – so vor, als löste sich alles, was mein Leben bisher ausgemacht hatte, nach und nach auf.

***

Mit meinem Laptop setzte ich mich in Steffens Schaukelstuhl. Er war aus massivem dunklem Holz und wirkte viel zu groß für den kleinen Raum. Dennoch mochte ich ihn, ich mochte die monotonen, leicht wippenden

Bewegungen. Sie gaben mir Halt und ein Gefühl von Sicherheit.

»Besteigung Matterhorn«. 47 800 Ergebnisse zeigte die Suchmaschine an. Einer der tödlichsten Berge, Hörnlihütte, 4478 Meter über dem Meeresspiegel. Ohne Klettererfahrung nicht machbar.

Bilder in meinem Kopf, Erinnerungen an Wochenenden mit Yannick und seinen Freunden. Momente in der Natur, am Berg, meine Muskeln zitternd vor Anstrengung. Nach Leben fühlte es sich an, wenn ich meinen Körper spürte, jede Faser davon – nach Existenz.

Am oberen Ende des Matterhorns ein leichter Knick, die Spitzen schneebedeckt. Wunderschön war er, dieser Gipfel.

Ich öffnete Facebook und gab Herrn Mangolds Namen ein – in der Hoffnung, etwas über ihn zu erfahren, was ich noch nicht wusste. Doch nichts, mein Patient war nicht auffindbar.

Schnell klickte ich mich durch die Leben der Menschen, die mit mir verbunden waren, sah den Freunden, die ich teilweise nicht einmal kannte, dabei zu, was sie taten und aßen, wen sie liebten und bewunderten, welche Träume sie träumten. Ein paar Leben im Schnelldurchlauf. Wie glücklich und erfolgreich sie alle wirkten mit ihren Kindern und Häusern, ihren Reisen, ihren Drei-Gänge-Menüs, mit ihren Leben, die dem ähnelten, das Steffen für uns vorgesehen hatte.

Würde ich es aushalten, dieses vorherbestimmte Leben zu führen? Schon jetzt wusste ich genau, wie es weitergehen würde. Steffen hatte es geplant bis ins kleinste Detail, und bei dem Gedanken daran langweilte ich mich so sehr, dass es mir den Atem in der Brust zusammenzog.

Insgeheim war ich mir nach unserem Kennenlernen sicher gewesen, dass ich nicht bleiben würde, weil ich noch nie irgendwo, bei irgendwem geblieben war, sondern immer wieder dem Impuls folgte, vor meinem eigenen Leben zu flüchten. Genau das hatte ich ändern wollen. Da war – vielleicht? – ein Bedürfnis in mir nach Nähe oder Halt, nach Sicherheit oder Ankommen, weshalb ich mir fest vorgenommen hatte, zu bleiben, irgendwo zu bleiben.

Und nun war ich hier, noch immer. Aber war das gut? Sollte ich nun immer weiter ausharren, in diesem Schaukelstuhl, und auf irgendetwas warten? Oder gehen? Einfach losgehen, irgendwo anders hin. So, wie die Verkäuferin in der Bäckerei um die Ecke meinte, als ich nach einem Dinkelbrot gefragt hatte. »Gibt es hier nicht, nur Weizen und Roggen. Wer das nicht möchte, muss woanders hin.«

***

Schon wieder tauchte dieses Bild in meinem Kopf auf. Dieses Bild, das ich vor Jahren auf einer Ausstellung gesehen hatte. Yannick hatte mich mitgenommen. Es war sein drittes Semester, die älteren Studenten hatten eine Ausstellung in der Kunstakademie organisiert.

Während Yannick sich mit seinen Kommilitonen unterhielt, ging ich die Wände entlang, dabei immerzu die Bilder betrachtend. Ich hatte keine Ahnung von bildender Kunst, konnte daher nicht einschätzen, welche Gemälde, welche Skulpturen, welche Zeichnungen gelungen waren und welche nicht. Das meiste gefiel mir, ohne dass es mich besonders begeistert hätte, da war eher eine Art Gleichgültigkeit. Doch dann sah ich es: dieses Bild, das ich nie wieder vergessen habe. Es war vielleicht eher eine Art Druck, ich bin mir nicht sicher. Doch ich sehe es vor mir, immer wieder und so detailreich, als hätte ich es erst gestern zum letzten Mal angeschaut. Es zeigte einen Wolf, der dabei war, das Bild zu verlassen. Er war auf dem Weg, auch wenn sich nicht erkennen ließ, wohin. Hinter ihm stand eine Frau in einem hellen Kleid. Sie schaute dem Wolf nach, und es war offensichtlich, dass sie ihm folgen würde. Man sah es ihr an, man sah es an ihrem Blick. Da war diese Neugier, zugleich schien sie sich zu fürchten. Natürlich hatte sie Angst: Sie kannte den Weg nicht, sie wusste nicht, wohin der Wolf sie bringen würde. Doch sie würde ihm folgen, daran bestand kein Zweifel. Sie würde ihm folgen, wie auch Alice dem weißen Kaninchen gefolgt war, obwohl auch sie hätte ahnen können, was sie erwarten würde, so tief unter der Erde.

Bis heute denke ich an dieses Bild und wünschte, ich könnte es zumindest ein einziges Mal in Händen halten, umdrehen, aus verschiedenen Perspektiven betrachten. Immer wieder sehe ich die Frau vor mir und den Wolf. Ihr Blick, seine Schritte. Und immer wieder frage ich mich, warum sie ihm so bedingungslos folgt, vor allem aber, wohin das Tier sie führen wird, diese junge, zarte Frau: an einen besseren Ort oder in den Abgrund?

***

Leise stand ich vom Schaukelstuhl auf und ging in das gegenüberliegende Gästezimmer. Groß und hell war es, kaum eingerichtet, nur ein weißes Bett stand darin, ein kleines Regal, ein IKEA-Bild hing an der Wand. Dass wir hier ein schönes Reich erschaffen könnten für die Kinder, die wir bekommen würden, hatte Steffen gesagt – schon vor meinem Einzug, schon kurz nach unserem Kennenlernen. Wenn er wüsste, dass ich heimlich die Pille nahm … verlassen würde er mich, sofort. Und dann darunter leiden, da war ich mir sicher, nur wusste ich längst nicht mehr, ob eine Trennung ihm meinetwegen zusetzen würde oder nur, weil dadurch die Zukunft, die er sich zurechtgelegt hatte, in die Ferne rücken, vor ihm zurückweichen würde. Zunehmend hatte ich den Eindruck, austauschbar für ihn zu sein, als hätte er nur eine Frau gesucht, mit der er all das umsetzen konnte, was er sich für sein Leben vorstellte. Ein Haus, viel Geld, zwei oder drei Kinder und Urlaube, die ich hasste: Menschen zusammengedrängt an irgendwelchen Hotelpools, die genauso gut hier um die Ecke hätten aufgestellt werden können.

So sehr ich ursprünglich und immer wieder aufs Neue – nach Abschluss meiner Ausbildung, bei meinem Kennenlernen mit Steffen, mit Erhalt meines Kassensitzes – gehofft hatte, es würde etwas Gutes auf mich warten, so bitter war nun die Erkenntnis, dass meine Welt längst zusammengezurrt war auf die Kaffeepause in der Praxis, Abendessen mit Steffen vor dem Fernseher, den Weg zum Supermarkt, die tägliche Runde ums Wohngebiet. So würde es weitergehen, immer weiter, bis zum Ende.

***

Die restlichen Umzugskisten mit den Dingen, die noch keinen festen Platz im Haus hatten, standen akkurat gestapelt an der Wand. Ich hob die beiden obersten Kartons herunter, leise, damit Steffen mich von unten nicht hören würde. »Fotosachen« stand auf einem der Deckel. Ich öffnete ihn und holte meine Kamera heraus. Spiegelreflex, analog. Meine Hände hatten die Bewegungen fest eingespeichert, die es brauchte, um sie zu bedienen. Als hätten sie ein eigenes Gedächtnis. Es war noch eine Filmrolle in dem Apparat. Was da wohl drauf war? Seit langem hatte ich nichts mehr fotografiert, mehrere Jahre musste es mittlerweile her sein.

Die grüne Mappe, meine ersten Fotos. Yannick in seiner Lederjacke, dem Stones-T-Shirt, einer Zigarette im Mundwinkel. Der Geschmack seiner Küsse entstand auf meiner Zunge. Sie schmeckten nach Rauch, was ich mochte, weil es sich nach Rebellion anfühlte oder nach Leben.

Dann mein Zuhause. Der alte Gasofen in der Küche, die zugezogenen Vorhänge, Mama und Papa am Wohnzimmertisch, die Bibel aufgeschlagen daneben, heimlich aufgenommen. Ein halbes Leben in schwarz-weiß.

Ein weiteres Foto. Nur einen kurzen Blick warf ich darauf, bevor ich es umdrehte und unter den Teppich schob. Warum hatte ich dieses dunkle Gemälde fotografiert? Es hing bei meinen Eltern im Flur, zeigte einen See bei Nacht. Am gegenüberliegenden Ufer funkelten die beleuchteten Häuser eines Dorfes. Und immer, wenn ich zu lange hinsah, fürchtete ich mich, weil es aussah, als könnten die Lichter in den Häusern des Orts schlagartig erlöschen.

***

Wir aßen nebeneinander auf dem Sofa, zwischendurch schaute ich Steffen an, er starrte auf den Fernseher. Wenn wir wenigstens einen Film schauen würden, dachte ich, irgendetwas, was mir helfen würde, meine Gedanken umzulenken – weg von Herrn Mangold, weg von seinem Tod –, aber nichts davon, nur ein völlig irrer Fernsehkoch, der hin und her rannte, Eigelbe in Panade tauchte und obszöne Witze von sich gab.

Ob ich es Steffen erzählen sollte? Vielleicht würde er es ja doch verstehen.

Ohne es anzukündigen, schaltete ich den Fernseher aus: »Ich muss dir was sagen …«

Steffen stellte seinen Teller auf der Sofalehne ab, obwohl er noch nicht aufgegessen hatte.

»Du kannst ruhig weiter essen.«

»Nein«, antwortete er und schien genervt zu sein.

Wieder klang das wie ein Vorwurf – vermutlich bemerkte er es nicht einmal.

Es fiel mir schwer, den Satz auszusprechen, ich wusste nicht, wo ich anfangen sollte, stammelte etwas, verlief mich in meinen Worten, stoppte und übte den richtigen, den passenden Satz schließlich ein wie früher in der Schule ein auswendig gelerntes Gedicht oder ein Referat.

»Einer meiner Patienten hat sich das Leben genommen.«

Steffen zog seine Augenbrauen hoch, sodass sie hinter den Rändern seiner Brille verschwanden und fragte: »Hast du etwas falsch gemacht? Könnte das ein Haftungsproblem geben?«

Ich schüttelte den Kopf.

»Na dann ist's ja gut«, erwiderte er, und es wirkte, als sei das alles, was er dazu sagen wollte. Er legte seinen Arm um meine Schulter, nuschelte ein »Tut mir leid«.

Ich versuchte, ihm zu erklären, dass es nicht um Haftungsfragen gehe, sondern darum, dass ich mir den Suizid nicht erklären könne, es mich nicht loslasse, ich mich unentwegt fragte, was Herrn Mangold dazu bewogen hatte, sich das Leben zu nehmen.

»Aber Sara, wenn du nicht in die Haftung kommst, objektiv nichts falsch gemacht hast, dann kann doch nichts passieren, dann ist doch alles okay. Und dass du es nicht erkannt hast, musst du dir nicht vorwerfen. In der Zeitung habe ich von einem Mann gelesen, der plötzlich – ohne dass etwas vorgefallen war – seine Nachbarin und deren Kind erstochen hat. Einfach so. Er war ein völlig normaler, unauffälliger Mann, die Nachbarn und Kollegen mochten ihn, er hatte keine Schulden, nichts. Es gibt eben einfach verrückte Menschen.«

»Aber er ist tot, Steffen!«, schrie ich.

Er streichelte mir übers Haar und winkte mit einem leisen »Pscht« meine Worte fort. Sie verschwanden irgendwo in der Zimmerecke, und mit einem Mal war es, als hätte es sie nie gegeben.

***

Mitten in der Nacht wachte ich auf, mir war heiß, meine Kehle wie vertrocknet. Steffen schlief fest, den Kopf von mir weggedreht.

Langsam stand ich auf, ging ins Wohnzimmer und stellte das Licht an. Die Helligkeit half mir, in die Realität zu finden. Ich wurde ruhiger, setzte mich, der nasse Pyjama klebte an meinem Körper. Ein Traum hatte mich geweckt, aber ich erinnerte mich nur vage an ihn, da war das Bild eines Bergmassivs, ein ausdrucksloses Gesicht – Herrn Mangolds? – und eine dunkelhaarige Frau, die auf einem Felsen stand und lachte. Ein leises, aber furchteinflößendes Lachen. Da war noch mehr, das wusste ich, es gab einen Zusammenhang, eine Geschichte, doch das alles war nicht mehr greifbar.

Mein Schweiß roch beißend, die große Uhr an der linken Wand tickte laut und bedrohlich den immergleichen Takt. Es war kurz vor zwei, ich stand auf, ging ans Fenster und öffnete leise den Rollladen. Niemand war unterwegs, nur die Nachbarskatze huschte durch die Dunkelheit, ein paar Vögel saßen schlafend auf einer Stromleitung über den Dächern.

Ich dachte an die Krähen in Buhlingen, sah sie vor mir, wie sie sich – Tag für Tag – in den großen Ahornbäumen versammelten, die die Hauptstraße säumten. Dort saßen sie und warteten auf irgendetwas. Und immer, wenn ich an ihnen vorbeiging, flatterten sie auf, eine nach der anderen. Ob sie es waren, die in meine Träume hineingeflogen waren, sie aufgescheucht und durcheinanderwirbelt hatten? Oder nur Herr Mangold? Vielleicht war es auch nur er.

Leise öffnete ich das Fenster. Die Luft war noch immer warm und dicht, stickig – sogar in der Nacht kühlte es nicht ab. Die Glocken des Kirchturms schlugen zwei Uhr und ich ging nach draußen, hastig, als hätte ich es eilig. Noch nicht einmal Schuhe zog ich an. Der Boden unter meinen Fußsohlen war warm, der Asphalt glatt. Und da, da war sie wieder, die Nachbarskatze. Sie saß regungslos auf einem Autodach, ihre Augen funkelten gelblich. »Miau Miau«, machte sie, und es klang, als fragte sie mich, wo ich hinwolle. Ich hätte ihr nicht antworten können, ich wusste es nicht.

Immer weiter lief ich, bis ich den Ort und die Felder hinter mir gelassen und den Waldrand erreicht hatte. Dort war es dunkler, lauter, es raschelte, jeder Schritt ein Knirschen, Knacksen. Nur ein paar Meter waren es bis zum See. Vor Jahren war ich mit Steffen dort gewesen, danach nie mehr. Ich wollte nicht mehr dorthin, nicht noch ein weiteres Mal von diesem Gewässer gezwungen werden, Erinnerungen betrachten zu müssen. Und obwohl ich mich vor dem Weiher fürchtete, hatte ich – in dieser Nacht – das Bedürfnis, zu ihm zu gehen, in ihn hinein, mich ihm auszuliefern. Immer weiter lief ich, bis er zwischen den Bäumen auftauchte. Ruhig lag er vor mir. Er war genauso dunkel wie der See von früher, modrig, das Wasser fast schwarz. Es war ganz still, die Geräusche des Waldes waren nicht mehr zu hören. Über dem See leuchtete der Mond, im Wasser sein Abbild. Jetzt eintauchen, dachte ich, immer tiefer in die Dunkelheit, ins Nichts.

Ich zog mich aus und ging hinein, ließ mich treiben, drehte mich unter Wasser im Kreis, tauchte wieder auf. Nach einer Weile wurde mir kalt. Ich wollte zurück ans Ufer schwimmen, doch es war, als weiche es immer weiter zurück, als hielte der See mich fest.

Stand da jemand? An der großen Fichte – nur ein paar Meter von mir entfernt? Ich hörte ein leises Lachen, eine Stimme, in die Stille hinein. Die Gestalt war nur schemenhaft zu erkennen, klein und zart.

»Hallo?«, rief ich. Mein Herz schlug so schnell, dass ich das Pochen in meinem Hals spüren konnte. Ich machte ein paar große Züge, bis meine Füße Halt fanden, dann rannte ich, so schnell ich konnte. Die spitzen Steine piksten in meine Fußsohlen, das Wasser spritzte mir in die Augen, es brannte. Und als ich aus dem See heraustrat, war niemand zu sehen. Vielleicht war es nur ein Baum gewesen oder ein Ast, dachte ich, doch genau in dem Moment, in dem ich mir dies einzureden versuchte, tauchte eine Krähe aus dem dunklen

Wald auf und verschwand kurz darauf irgendwo am Nachthimmel.

Ich zog den klammen Pyjama wieder an und ging: durch den Wald, über die Felder, die Straßen entlang. Trotz meiner schnellen Bewegungen fror ich immer mehr. Die dünne Schweißschicht zwischen meiner Haut und dem Stoff meines Oberteils lag wie eine feuchte Decke auf meinem Körper. Mein Mund war trocken, mein Rachen wie verklebt.

Niemand war dort gewesen, niemand hatte mich beobachtet, sagte ich mir immer wieder. Nur diese einsame Krähe. Aber mit jedem Schritt spürte ich, dass da etwas war, das sich in mir festsetzte. Nur was, was war das? Diese Gestalt, die Dunkelheit, das Nichts dieses Sees?

Jetzt werde ich es nie mehr los, dachte ich. Jetzt bleibt es für immer in mir. Wie das Unkraut zwischen den Bodenplatten.

2

»Würdest du mir bitte sagen, wie ich von hier aus weitergehen soll?«
»Das hängt zum großen Teil davon ab, wohin du möchtest.«

Um Punkt sieben würde Steffen das Haus verlassen. Wie jeden Morgen. Nur noch eine halbe Stunde.

»Ich muss heute zu einer Fortbildung«, rief ich ihm zu. Mein Mund sprach die Worte wie von selbst aus, beinahe reflexhaft, ohne dass ich es vorgehabt hatte.

»Au, verdammt!«, schrie Steffen und kam zu mir, ein wenig Blut lief an seiner Wange herunter. Mit aufgerissenen Augen schaute er mich an.

Hastig redete ich weiter, um seinen Fragen zuvorzukommen: »Eine Kollegin, Maria, weißt du, wir haben sie mal in der Stadt getroffen, hat mir gerade geschrieben. Sie hat die Fortbildung schon gebucht und längst bezahlt. Jetzt ist sie krank geworden, und es wäre ja schade, wenn der Platz verfallen würde. Deshalb ist das so kurzfristig.«

Warum hatte ich das gesagt? Es erschreckte mich längst nicht mehr, wenn ich log, ohne es mir bewusst vorgenommen zu haben, das war ich mittlerweile gewohnt. Vermutlich wurden die Lügen irgendwann Teil des eigenen Ichs und so sehr Realität – jede für sich –, dass sie sich von der Wahrheit nicht mehr klar und deutlich abgrenzten. Nein, das Lügen an sich war es nicht, was mich wunderte, darum ging es nicht, sondern nur darum, dass ich in diesem Moment den Grund dafür nicht nachvollziehen konnte. Ich verstand nicht, warum ich diese Fortbildung erfunden hatte, was ich damit bezwecken wollte. Fast war es, als könnte ich nicht mehr frei entscheiden über meine Worte, mein Handeln, meine Gedanken, als würden sie sich zunehmend selbstständig machen, ohne dass ich daran beteiligt war.

»Und wo ist der Lehrgang?«

»In Berlin.«

»Wie lange?«

»Bis Freitag.«

»Das ist ja ärgerlich. Hättest du nicht Nein sagen können?«

Ich schüttelte den Kopf.

Wo sollte ich denn jetzt hin? Sollte ich wegfahren? Oder einfach in meiner Praxis bleiben? Steffen war nur selten in der Stadt, seine Hausarztpraxis war im Nachbarort, der Fußballverein und seine Freunde alle in den umliegenden Dörfern verteilt. Er würde mich nicht entdecken, es nicht bemerken.

»Und was ist mit deinen Patienten?«

»Die Sitzungen kann ich zur Not telefonisch machen und ansonsten für diese Woche ausfallen lassen«, sagte ich und war erleichtert, dass Steffen nach einem kurzen »Hmm« wieder ins Badezimmer ging. Schnell holte ich meinen Koffer aus dem Gästezimmer und packte wahllos Dinge hinein. Dabei ließ ich mir bewusst Zeit, um möglichst beschäftigt zu wirken und Steffen daran zu hindern, noch weitere Fragen zu stellen.

Kurz darauf verabschiedete er sich. Ich versuchte einen flüchtigen Kuss, den er in die Länge zog.

Als er endlich gegangen war, packte ich noch weitere meiner Sachen in zwei Umzugskisten. Dann ging ich aus dem Haus – die Kartons mit den wichtigsten Dingen und den Koffer vor mir herschiebend – und schloss die Tür hinter mir. Rechts und links daneben zwei Blumenkübel mit rosa blühenden Rosenstöcken. Die Tür weiß, glänzend und steril, die Klinke golden. Ich hielt sie eine Weile in der Hand, und es war, als verformte sie sich zwischen meinen Fingern, sie wurde weich und warm. Wie ein Stück totes Fleisch fühlte sie sich an, eklig und schwammig, beinahe nass, ich wollte sie nicht mehr berühren müssen, löste meine Hand vom Metall, und der Türgriff sah aus wie immer. Keine Verformung, alles normal, so, wie es sein sollte. Also musste ich es sein, die sich verändert hatte, nicht die Dinge und Menschen um mich herum. Ja, es lag an mir, an meinem Denken, auch wenn ich nicht einmal ansatzweise verstand, was mit mir los war. Vermutlich musste ich nur das herausfinden, nur diese eine Veränderung meines Gehirns verstehen – und endlich begreifen, was das alles mit Herrn Mangolds Tod zu tun hatte.

***

An diesem Tag nahm ich meine Termine noch wahr, hörte mir die Probleme meiner Patienten an, ohne etwas darauf zu erwidern. Ich war nicht mehr in der Lage, Ratschläge zu erteilen, die Gedanken meines Gegenübers anzuregen, indem ich gezielte

Fragen stellte. Meine wenigen Worte erschienen mir bedeutungslos, mein Sprechen mühsam, meine Sätze zu kurz. Ich verstand die an mich gerichteten Worte kaum, die Tränen, die Verzweiflung von Frau Piel, meiner anorektischen Patientin, die mir erzählte, es in ihrem Körper nicht mehr aushalten zu können. Ich wusste nicht, was ich darauf entgegnen sollte, kam mir schäbig vor und hilflos, stammelte etwas und schob hinterher, dass es mir leidtue, dass vermutlich eine Migräne im Anmarsch sei.

Meine Gedanken klammerten sich an Herrn Mangold. Immerzu. Um sie umzuleiten, ging ich am Abend nach draußen. Ohne Ziel lief ich durch die Straßen. Viele Menschen waren unterwegs, die meisten in Eile, einige mit Eistüten oder Bierflaschen, andere mit Handys in den Händen.

Von irgendwoher Musik, kurz darauf Klatschen, wieder Musik. Ich lief den Melodien nach, den elektronischen Klängen, ohne zu wissen, wohin sie mich führen würden.

Mitten im Stadtpark war eine kleine Bühne aufgebaut, davor viele Menschen. Sie saßen auf der Wiese, einige standen, irgendwo schrie ein Kind, das Schreien mischte sich unter die Bässe. Ich ging weiter, zwischen den Menschen hindurch. Auf der Bühne zwei Männer und eine Frau in karierten Pyjamas. Der Sänger – ein Typ mit verunglücktem Irokesenschnitt und riesigen Hausschuhen, die an Bärentatzen erinnerten oder an die Pfoten eines Wolfs – hatte eine Federboa um seinen Hals gelegt. Die Band setzte zu einem weiteren Lied an, das Publikum applaudierte und grölte. Hauptsächlich junge Menschen um mich herum, Anfang zwanzig vermutlich. Wie unbeschwert sie alle wirkten.

»Man lebt am Rande irgendeiner Bedeutung. Das Leben ist ein lausiger Bad Hair Day.« Was für ein bekloppter Text, dachte ich, doch ich mochte die raue, kratzige Stimme des Sängers. Er trank einen Schluck aus einer Rotweinflasche, die er neben sich platziert hatte. Seltsam war das alles, dieser Song, die drei Menschen auf der Bühne in ihren Pyjamas. Die Situation wirkte irreal, dennoch blieb ich stehen, betrachtete diese bizarre Band, aber auch die Menschen, die mitsangen, lachten, tanzten. Wie locker sie alle wirkten. So entspannt, so unbeschwert. Als hätten sie noch nicht begriffen, dass es jeden Moment enden konnte, dass wir uns alle früher oder später auflösen werden. Dass das alles keinen Sinn hatte. All diese Gedanken flogen durch meinen Kopf, sie wurden lauter und lauter, so laut, dass ich mich nicht mehr auf die Musik konzentrieren konnte.

Und dann bemerkte ich sie. Diese junge Frau. Sie stand am Rande des Konzerts, allein, bewegungslos. Nur mich schaute sie an, nicht die Band, nicht die Besucher, nur mich. Etwas an ihr zog mich an, gleichzeitig machte sie mir Angst, wie sie so regungslos, so unbeteiligt dort stand, ohne ihren Blick von mir zu lösen. Mein Herz pochte immer schneller, ich konnte es spüren – in meinem Hals, in meiner Brust, gleich unter der Haut.

Hastig drehte ich mich weg, ging zurück in meine Praxis und sagte per E-Mail sämtliche Termine der nächsten Tage mit dem Hinweis auf eine Erkrankung ab.

***

Vielleicht hätte ich meine Sitzungen nicht absagen dürfen, sondern mich stattdessen an dem festhalten müssen, was mein Leben bis zu Herrn Mangolds Suizid ausgemacht hatte. Dann wäre ich jetzt bei Steffen oder in der Praxis. Alles wäre noch wie zuvor. Wobei: Nicht einmal das weiß ich sicher.

Was ich aber sicher weiß – immerhin: Wäre das alles nicht passiert, oder hätte ich weder dem Anruf des Polizisten noch dem Auftauchen von Nikto solch große Bedeutung beigemessen, wäre ich jetzt nicht hier in dieser Hütte.

Es riecht nach gebratenem Speck und Kaiserschmarrn. Eine Gruppe junger Männer setzt sich zu mir an den Tisch. Sie sprechen mit ihrem Bergführer über Steigeisen, Seillängen, Exen. Einer von ihnen fragt mich, ob ich auch vorhabe, den Gipfel zu erreichen. Etwa in meinem Alter, mit dunklen, zerzausten Haaren. Seine Augen blau mit einem helleren Rand. Französischer Akzent. Ich nicke ihm kurz zu.

Die Kellnerin bringt fünf Radler und ein großes Holzbrett mit belegten Broten. Um mich herum wird gegessen, getrunken, erzählt. Der, der mich angesprochen hat, lacht zwischendurch laut auf und stellt auf seinem Handy Musik an. Französischer Gesang, es klingt schön, ich habe das Bedürfnis, meine Hände zur Melodie zu bewegen. Doch mir fehlt die Zeit, ich muss das hinterlassen, was mir wichtig erscheint, bevor es zu spät ist.

Schon wieder werde ich unterbrochen. Ob ich auch etwas von der Vesperplatte wolle. Genug zu essen am Abend vor dem Aufstieg sei wichtig. Ich bedanke mich und nehme mir eine halbe Scheibe Graubrot mit Käse. Darauf viele rohe Zwiebeln, die in meinem Mund brennen. Er lacht, der Mann mit den hellen Augen, und stellt sich als Maxime vor.

Die Musik läuft immer weiter, zieht mich mit, mit einem Mal komme ich mir frei vor und unbeschwert, hier in dieser Hütte, mit diesem Lied. Wir reden kurz über Belangloses, ohne dass es sich so anfühlt.

»Ich bin Sara«, sage ich.

»Freut mich«, sagt er und dass sie sich jetzt hinlegen werden.

***

Endlich bin ich wieder allein. Genau wie damals, als ich in meiner Praxis stand und sich der Gedanke, Herrn Mangold falsch eingeschätzt und deshalb nicht adäquat behandelt zu haben, immer weiter in meinem Kopf ausbreitete. Er wurde so groß, dass er gegen meine Schädeldecke klopfte. Für einen Moment befürchtete ich, sie könnte zerspringen, sich öffnen und der Gedanke zusammen mit ein paar Knubbeln Hirnmasse auf den Boden fallen, dann vielleicht darüber rollen, bis er irgendwann verschwunden wäre. Doch er hielt sich fest in meinem Kopf, verschwand nicht.

Nachdem ich zwei oder drei Tage in meiner Praxis verbracht und sie nur ein einziges Mal verlassen hatte, um ein paar Essensvorräte zu kaufen, lag ich nachts wach. Eine Matratze hatte ich nicht, ich schlief auf dem Dielenboden, der bei jeder meiner Bewegungen quietschte und mich damit aus dem Schlaf riss, wenn ich es überhaupt einmal schaffte einzudösen. In dieser Nacht gelang es mir nicht. In Gedanken ging ich all das durch, was ich aus Herrn Mangolds Akte herausgelesen hatte. Mittlerweile hätte ich meine Notizen beinahe auswendig aufsagen können, dennoch blieb sein Tod mir suspekt. Ich wünschte, er würde greifbar werden, er sollte eine Art Gegenstand sein, ich wollte ihn in Händen halten, umdrehen, von allen Seiten betrachten.

Doch er blieb, was er war: ein für mich nicht nachvollziehbares Ereignis.

Hastig stand ich auf, zog mich um und ging nach draußen. Es war hell, obwohl es Nacht war, was nicht an den Straßenlaternen, Autoscheinwerfern oder Kneipenbeleuchtungen lag, sondern am Mond. Er war riesig in dieser Nacht und schien ungewöhnlich hell, das Licht beinahe gleißend. Aufgrund seiner Größe und Klarheit wirkte er bedrohlich auf mich. Ich ließ ihn nicht aus den Augen, während ich – ohne es zu hinterfragen – zu dem Haus ging, in dem Herr Mangold gelebt hatte. Laut des Klingelschilds musste er im zweiten Stock gewohnt haben. Ich setzte mich auf den Bordstein, streckte meine Beine aus und wartete.

***

Immer dieses Warten: auf Antworten, auf eine Erklärung für Herrn Mangolds Suizid, auf die Metamorphose des eigenen Ichs, darauf, endlich die Krähen verstehen zu können, auf einen Wolf oder ein weißes Kaninchen, das mich mitnehmen würde. Warten. Irgendwie warteten doch alle auf irgendetwas. Steffen hatte jahrelang auf sein Eigenheim gewartet, darauf gespart, ganz akribisch, das hatte er mir erzählt. Dann hatte er es, sein Eigenheim. Eigenartig ... denn auch dann wieder warten: auf unsere Hochzeit, das erste Kind, dann das zweite, das dritte. Es war immer ein Warten. Meine Eltern warteten auch. Immerzu. Auf etwas, das nie eintreten würde. Wie traurig das war, sie verpassten ihr Leben wegen des vielen Wartens, und irgendwann würden sie sterben, ohne davor etwas anderes gehabt zu haben als ihre bloße Existenz.

***

Am frühen Morgen – die Sonne war noch nicht zu sehen – öffnete sich die Tür, eine junge Frau trat daraus hervor. Nachdem sie ein paar Schritte gegangen war, sprang ich auf und erreichte die massive Holztür gerade noch, bevor sie ins Schloss fiel. Schnell schlich ich in den Hauseingang, die Frau schien nichts bemerkt zu haben. Das Treppenhaus war steril, ohne dass es gepflegt wirkte. Die Türen gräulich. Im zweiten Stock – wie ich es vermutet hatte – sein Name.

Im Nachhinein kann ich weder sagen, ob ich Skrupel hatte, die Tür mit meiner Kreditkarte zu öffnen, noch, ob ich Angst hatte, dabei erwischt zu werden. Es schien eine Notwendigkeit zu sein, die sich nicht hinterfragen ließ, die einzige Option.

Zum Glück war das Schloss nicht abgesperrt. Die Wohnung passte zu Herrn Mangold: die fehlende Farbe, die Einrichtung, der Geruch. Beinahe wirkte es, als lebte er noch dort. Es war heiß und stickig, ich sehnte mich nach frischer Luft, ließ aber die Fenster geschlossen. Womöglich wussten die Nachbarn von seinem Tod.

Wie ein Einsiedlerkrebs kam ich mir vor, sah mein Biologiebuch vor mir, die Bilder darin, die Aquarien im Naturkundemuseum, die ich stundenlang hätte betrachten können, meine Insekten. Auf der Wiese hinter dem Haus sammelte ich sie ein und nahm sie heimlich mit in mein Zimmer. Raupen, Käfer, Heuschrecken.

Einsiedlerkrebse verstecken sich in leeren Schneckenhäusern oder ähnlichen Behausungen, die nicht ihnen gehören. Dort nisten sie sich ein wie in fremden Wohnungen, fremden Leben. Sie können nicht anders, es ist unumgänglich. Tun sie es nicht, sterben sie.

***

Langsam ging ich den Flur entlang. An den Wänden keine Bilder, nur ein Kleiderständer in der Ecke, der mit zwei Sommerjacken in unscheinbaren Beigetönen behängt war. Rechts die Küche, ein kleiner Raum, auf dem Tisch standen zwei leere Bierflaschen, in einer Schale lag ein verfaulter Apfel, der Herd sah unbenutzt aus. Genau wie die Küche waren auch die weiteren Zimmer nur karg eingerichtet. Kaum Farbe in der gesamten Wohnung. Das Schlafzimmer klein und dunkel, die Bettwäsche weiß, ein gräulicher Kleiderschrank in der Ecke, mehr nicht. Im Wohnzimmer ein großer Fernseher, eingebettet in eine rustikale Schrankwand aus Holz, an der gegenüberliegenden Wand ein helles Sofa, davor ein kleiner quadratischer Tisch, auf dem noch ein halbvolles Wasserglas stand.

Ich setzte mich auf die Couch und schloss für einen Moment die Augen, um besser nachdenken zu können – darüber, was ich hier wollte, was mit mir los war, wann ich wieder gehen konnte. Und dann, als ich meine Lider wieder öffnete, saß Herr Mangold plötzlich neben mir, ein bisschen steif, seine Hände auf die Knie gelegt, der Rücken gerade, die Füße hüftbreit auf dem Boden aufgestellt, der Gesichtsausdruck genauso phlegmatisch wie in unseren Therapiesitzungen. Um mich zu vergewissern, dass er nur eine Illusion war, mein Gehirn dieses Bild nur hervorgebracht hatte, um den Tod meines Patienten zu verarbeiten, näherte ich mich seinem Körper mit der rechten Hand. Er reagierte nicht darauf, kein kurzes Zucken, kein Blinzeln, kein Zurückweichen.

Was würde ich ihn fragen, wenn er tatsächlich dort säße, wenn die Gestalt neben mir nicht nur meiner

Einbildung entspränge? Warum er sterben wollte? Oder warum so, warum am Matterhorn? Ob ich etwas hätte anders machen müssen, ob ich etwas falsch gemacht hatte? Ich konnte mich nicht entscheiden, all diese Fragen schienen mir relevant zu sein. Wenn er sie mir doch nur beantworten könnte. Noch immer saß er neben mir, ohne mich anzuschauen. Er starrte nur vor sich hin. Eine Weile blieb ich neben ihm sitzen, führte in Gedanken ein Gespräch mit ihm, ohne dass er auf meine Fragen antwortete. Er schaute mich nicht einmal an.

Dann stand ich auf und öffnete die Türen der Schrankwand. Ein paar Gläser, DVDs, alte Pornohefte, Sportzeitschriften. Auch hier nichts Auffälliges. Sogar die Pornos waren gewöhnlich, kein Fetisch, keine besondere Vorliebe, nur ein paar Brüste, Vulven. Leblos sahen sie aus, die Frauenkörper. Wie Kadaver.

Mit jedem Gegenstand, den ich aus den Fächern und Schubladen holte, trat ein weiterer Teil eines völlig langweiligen, unspektakulären Lebens hervor. Herr Mangold hatte seine Unscheinbarkeit bis zur Perfektion exponiert.

Ich breitete die Gegenstände neben mir auf dem grauen Teppichboden aus, legte sie kreisförmig um mich herum. Im Schneidersitz saß ich in der Mitte. Wie klein ein einzelnes Leben doch war, wenn es so ausgebreitet vor einem lag. Klein und irrelevant. Und mit einem Mal, während ich in diesem Kreis saß, mitten in Herrn Mangolds Leben, mich immer ein Stückchen weiterdrehte, um es in seiner Gesamtheit erfassen zu können, wurde mir bewusst, dass auch meines nur ein Kreis aus unwichtigen, belanglosen Ereignissen war und keinerlei Sinn ergab. Wenn ich nicht mehr da wäre, würde alles genauso weitergehen wie bisher, nichts würde sich ändern, alles würde bleiben, wie es ist. Mein Sterben hätte – genau wie Herrn Mangolds – keinerlei Bedeutung, wäre irrelevant.

***

Ob mich jemand vermissen würde? Ich überlegte, wem ich im Falle meines bevorstehenden Todes schreiben würde, kramte in den Schubladen, die ich noch nicht ausgeräumt hatte, nach Papier, fand keines. An der linken Wand ein kleines, helles Regal, nur wenige Bücher standen darin, ganz akkurat nebeneinander. Hauptsächlich Krimis, ein Duden, ein mehrbändiges Lexikon. Ich riss die ersten nur spärlich bedruckten Seiten aus verschiedenen Büchern, nahm einen Stift aus meiner Tasche und fing an zu schreiben.

Ich schrieb Natalie, dass ich es schade fände, keinen Kontakt mehr zu ihr zu haben. Dass es schön gewesen sei, damals mit ihr. Yannick schrieb ich einen Liedtext. Junimond. Ich konnte ihn noch auswendig, obwohl es Jahre her war, dass ich das Lied zum letzten Mal gehört hatte. Mit Yannick immer Rio Reiser, nächtelang, wieder und wieder. »Und jetzt tut`s nicht mehr weh.« Damals meinte ich noch, er sei wahr, dieser Satz. Vielleicht war ich zu jung, zu naiv, zu glücklich in diesen Nächten mit Yannick und glaubte deshalb daran, dass jeder Schmerz irgendwann vergehen würde – so, wie alles verging: die Starre des Winters, eine Erkältung, die Minuten oder Stunden mit dem Pastor, die kalten Blicke meines Vaters beim Abendessen. Heute weiß ich, dass es auch Schmerzen gibt, die ewig anhalten, für immer wehtun.

Meinen Eltern schrieb ich nicht. Ich fand die Worte nicht, sie versteckten sich vor mir.

Auf eine weitere Seite schrieb ich: »Niemand ist da, der das Fenster in mir öffnet, nach dem ich suche.« Ich schrieb es für Nikto, die ich nicht kannte.

***

Außer mir ist niemand mehr hier. Die anderen haben sich – einer nach dem anderen – in die Schlafsäle zurückgezogen, um morgen früh ausgeruht zu sein.

Ich binde meine Stirnlampe um und gehe nach draußen, setze mich an einen der massiven Holztische, um die Natur um mich herum wahrzunehmen. Ohne Jacke ist mir kalt, dennoch bleibe ich sitzen, weil sich die kühle Luft auf meiner Haut nach Lebendigkeit anfühlt. Der Berg vor mir sieht aus wie eine Pyramide. Nur oben ein kleiner Knick, zu einer Seite hin ein leichter Buckel.

Ein Geräusch von hinten. Die Tür der Hörnlihütte öffnet sich. Und obwohl ich ganz allein mitten in der Dunkelheit sitze und bis auf mein Notizbuch, meinen Stift und die Stirnlampe nichts bei mir trage, habe ich keine Angst. Es ist, als gäbe der Berg mir Sicherheit, als könnte ich mich an ihm festhalten, als würde er auf mich aufpassen. Beschützt du mich auch morgen noch?, möchte ich rufen, als sich jemand neben mich setzt.

Ich drehe meinen Kopf zur Seite, meine Stirnlampe leuchtet Maximes Gesicht aus.

Er kneift die Augen zusammen und fragt: »Kannst du die kurz ausmachen?«

Nachdem ich das Licht ausgestellt habe, ist es ganz dunkel, nur der Schnee auf dem Gipfel funkelt vor sich hin.

»Störe ich dich?«

»Nein, alles gut, ich sitze hier nur und denke nach«, antworte ich. »Ich dachte, du wolltest schlafen.«

»Ja, eigentlich schon. Aber ich kann nicht. Das ist ziemlich bedeutend für mich.« Seine Stimme klingt rau und kratzig, wie die eines alten Mannes, der sein Leben lang zu viele Zigaretten geraucht und zu viel Whiskey getrunken hat. Wie die des Sängers im Park.

»Man lebt am Rande irgendeiner Bedeutung«, sage ich.

»Wie?«

»Nur eine Zeile aus einem Song, der mir gerade einfiel.«

»Ja … Das Leben ist ein lausiger Bad Hair Day, wer zum Friseur geht, hat's nicht erlebt.«

Ich frage ihn, ob er sie kennt, diese Band, und er nickt – dabei schaut er mich nicht an, sondern starrt vor sich hin. »Fortuna Ehrenfeld«, antwortet er leise und hält für einen Moment inne. Dann erzählt er, was er an diesem Lied mag, an dem Text, an dem, was die wenigen Zeilen auszudrücken vermögen, und schiebt hinterher, dass ich mir unbedingt auch das Video anschauen müsse.

Ich nicke und schweige. So gerne würde ich etwas von Belang erwidern, doch ich finde die passenden Worte nicht. Immer, wenn jemand etwas zu mir sagt, was ehrlich wirkt und nicht in Euphemismen eingewickelt ist, verstecken sie sich vor mir.

Auch Maxime schweigt. Ich möchte, dass es nicht endet und er weiter mit mir spricht, mich nicht allein lässt in diesem Moment, deshalb frage ich: »Warum ist es bedeutend für dich?«

Dass er sein Leben gerade komplett umkrempele, erzählt er, und dass diese Erfahrung am Matterhorn all das Neue quasi einleiten soll. Ganz ruhig spricht er, besonnen, fast schon poetisch klingt es. Jedes Wort ist genau an der richtigen Stelle, als hätte er es bewusst ausgewählt oder sich die Sätze bereitgelegt, um sie wieder und wieder aussprechen zu können.

»Et toi?«, fragt er dann.

Und ich? Wenn ich das wüsste. Ich erzähle ihm, dass Herr Mangold tot ist. In der Dunkelheit ist Maximes Gesicht kaum zu erkennen, ich wünschte, ich könnte es mit meiner Stirnlampe anstrahlen, sie wie einen Scheinwerfer auf ihn richten, um seinen Blick deuten zu können. Am liebsten würde ich komplett durch ihn hindurchleuchten, in sein Gehirn hinein, sehen, was er darüber denkt, ob er es versteht. Doch ich nehme ihn nur schemenhaft wahr, die Umrisse seines Gesichts, seine Brille, die zerzausten dunklen Haare. Dass ich auf der Suche sei nach dem Grund für Herrn Mangolds Suizid, erzähle ich, dass ich nur verstehen wolle, dass es mir vorkomme, als sei es eine Notwendigkeit, zu wissen, was mein Patient gespürt hat am Ende.

Ich meine, ein Nicken zu erkennen und Maximes Hand auf dem Tisch, direkt neben meiner.

Eine Weile bleiben wir schweigend nebeneinandersitzen, bevor er aufsteht und auf die Hütte zugeht. »Ja, irgendwie sind wir ja alle auf der Suche nach uns selbst. Bonne nuit, Sara.«

»Bonne nuit, Maxime.«

Ob das jetzt alles war? Nicht einmal viel Glück für morgen, Berg Heil? Nur eine gute Nacht?

Die Tür fällt hinter ihm ins Schloss, und ich wünschte, er hätte sich noch einmal zu mir umgedreht, er hätte »Bis bald« gesagt oder »Wir sehen uns«. Vielleicht wünsche ich mir auch, er würde mit mir über mein Leben sprechen, über das, was niemand weiß, was sich nur in meinem Kopf abspielt, über das, was sich nicht in Worte fassen lässt.

War es das, was er damit meinte, dass wir alle auf der Suche nach uns selbst sind? Vielleicht hat er recht damit, aber darum geht es nicht, es geht nicht um mich, sondern um Herrn Mangold. Und vielleicht auch um Gott. Vielleicht bin ich auch hier, um ihn herauszufordern, ihn dazu zu bringen, mir ein Zeichen zu geben, mir endlich zu sagen, ob es ihn gibt oder nicht.

***

Die Diskrepanz zwischen diesem Moment jetzt und dem Moment damals in Herrn Mangolds Wohnung könnte nicht größer sein. Heute: Kälte, diese Schönheit der Natur, ein kühler Wind, der mich umgibt, und das Gefühl von Veränderung. Damals: Hitze, der verdreckte Teppichboden unter mir, hässliche, unscheinbare Gegenstände in meinem Blickfeld, die mich anekelten, und das Gefühl, als stünde alles still, als wäre ich Teil der Stagnation, als könnte ich mich nicht bewegen, kaum atmen. So saß ich da, mit den Briefen in den Händen. Unentwegt fragte ich mich, warum ich sie geschrieben hatte, ohne eine Antwort darauf zu finden. Das Einzige, was ich wusste, war, dass ich sie niemals abschicken würde. Denn darum ging es nicht.

Ich trat aus dem Kreis heraus, setzte mich in die Zimmerecke, legte die einzelnen Seiten vor mir auf den Boden und betrachtete sie ein letztes Mal, bevor ich alle Worte, alle Sätze, all das Geschriebene so lange überkritzelte, bis nichts mehr zu erkennen war außer kleinen Kreisen, Strichen, dem Blau meines Kugelschreibers.

Dann faltete ich die Papiere zusammen, immer wieder. Als sie nur noch etwa briefmarkengroße Päckchen waren, stopfte ich sie in meine Tasche.

Die Hitze und die stickige Luft setzten mir zu, ich konnte meine Augen kaum noch offenhalten, obwohl es noch nicht einmal Mittag war. In der Küche fand ich Espressopulver im oberen Küchenfach und stellte die Kaffeemaschine an. Herr Mangold hatte genau fünf Tassen: vier weiße, die zu seinem restlichen Geschirr passten, und eine weitere mit einem kitschigen Sonnenuntergang darauf. Das Licht glitt in rosafarbenen Schlieren übers Meer. Eine Tasse, die man als Erinnerung in einem Urlaubsort kaufte. Ob er dort gewesen war oder nur davon geträumt hatte? Oder war sie vielleicht ein Geschenk? Ich nahm die Tasse aus dem Schrank, drehte sie um, versuchte, einen Hinweis auf den Ort zu finden, an dem das Foto aufgenommen worden war. Doch nichts. Nichts, was eine Erklärung liefern konnte. Keine Berge im Hintergrund, nur weiter Sandstrand, das Meer und die Sonne, die langsam darin versank.

Der Kaffee schmeckte wässrig, ich ging mit der Tasse durch die Wohnung ins Schlafzimmer. Der Nachttisch ein kleines Schränkchen mit zwei Fächern. Darauf eine Lampe und eine Packung Taschentücher, sonst nichts. Ich öffnete die Schubladen, in der oberen ein Notizbuch, ein paar Fotos, die untere leer. Die Bilder nahm ich heraus und legte sie vor mich auf das weiße Laken. Ein Babyfoto in schwarz-weiß, Herr Mangold als Kind, ein Mädchen daneben, ein paar Jahre jünger als er. Ein Hochzeitsbild, Blumengestecke, die aufgebahrte Leiche eines älteren Mannes, vermutlich sein Vater. Ein Leben im Schnelldurchlauf. Zusammengefasst. Trist. Und alles in schwarz-weiß, keine Farbe auf den Fotos. Das waren sie also, die Essenzen seines Lebens. Und dann Ende.

***

Das Notizbuch nahm ich mit ins Wohnzimmer und setzte mich damit aufs Sofa – in der Hoffnung, darin das zu finden, was ich suchte: eine Erklärung, die zugleich eine Erlösung für mich darstellen würde. Vielleicht handelte es sich bei dem Heft um sein Tagebuch.

Um den Moment, bevor ich es aufschlug, möglichst lange auszukosten – denn nichts war enttäuschender als ein bedeutendes Ereignis, das ganz zufällig an einem vorbeiglitt, ohne dass man sich darauf vorbereitet und den Augenblick genossen hatte –, schloss ich für ein paar Sekunden die Augen, atmete ein paarmal tief ein und aus und trank noch einen Schluck Kaffee.

»Ausgaben sechster bis zwölfter März 2023« war das Erste, was ich las. Darunter eine Liste mit Dingen, für die Herr Mangold Geld ausgegeben hatte. Supermarkt dreiundzwanzig Euro fünfundvierzig, Autowäsche zehn Euro neunzig. So ging es weiter. Nichts sonst, nur diese bescheuerte Aufzählung. Ich blätterte das Buch durch, suchte die letzte beschriebene Seite. »Ausgaben zehnter bis sechzehnter April 2023« – die Woche seines Todes. Aber auch hier: nichts Besonderes. Supermarkt, Kaffee und Brezel unterwegs, Essen gehen mit Kollegen, tanken. Sonst nichts. Wenn er zumindest irgendetwas hinterlassen hätte, was es mir ermöglichen würde, ihn und seinen Tod auch nur ansatzweise zu verstehen. Einen kleinen Hinweis, eine kurze Nachricht. Aber nichts, gar nichts. Ich warf das Buch auf den Boden, stand auf und trat auf den Seiten herum, bevor ich nacheinander sämtliche Blätter herausriss und sie in meiner Hand zerknüllte.

Gemocht hatte ich Herrn Mangold nie, aber in diesem Moment hasste ich ihn beinahe. Weil er diese Gefühle in mir hervorrief, die ich nicht verstand, und weil er dabei war, die Konturen meines Lebens nach und nach aufzulösen.

***

Ich dachte nach: über alles, was ich bereits erlebt hatte, über meine Kindheit, meine Jugend, über den einzigen Moment, in dem ich ähnlich wütend gewesen war wie in diesem Augenblick in Herrn Mangolds Wohnung. Damals war ich noch ein Kind und hasste meinen Vater dafür, dass er meinen besten Freund getötet hatte.

Bis heute weiß ich nicht, warum er es tat. Vielleicht wollte er mich bestrafen, weil ich ihm »so viel Kummer« bereitete, weil ich »so seltsam« war, ein »sonderbares Kind«. Vielleicht glaubte er, mir mit dieser Tat den rechten Weg weisen zu können, womöglich hatte er sogar die Hoffnung, ich würde dadurch endlich »normal« werden.

»Ach Sara, geht schon wieder deine Fantasie mit dir durch?« Das waren sie, die Worte meines Vaters, dann ein Kopfschütteln, ein leises Gebet und schon war Herrmann tot. Für gewöhnlich sterben Oktopoden mit etwa drei Jahren. Nicht aber Herrmann. Er wurde zehn, und hätte mein Vater ihn nicht ermordet, wäre er vermutlich noch deutlich älter geworden. Auch sonst war er kein gewöhnlicher Oktopus. Er brauchte kein Wasser zum Leben, fühlte sich wohl unter meinem Bett. Er hatte nicht nur acht Arme, sondern sechzehn. Jeden Abend, jahrelang, krabbelte ich unter meiner Bettdecke hervor und kroch zu ihm. Über mir der Lattenrost, um mich herum Herrmanns Arme, die Saugnäpfe an meinem Körper. Sie hielten mich fest.

Nach seinem Tod fühlte ich mich schuldig. Ich hätte ihn nicht verraten dürfen, hätte auf die Frage meines Vaters, warum mein Bettzeug jeden Morgen genauso aussehe wie am Abend zuvor, nicht antworten dürfen: »Na, weil ich bei Herrmann schlafen möchte, bei meinem Oktopus.«

Werdende Krakenmütter bleiben bei ihren Eiern, bis der Nachwuchs schlüpft. In dieser Zeit nehmen sie keine Nahrung mehr zu sich, weil sie zu sehr damit beschäftigt sind, über ihre Kinder zu wachen. Zunehmend verlieren sie an Kraft, ihre Körper schrumpfen, ihre Augen werden trüber und trüber und dann, irgendwann, verhungern sie. Die meisten weiblichen Kraken pflanzen sich daher nur ein einziges Mal fort – und die meisten Krakenkinder sind von Anfang an auf sich allein gestellt.

***

Ich trank zwei Gläser Wasser, bevor ich einen Blick in Herrn Mangolds Kühlschrank warf. Er war gut gefüllt. Kaufte man noch so viel ein, wenn man vorhatte, sich das Leben zu nehmen? Eine Packung Emmentaler holte ich hervor und ein Glas Essiggurken. Brot fand ich keines, aber eine Dose Heringsfilets in Tomatensauce im untersten Schrankfach. Im Stehen – an die Küchentheke gelehnt – friemelte ich mit den Fingern die Fischstücke heraus und aß sie schnell auf, danach noch ein paar Scheiben Käse und zwei Gurken. Seit Tagen hatte ich kaum etwas gegessen.

Noch einmal ging ich durch die Wohnung. Er musste doch einen Computer gehabt haben, zumindest hatte er mir ab und zu E-Mails geschrieben. Ich durchsuchte sämtliche Räume, sogar im Badezimmer schaute ich nach, aber nichts, noch nicht einmal einen Schreibtisch gab es hier.

Es hatte keinen Sinn mehr, ich fand nichts, was mir weiterhalf, auch kein Adressbuch oder Zettel mit Telefonnummern von Freunden oder Verwandten. Vermutlich musste ich mich damit abfinden, dass sein Tod sich nicht aufklären ließ.

Ich nahm mir vor, die Wohnung zu verlassen und mich wieder meinem eigenen Leben zu widmen. Aber noch war es zu früh, erst kurz nach zwanzig Uhr. Um diese Zeit war die Gefahr zu groß, dass man mich dabei beobachten würde, wie ich diese Wohnung oder das Haus verließ. Ich musste noch hierbleiben, bis ich gefahrlos gehen konnte und dann weitermachen, als sei nichts gewesen: zu Steffen zurückkehren, meinen Praxisbetrieb wieder aufnehmen, meinen Patienten am besten morgen schon mitteilen, dass ich wieder gesund sei und sie wieder wie gewohnt in die Sitzungen kommen konnten.

Aber würde das gehen? Dort weitermachen, wo ich aufgehört hatte, dort wieder einsteigen, wo ich ausgestiegen war? Eben war es doch noch da gewesen, dieses Leben, das meines war – zumindest rein faktisch, auf dem Papier. Und nun, mit einem Mal, kam es mir vor, als wäre es verschwunden, als hätte es sich aufgelöst. Vielleicht konnte ich es auch nur nicht sehen, vielleicht musste ich es suchen, vielleicht hatte es sich getarnt.

Ein Großteil der Meerestiere, die weder flüchten noch sich wehren können, sind fast durchsichtig. Dadurch passen sie sich ihrer Umgebung an, werden eins mit dem Wasser. Sie sind darauf angewiesen, nicht entdeckt zu werden, denn wenn sie bunter wären, farbiger, wenn ihre Konturen deutlicher zu erkennen wären oder ihre Umrisse, würden sie augenblicklich gefressen werden. Sie schützen sich, indem sie vortäuschen, nicht zu existieren.

***

Ich setzte mich aufs Sofa und stellte den Fernseher an – nicht um das Programm zu verfolgen, sondern weil der Bildschirm das Zimmer in ein bläuliches Licht hüllte, was mich beruhigte. Nur kurz wollte ich mich hinlegen, nur so lange, bis ich gehen konnte, ohne mich dabei dem Risiko auszusetzen, erwischt zu werden.

Im Fernsehen lief irgendeine Talentshow. Die Menschen sangen, tanzten, jonglierten, als ginge es um ihr Leben. Eine Frau weinte wegen des vernichtenden Juryurteils, dann Werbung. Jaja, kauft, lenkt euch ab, perfektioniert euch selbst, und dann wird alles gut und schön. Endlich. Ich ertrug es nicht, schaltete um. Eine Sendung über die Tierwelt in den Alpen. Steinböcke, Salamander, schwarz und glänzend, pfeifende Murmeltiere, Gämsen. Wie leichtfüßig sie die Felsen hochsprangen. Als sei es das Leichteste der Welt. Die Bergkette im Hintergrund majestätisch und erhaben.

Ich merkte noch, wie mir die Augen zufielen, bemühte mich, meinen Fokus auf die Geräusche aus dem Fernseher zu richten, in der Hoffnung, dass sie mich wachhalten würden. Ich musste das Haus verlassen, diese Wohnung, es tat mir nicht gut, hier zu sein.

Erst am Morgen wachte ich auf, der Fernseher lief noch immer. In meinem Innern das Verlangen nach einer Hand, die tröstend über mein Haar streichelt.

Beim Aufstehen wurde mir übel. Es war so heiß in dieser Wohnung, mein Gesicht glühte. Ich rannte ins Badezimmer und kotzte ins Waschbecken. Die Fliesen verschwammen vor meinen Augen, ich schlug mit dem Kopf auf dem Boden auf. Im Liegen nahm ich ein Handtuch vom Halter, kroch damit zur Badewanne und ließ kaltes Wasser darüber laufen. Den nassen Stoff wickelte ich um meinen Kopf. So blieb ich eine Weile liegen. Nach und nach verschwand die Übelkeit. Ich zog mich am Waschbecken hoch und blickte dabei in den Spiegel. Mein Gesicht sah aus, als sei es nicht meines, ich erkannte mich kaum. Seltsam blass sah ich aus, meine Haut fast durchsichtig, die Wangen eingefallen, mehr als sonst. Fast so, als müsste ich vor meinem eigenen Anblick flüchten, rannte ich aus dem Badezimmer, legte mich wieder aufs Sofa, blickte dabei aus dem Fenster nach draußen, und es war, als schaute ich in ein unbelebtes Aquarium, in dem es längst nichts mehr zu betrachten gab.

***

Meeresschildkröten sind die ältesten noch existierenden Reptilien. Seit 225 Millionen Jahren leben sie in den Meeren – dabei meiden sie jeden Kontakt zu Artgenossen, bleiben fast ausschließlich für sich. Nur zur Paarung finden sie zusammen, trennen sich danach aber sofort wieder.

Wie eine dieser Schildkröten kam ich mir vor als Kind. In diesem Haus. Und dabei wusste ich noch nicht einmal, ob ich das Alleinsein mochte, ob es mir tatsächlich gefiel, mich in mich selbst zurückzuziehen, oder ob ich nur aus Gewohnheit meinte, es sei in Ordnung, Tag für Tag in dieser Stille zu sitzen und darauf zu warten, dass irgendetwas passieren würde.

Heute weiß ich, dass ich mir das immer auch eingeredet habe. Es wird leichter, wenn man sich selbst belügt, wenn man sich selbst sagt: Es ist gut, wie es ist, ich mag das, möchte gar nicht anders leben, gar nicht so sein wie die anderen Kinder aus der Schule. Ich möchte keine laute Musik hören, keine Freunde haben, will gar keine Chips essen, nicht im Badeanzug schwimmen gehen, nicht bis Mitternacht vor dem Fernseher sitzen, nicht bis mittags schlafen.

***

Noch nicht einmal neun Uhr am Morgen, noch stundenlang musste ich hierbleiben, bis in die Nacht hinein ausharren, es irgendwie aushalten in dieser Wohnung. Ich überschlug die Zeit, die ich noch vor mir hatte, stand kurz auf, nur um mich direkt danach wieder hinzulegen. Noch mindestens fünfzehn Stunden. Ich wusste nicht, was ich tun, wie ich den Tag hinter mich bringen sollte. Ich ekelte mich vor Herrn Mangolds Gegenständen, Möbelstücken, vor ihm selbst, wie er durch meinen Kopf kroch wie ein hässlicher, schrumpeliger Wurm. Es ließ sich spüren, wie er sich durch die Windungen meines Gehirns drückte. Und auch diese Wohnung wirkte von einem Moment auf den anderen bedrohlich auf mich, als hielte sie mich gefangen. Etwas, was ich nicht greifen konnte, kam in mir auf, etwas Unbestimmtes, was gerade dadurch noch beängstigender wirkte.

Ich versuchte, mich an das zu erinnern, was ich über Angststörungen gelernt hatte, mir die Ratschläge ins Gedächtnis zu rufen, die ich in meinen

Therapiesitzungen gegeben hatte. Nur nicht flüchten vor dem, was Angst macht, sondern sich stellen. Nur dadurch kann es besser werden, hatte ich immer wieder betont und meine Patienten anschließend mit den angstauslösenden Situationen konfrontiert.

Aber ich, wovor hatte ich Angst, woher kam plötzlich dieses beklemmende Gefühl? Und wie konnte ich mich meiner Furcht vor etwas Unbekanntem stellen?

Ich ging in die Küche, um mir einen Kaffee zu machen. Das Fenster hinter einem eierschalenfarbenen, dicken Vorhang, der kaum Licht durchließ. Ein wenig schob ich ihn zur Seite, vorsichtig, damit man mich nicht entdecken würde. Zum Vorschein kam ein kleiner, rechteckiger Garten, den ich nicht zuordnen konnte, er hätte zu diesem oder zu dem Eckhaus nebenan gehören können. Lang und schmal war er, die Mülltonnen links unter einer kleinen Abdeckung, im hinteren Teil ein paar Hortensienbüsche. Eine ältere Frau stand gebückt auf der Erde, eine Gießkanne in der Hand – ein Bild, das ich kannte: meine Oma im Garten, früh am Morgen. Den Pflanzen Wasser geben, wenn es mal wieder nicht geregnet hatte in der Nacht.

Die ältere Frau ging langsam auf die Beete zu, die Gießkanne zog ihren rechten Arm nach unten, wodurch sie noch schiefer und wackliger wirkte. Und plötzlich sah ich ein Mädchen dort sitzen – im schattigen Streifen zwischen den Büschen und der Rückseite des Schuppens, die darin eingelassene massive Holztür einen Spaltbreit geöffnet. Dort saß es, vornübergebeugt und musterte den Boden unter seinen Schuhen. Die Mutter stand mit einem Putzlappen in der Hand am Fenster und warf dunkle Blicke in den Garten. Das Kind aber schaute nicht hoch, saß nur mit starren Gesichtszügen auf dem Boden und wühlte mit den Füßen die schwarze Erde vor sich auf. Renn, wollte ich rufen, los, renn weg! Das Mädchen rührte sich nicht. Und auch ich blieb regungslos stehen. Es war vollkommen still.

***

Nur seinetwegen war ich hier, es ging um Herrn Mangold, um seinen Tod, um nichts anderes. Ich klemmte die Unterlippe zwischen meine Zähne, biss darauf herum, bis ich mein Blut schmecken konnte, setzte mich kurz hin.

Und dann, wie aus dem Nichts, Geräusche an der Tür. Zunächst nahm ich an, jemand würde an der Wohnung vorbeigehen, bis ich verstand, dass es ein Schlüssel war, der sich im Schloss drehte.

Ich rannte ins Schlafzimmer und legte mich bäuchlings unters Bett, der Staub kitzelte in meiner Nase. Jetzt bloß nicht niesen! Und man durfte meinen Herzschlag nicht hören, mir kam er laut vor und so, als müsste man ihn in der gesamten Wohnung wahrnehmen.

Meine Hände verschränkte ich unter dem Gesicht, meine Augen brannten. Schritte, dann Geräusche aus der Küche, das Klirren von Geschirr, das Öffnen eines Schranks, wieder Schritte, bevor im Badezimmer das Wasser angestellt wurde. Kurz darauf sah ich, wie jemand ins Zimmer kam. Himmelblaue Trekkingsandalen, die Nägel in einem hellen Rosaton lackiert, mehr konnte ich nicht erkennen. Es musste eine Frau sein. Immer näher kam sie. Ich starrte die Füße an, ließ sie nicht aus den Augen. Wer diese Person wohl war? Warum wollte sie ausgerechnet in Herrn Mangolds Schlafzimmer? Und was sollte ich sagen, falls sie mich hier entdecken würde? Die Fragen pochten in meinem Kopf, im selben Rhythmus wie mein Herzschlag, noch schneller, als ich sah, wie die Beine sich senkten. Die Frau hatte sich vor das Nachttischschränkchen gekniet.

Ich gab mir Mühe, lautlos zu atmen, rührte mich nicht, mein Körper ohnehin völlig erstarrt, die Augen geschlossen. Der Staub hatte meine Nase verstopft, ich musste den Mund öffnen, um Luft zu holen. Dabei verfing sich etwas in meiner Kehle, ich musste husten, ganz kurz nur. Aber es war laut, viel zu laut, genau wie mein Herz, das immer schneller in meiner Brust pochte. Nun würde ich entdeckt werden. Eine Psychotherapeutin, die bei einem toten Patienten einbricht – das wäre das Ende.

»Hallo«, rief eine Stimme. Laut und streng, ein bisschen ängstlich. Ich riss meine Augen auf, ein fremdes Gesicht starrte mich an. Eine Frau in Herrn Mangolds Alter, ein paar Jahre älter als ich, die Haare zu einem Zopf zusammengebunden, ein paar Strähnen fielen ihr in die Stirn. Sie hatte rosige Wangen, ihre Augen waren weit aufgerissen.

In meinem Mund formte ich Buchstaben zu Worten, doch sie kamen nicht heraus, leisteten Widerstand, verweigerten sich. Als hätte ich meine Stimme verloren.

»Was machen Sie denn hier? Kommen Sie da raus, sofort!«

Ich deutete ein Nicken an, der Lattenrost war direkt über mir, weshalb ich meinen Kopf kaum anheben konnte. Langsam kroch ich unter dem Bett hervor, stand auf, die Frau mir gegenüber. Ihr Handy hielt sie wie eine Waffe in der Hand, als wollte sie damit demonstrieren, dass sie jederzeit die Polizei rufen könnte.

Mein Herzschlag beruhigte sich allmählich, das Zittern in meinem Innern ließ nach. Auch meine Stimme kam zurück, noch zaghaft zwar, noch vorsichtig, auch schien ihre Rückkehr nicht gleichbedeutend mit der Rückkehr der Worte zu sein, denn bis auf ein »Hallo« fehlten sie noch immer. In meinem Mund formte ich einen Satz, übte ihn in Gedanken ein und sprach ihn schließlich genauso aus. Er hörte sich gestelzt an, es war mir unangenehm. »Entschuldigen Sie bitte, ich wollte Sie nicht erschrecken.«

Die Frau starrte mich an. Ihre Augen noch immer aufgerissen, der Mund leicht geöffnet, die Pupillen riesig. Ich konnte keine Ähnlichkeit mit Herrn Mangold erkennen.

Endlich sagte sie etwas: »Wer sind Sie denn? Und was machen Sie hier?«

»Es tut mir leid, ich bin Herrn Mangolds Psychotherapeutin und wollte herausfinden, warum er sich das Leben genommen hat, weil ich keine Anzeichen erkennen konnte.« Meine Stimme klang zittrig, überschlug sich fast, ich hörte mich fremd an und merkte selbst – während ich diesen Satz aussprach –, wie verrückt das alles klang. Zuvor war es mir nicht aufgefallen, hatte ich mein Verhalten beinahe für eine normale Reaktion gehalten. Erst jetzt, als mein Handeln durch das Aussprechen dieser Worte real und greifbar wurde, begriff ich, dass dem nicht so war. Nein, es war nicht normal, ich war nicht normal. Alles, nur das nicht.

***

Die Stimme meines Vaters drang in meine Ohren. Er saß meiner Mutter gegenüber. Nach dem Abendbrot waren sie sitzen geblieben, nicht wie sonst sofort aufgesprungen, um abzuräumen. Nein, sie blieben sitzen und schickten mich in mein Zimmer. Ich ahnte, dass es um mich ging, sie über mich reden würden, weshalb ich zurück in den Flur schlich.

»Der Klassenlehrer hat heute angerufen. Sara spricht nicht in der Schule, kaum ein Wort«, sagte meine Mutter mit ihrer leisen, monotonen Stimme.

»Hmm …«, machte mein Vater, schwieg für einen Moment, dann sagte er: »Nein, ganz normal ist es nicht, das Kind. Mit uns spricht es ja auch nicht.«

»Immerhin hört sie zu«, erwiderte meine Mutter und fing an, den Tisch abzuräumen.

Mein Vater blieb sitzen, schien zu überlegen, sagte: »Sie hört nur das, was sie hören will. Zu viel Fantasie hat sie, vor Kurzem saß sie im Garten und redete mit den Ameisen. Nein, normal ist sie nicht … von uns hat sie das nicht, sicher nicht. Aber woher wohl, woher sie das wohl hat.«

Meine Mutter setzte sich wieder, legte ihre Hände auf den Tisch und zog ihre Augenbrauen nach oben. »Nicht, dass ein böser Geist in sie gefahren ist«, sagte sie, ihre Stimme brüchig, die Angst als kurzes Funkeln in ihren weit aufgerissenen Augen.

Auf Zehenspitzen ging ich zurück in mein Zimmer. Meine Wachsmalstifte und eine begonnene Zeichnung lagen noch auf dem Boden. Ich wusste nicht mehr, was sie darstellen sollte, das Papier war noch fast leer. Spontan entschied ich mich, aus den bereits vorhandenen Fragmenten eine Burg entstehen zu lassen. Dann fügte ich die Figuren hinzu. Ein Gespenst, das finster und bedrohlich dreinblickte, einen Drachen, der Kopf detaillierter und viel größer als der restliche Körper, einen Ritter in seiner Rüstung, einen Hund mit einem riesigen Schlund. Ich legte das Bild vor mich auf den Teppich und betrachtete es. Bedrohliche Figuren, allesamt sahen sie so unheimlich aus, so gefährlich, dass ich meine Zeichnung unter den Kleiderschrank schob, um sie nicht mehr anschauen zu müssen. Bestimmt hat jeder einen bösen Geist in sich, dachte ich. Jeder, ganz sicher.

***

Die Frau ließ ihre Hand, mit der sie das Handy fest umklammert hatte, sinken und sackte zusammen. Ich kniete mich zu ihr, fragte sie, ob es ihr gut gehe. Sie bat mich um ein Glas Wasser. Nachdem ich es ihr gebracht hatte, setzte ich mich ihr gegenüber auf den Boden und stellte mich vor. »Und Sie, wer sind Sie?«

»Die Ex-Frau. Sonst hatte er ja niemanden.«

Ich nickte. Aus den Gesprächen mit Herrn Mangold wusste ich, dass er einsam war, kaum Kontakte hatte, es gab ein paar Kollegen, mit denen er gelegentlich zu Mittag aß oder nach Feierabend ein Bier trank, mehr nicht. Keine Freunde, keine Partnerin. In meinen Aufzeichnungen hatte ich den Satz gelesen, seine größte Angst sei es, wie sein Vater früh an einem Herzinfarkt zu sterben und daraufhin wochenlang tot in seiner Wohnung zu liegen. Ich erinnerte mich an den Moment, an diese Sitzung. Zunächst hatte ich angenommen, es gehe ihm um seine Angst vor dem Sterben, bis mir bewusst geworden war, dass er sich nicht davor fürchtete, sondern vor dem Alleinsein, sogar über den Tod hinaus.

»Ich wusste nicht, dass er in Therapie war …«

Wieder nickte ich.

Dann schwiegen wir beide und wichen dabei unseren Blicken aus. Es war ganz ruhig, sogar den Straßenlärm nahm ich kaum noch wahr.

»Und wissen Sie, warum … warum er das getan hat und warum so, am Matterhorn?«

Sie schüttelte den Kopf. »Nicht so richtig, haben Sie seinen Abschiedsbrief gelesen?«

»Nein, leider nicht.«

Die Frau stand auf, ging aus der Schlafzimmertür und kam kurz darauf mit einem Zettel zurück, drückte ihn mir in die Hand. Ein kariertes DIN-A4-Blatt, aus einem Collegeblock gerissen. Die Schrift darauf klein und krakelig, schwer zu lesen. Ich kam mir übergriffig vor – schließlich war der Brief nicht an mich gerichtet. Um mich zu vergewissern, dass es in Ordnung war, blickte ich der Frau in die Augen.

Da sie nicht darauf reagierte, fragte ich: »Ist das wirklich okay?«

»Na klar, lesen Sie!«, sagte sie und – eher zu sich selbst als zu mir: »Dieses Arschloch, noch nicht mal richtiges Briefpapier, nur so ein Schmierzettel.« Ihre Stimme schrill, sie klang wütend und überfordert.

Der Brief war kurz, die Worte nicht gut gewählt, es las sich hölzern und lieblos. Dass ihn sein Leben anöde, alles so trist sei, er keinen Sinn mehr sehe und nicht davon ausgehe, jemals etwas von Bedeutung darin finden zu können. Dass er eine Dokumentation über das Matterhorn gesehen habe und es ausprobieren wolle. Sollte es gelingen, wolle er sein Leben radikal ändern, alles so gestalten, wie er es sich wünsche, ansonsten würde er tot sein – was immer noch besser sei, als dieses langweilige, trostlose, sinnlose Leben weiterführen zu müssen.

»Und, was sagen Sie?«, rief mir die Frau vom Flur aus zu. Ich hatte gar nicht mitbekommen, dass sie den Raum verlassen hatte, so vertieft war ich in Herrn Mangolds Worte gewesen.

»Hmm, wenn ich das wüsste …« Ich ärgerte mich, dass ich keine fundierte Antwort geben, keinen wissenschaftlichen Hintergrund liefern konnte, auch keine Analyse parat hatte. Noch immer war es mir nicht klar, noch immer verstand ich Herrn Mangold nicht. Er war nicht so depressiv gewesen, dass seine Entscheidung Ausdruck seines Leidens hätte sein können, auch hatte er keine ausgeprägten narzisstischen Züge gezeigt, die einen Hinweis auf eine solche Todesart hätten geben können. Nichts davon, mir war noch nicht einmal bewusst gewesen, dass er in diesem Maße unter der Ödnis seines Alltags gelitten hatte und auf der Suche nach einem höheren Sinn im Leben gewesen war.

»Macht nichts«, unterbrach die Frau meine Gedanken.

Ich hielt das Blatt Papier in der Hand, wusste nicht, was ich damit tun sollte. Es wäre mir respektlos vorgekommen, den Zettel einfach auf den Boden zu legen. Deshalb faltete ich ihn zusammen und las dabei – auf der Rückseite – einen weiteren Satz, den ich zuvor übersehen hatte. Er war im Gegensatz zu den Worten auf der Vorderseite mit Bleistift geschrieben worden, es ließ sich nicht feststellen, ob er Teil des Briefes war oder nicht. »Diese Frau hat mir gezeigt, wie sinnlos das alles ist«, stand dort. Mehr nicht. Seine Handschrift.

»Ähhh …«, fing ich an.

»Hmm?«, machte Herrn Mangolds Ex-Frau. Sie hatte einen Putzeimer in der Hand und stellte sich als Sonja Baumann vor.

Ich stand auf, hielt ihr den Brief hin, zeigte auf den Satz und fragte, ob sie ihn bereits entdeckt habe.

»Ja, keine Ahnung, was er damit sagen wollte, vielleicht hatte es nichts mit dem Abschiedsbrief zu tun, vielleicht meinte er mich oder irgendeine Neue, die nichts von ihm wollte … was weiß ich.«

Ich zögerte, dann fragte ich: »Oder mich?«

»Ach Quatsch, dann eher mich. Vermutlich hat es auch gar nichts zu bedeuten.«

Ich begriff nicht, wieso es sie nicht interessierte, warum sie im Gegensatz zu mir nicht das Bedürfnis hatte, zu verstehen, weshalb sie das alles als etwas Irrelevantes abtat, und fragte noch einmal nach.

»Wissen Sie was?«, fing sie an, ihre Stimme nun ein wenig lauter, »mir ist es egal. Er war ein Arschloch, interessiert mich nicht mehr. Sie waren ja nicht mit ihm verheiratet. Im Grunde tangiert es mich nicht, dass er tot ist.«

Ich nickte und lächelte ein wenig, um meine Unsicherheit zu überspielen. Sie tat mir leid, wie sie dort stand, wahrscheinlich die Wohnung ausräumen musste, sich um alles kümmern – trotz der Scheidung. Verbittert wirkte sie und so, als wäre Herr Mangold ein Fremder, mit dem sie nichts zu tun gehabt hatte.

Die Ehe war kurz und schon nach wenigen Monaten von gegenseitigen Vorwürfen geprägt, das hatte er mir erzählt. Offenbar würde Frau Baumann noch drastischere Worte für die Beziehung wählen.

Sie schaute mich an, als erwartete sie etwas von mir. Ich war so sehr in dieser Situation, so sehr besessen von der Suche nach Herrn Mangolds Innerem und dem Grund für seinen Tod, dass mir erst jetzt auffiel, wie übergriffig, fast schon unverschämt ich mich gerade verhielt. Natürlich musste ich die Wohnung verlassen, natürlich durfte ich nicht bleiben und natürlich hatte ich nicht das Recht, noch tiefer einzudringen in das Leben meines Patienten.

Ich bekundete Frau Baumann mein Beileid und entschuldigte mich dafür, zuvor nicht daran gedacht zu haben.

»Schon gut. Möchten Sie zur Beerdigung kommen? Nächsten Mittwoch um elf auf dem Hauptfriedhof«, sagte sie, und es rührte mich, dass sie mich einlud.

»Ich schaue mal«, antwortete ich. Zugleich überkam mich das Bedürfnis, sie um ihre Telefonnummer zu bitten für den Fall, dass ich Fragen haben sollte. Doch ich durfte keine weitere Grenze überschreiten; und auch mir tat es nicht gut, mich allzu sehr mit Herrn Mangolds Tod zu beschäftigen. Ich musste es schaffen, damit abzuschließen. Wie auch immer. Nicht ganz normal.

***

Das Sonnenlicht blendete mich beim Öffnen der Haustür. Wie eine andere Welt wirkte die Straße nach den Stunden in der dunklen, stickigen Wohnung. So viel Licht, so viel Lärm, so viele Stimmen. Fast schon ungewohnt. Eine seltsame Leere in mir. Wie eine Fremde inmitten von Menschen, die die Sonne genossen, kam ich mir vor. Ich gehörte nicht mehr dazu.

3

«Wer in aller Welt bin ich? Ah, das ist das große Rätsel.«

»Diese Frau ...« Konnte es sein, dass er mich damit gemeint, meine Worte falsch gedeutet hatte, dass unter all meinen Sätzen, Ausführungen, Gedankenanregungen etwas gewesen war, was sein Gefühl von Bedeutungslosigkeit und damit seinen Suizid ausgelöst hatte? Ich überlegte, ging in Gedanken all unsere Sitzungen durch. Aber nichts, nichts fiel mir ein.

Ich müsste ein weiteres Mal meine Notizen durchsehen, dieses Mal den Fokus nicht auf seine Antworten, sondern auf meine Fragen legen, um sicherzugehen. Doch ich wollte nicht zurück in meine Praxis, ich wollte nicht dort sein in diesem Moment, nicht mehr über Herrn Mangold nachdenken, nicht schon wieder seine Akte durchlesen, nur, um darin wieder und wieder keine Antworten zu finden. All das wollte ich nicht. Deshalb setzte ich mich auf den Bordstein und wartete auf irgendetwas.

Niemand war unterwegs, niemand kam an mir vorbei, längst war es dunkel geworden. Ich hörte, wie in der Ferne ein paar Autos über den Asphalt rauschten, ansonsten war es vollkommen still.

Als die Sonne aufging, wurden die Straßen professionell gereinigt. Immer mehr Menschen kamen aus ihren Häusern, ich beobachtete sie, als wollte ich etwas von ihnen lernen – etwas, was ich für mein eigenes Leben gebrauchen könnte. Eine Art Erklärung, Anleitung. Ich wünschte mir, etwas in ihnen zu sehen, was auch in Herrn Mangold gewesen war, etwas, das mir endlich helfen würde zu verstehen.

Ein Mann mit Anzug und Aktentasche fuhr auf einem Tretroller durch die Straße – so selbstsicher, dass es wirkte, als sei er sich seines grotesken Anblicks nicht einmal bewusst. Eine ältere Frau mit Kopftuch ging an mir vorbei, ein weinendes Kind ihr hinterher. »Anne, Anne!«, rief es und verschluckte sich dabei an seinen Tränen. Ein Mädchen mit einem riesigen Schulranzen auf dem Rücken hüpfte über die einzelnen Pflastersteine. Ich wunderte mich, wie es all diesen Menschen gelang, vor sich hin zu leben, als gäbe es den Tod nicht, als liefe nicht alles darauf hinaus. Ob sich im Nachhinein jemand an sie erinnern, ob sich in ein paar Wochen, Monaten, Jahren noch jemand an Herrn Mangold erinnern würde? Und falls nicht: War das dann alles, eine Dose Heringsfilets, ein dreckiger Teppichboden und ein paar langweilige Pornohefte?

Ich stellte mir vor, wie es wäre, wenn ein anderer Mensch auf der Suche nach meinem Ich in Steffens Haus einbrechen und sich dort alles genau ansehen würde, um die Essenzen meiner Existenz herauszufiltern. Fliesen im Wohnzimmer würde er vorfinden, einen akkurat zugeschnittenen Rasen, eine penibel geputzte, ungemütliche Edelstahlküche, einen Schaukelstuhl, in dem auf jedes Vor zwangsläufig ein Zurück folgte; ein trostloses, steriles und vorhersehbares Leben. Die Vorstellung, es weiterführen zu müssen – immer weiter, bis zum Ende – kam mir unerträglich vor.

***

Von irgendwoher drang ein Lied durch die Straßen. Gitarrenklänge, ganz sanft nur, dazu eine helle, schöne Stimme. Dieses Lied, Rio Reiser, wie damals. Ein junger Mann stand mit seiner Gitarre an einer Straßenecke. Er trug eine Lederjacke – trotz der Hitze –, sang laut und sah aus wie Yannick, damals. Seine Finger zupften sanft die Saiten.

Ein weiteres Lied. Wieder Rio Reiser. Um mich herum Menschen, die kamen, die gingen, nur ich, ich blieb stehen. Seine Jacke, seine Hände. Auch seine Augen wie Yannicks. Die Farbe undefinierbar, eine Mischung aus grün und blau und grau.

Ich wollte stehen bleiben, ihn immer weiter anschauen. Aber da war ein Brennen in meinem Kopf. Und dazu das Klopfen und Rufen meines Vaters an der Zimmertür. Das erste Mixtape von Yannick, fast nur Ton Steine Scherben. »Sara, stell diese Teufelsmusik aus!« Ich ließ die Kassette weiterlaufen, drehte nur den Lautstärkeregler nach unten, bis die Musik verstummte. Ein kleiner, heimlicher Akt des Protests, der mir nur im ersten Moment für einen kurzen Augenblick Genugtuung verschaffte, nur so lange, bis die Melodien nicht mehr nachklangen, aus meinem Kopf verschwanden und wieder nichts anderes existierte als diese Stille. Immer war es still in diesem Haus.

***

Die Stimme meines Vaters bohrte sich immer tiefer in meinen Schädel, das Bild der Straße verschwamm vor meinen Augen, meine Umgebung drehte sich um mich herum, als säße ich auf einem Karussell. Ich ging ein paar Schritte in eine ruhigere Seitenstraße und hielt mich an einem Laternenmast fest.

»Ist alles in Ordnung?«, fragte eine junge Frau, die einen Kinderwagen vor sich herschob. Neben ihr ein kleiner Junge mit einer Eistüte in der Hand. Er leckte die bunten Zuckerstreusel ab. Im Hintergrund ein Hund, der in einem Springbrunnen stand und daraus trank.

Nein, nichts ist in Ordnung mit mir, noch nie war irgendetwas in Ordnung mit mir, dachte ich und sagte: »Ja, alles okay, danke.«

Die Frau nickte mir kurz zu und verschwand wieder aus meiner Wahrnehmung. Eine Weile blieb ich noch stehen, dann nahm ich meine Hand von der Stange, blendete die Musik aus und ging weiter durch die Stadt. Mein Kopf war so voll von Gedanken und Erinnerungen, dass er ganz schwer wurde. Wie aus Metall.

***

Yannick hatte ich am Tag seines Abischerzes kennengelernt. Seine Klasse hatte die Gänge des Schulgebäudes mit Toilettenpapier vollgestopft, weshalb kein Unterricht stattfinden konnte. Es war erst zehn oder elf am Morgen, und ich wusste nicht, was ich tun sollte. Die anderen feierten, tranken Alkohol, lachten, die Schulband spielte.

Yannick kam mir im Schulhof entgegen, sein Gesicht bleich, sein Gang torkelnd. Er beachtete mich nicht, lief nur schnell an mir vorbei und kotzte ein paarmal in einen Blumenkübel. Als das Würgen aufhörte, kam er auf mich zu, um mich nach einem Taschentuch zu fragen. Ich gab ihm eins, er hielt mir seine Bierflasche hin, und ich trank, obwohl Alkohol verboten war und ich wusste, was passieren würde, wenn meine Eltern mich dabei erwischen würden. Dann käme dieser Pastor zu uns nach Hause, dieses Arschloch, sie würden über mich reden und darüber, wie man dieser armen, verlorenen Seele helfen könnte. Sie würden beten, singen, drohen – alles ganz leise. Nie wurde geschrien, immer diese leisen Stimmen, immer diese Stille, selbst dann, wenn es hätte laut sein müssen.

Sollten sie mich doch bestrafen, sollten sie doch drohen, sollte dieser Pastor doch zu uns nach Hause kommen und alles Lebendige verdunkeln, wie er es immer tat. Es war mir egal, denn ich wollte diesen Moment mit Yannick genießen, wollte bei ihm sein und wünschte mir so sehr, dass er mich mochte. Wir redeten über alles Mögliche, zusammenhanglos – wir waren zu betrunken. Meine Eltern merkten es, natürlich merkten sie es. Ich hörte mir ihre Vorwürfe an, viel zu berauscht, um die Worte zu verstehen. Sie drohten, verurteilten, und ich schwieg. Dreckig kam ich mir vor, schäbig und so, als machte ich alles falsch.

»Leg dich hin, wir sprechen morgen weiter«, flüsterte mein Vater. Hauptsache nicht laut werden, immer ganz leise alles – damit niemand etwas mitbekam, alles im Verborgenen, immer den schönen Schein wahren, darum ging es ihnen, um nichts anderes.

Der nächste Tag war ein Samstag, der heilige Samstag, wir mussten in den Gottesdienst. Ich sagte, dass ich noch duschen wolle, ging ins Badezimmer, setzte mich in die Wanne und ließ das Wasser über mich laufen, bis die Haut an meinen Händen schrumpelig wurde und meine Finger sich taub anfühlten. Ich tauchte unter, drehte mich auf die Seite, dann auf den Bauch, immer hin und her, wie ein Fisch kam ich mir vor. Unter Wasser hörte ich die äußere Welt nicht mehr, sogar die Stille meines Zuhauses nahm ich nicht mehr wahr. Ganz allein war ich mit mir und dem Wasser um mich herum. Einfach nicht mehr atmen, aufhören damit, es müsste so leicht sein. Ich schaffte es nicht, tauchte auf, rang nach Luft.

Meine Eltern sprachen den Pastor an nach dem Gottesdienst. Er kam mit zu uns nach Hause, sofort, als müsse man sich beeilen, als geschehe etwas Furchtbares, wenn man zu lange damit wartete, mich wieder auf den richtigen Weg zu führen. Ich musste in meinem Zimmer bleiben. Immer war es so: Erst redeten sie, dann kam er zu mir. Und dann erst beten, um Vergebung bitten. Und wiedergutmachen. Immer auf dieselbe Weise.

***

Nachdem er endlich gegangen war, duschte ich lange, aß danach schweigend mit Mama und Papa zu Abend und wartete, bis sie eingeschlafen waren. Dann ging ich auf Zehenspitzen aus dem Haus. Yannick hatte mir seine Adresse gegeben, ich ging zu ihm und sagte, dass ich nicht mehr bei meinen Eltern sein wolle. Dennoch blieb ich in meinem Zuhause, das sich nie so angefühlt hatte.

Yannick und ich trafen uns nachts, immer wieder, ich musste mich aus dem Haus schleichen dafür. Er lieh mir Bücher, die ich heimlich las, auch sie waren verboten. »Man weiß nie, was Bücher mit einem Menschen machen«, hatte meine Mutter einmal gesagt. Alles mussten sie überprüfen, bewerten, fast schon zwanghaft. Sie vereinbarten Termine bei meinen Lehrern und der Direktorin, weil ihnen etwas in den Schulbüchern nicht passte, um zu erklären, warum ich nicht auf die Klassenfahrten mitkommen durfte, um sich über den Sexualkundeunterricht zu beschweren – so lange, bis ich davon freigestellt wurde.

Als Kind hatte ich mir vorgestellt, nicht die Tochter meiner Eltern zu sein, adoptiert zu sein und nicht mehr in diesem Haus leben zu müssen. Ich sah meine leiblichen Eltern vor mir und hoffte, sie würden kommen, um mich abzuholen. An die Tür des Klassenzimmers würden sie klopfen, mich rufen und mitnehmen zu sich nach Hause. Sie würden an einem Fluss leben, ganz einsam wäre es dort, nur das Haus, ein Hund, vielleicht gäbe es ein paar Hühner. Ich wünschte mir, ich könnte einfach nach Hause gehen und schon in der Tür Geräusche aus der Küche hören. Mama würde Pfannkuchen backen, Papa Champignons anbraten. Und vielleicht hätte ich einen Bruder, der den Tisch decken und dabei lachen würde. Schön wäre das, schön, warm und geborgen.

***

Damals sah ich das alles vor mir, mein Leben, wie ich es mir wünschte, damals war es mir so nah, dass ich fast danach greifen konnte, den Arm ausstrecken, es packen und anfangen. Wenn ich es doch nur heute noch könnte, es zumindest vor mir sehen würde, mein Leben, aber noch nicht einmal das gelang mir. Vielleicht lag es am Erwachsensein. Als Kind schien alles so bedeutsam, schien alles vor einem zu liegen, ausgebreitet, alles schien zu warten, es gab Anfänge, aber keine Enden, in jeder Ecke ein neuer Beginn, ein Leben, das das eigene werden würde, sobald man älter wäre. Und dann: doch wieder nichts von alledem. Das böse Erwachen, wenn man plötzlich über dreißig war und feststellen musste, dass das alles nicht mehr war als eine Illusion, gespeist aus kindlichen Träumen.

***

Yannick und ich hörten Musik, tranken Alkohol dabei und schauten uns französische Filme an. Diese Filme, in denen wenig und wenn, dann nur sehr Tiefgründiges gesagt wurde. Wir verstanden kaum etwas davon, aber das machte nichts, weil es schön war und weil ich mich, während Delphine in einem Film von Rohmer das grüne Leuchten betrachtete, irgendwohin träumte, an fremde Orte, in fremde Welten, irgendwohin, wo es besser war. Irgendwohin, wo es auch grün leuchtete. Und immer war Yannick dabei.

Er machte seinen Zivildienst, während ich in der Dreizehnten war. Wir hatten vor, gemeinsam umzuziehen. Fürs Studium in eine andere Stadt, er und ich. Als ich mein Abi hatte, packte ich direkt nach der Zeugnisübergabe heimlich ein paar meiner Dinge zusammen, schrieb einen Brief an meine Eltern und ging. Für immer.

Yannick lebte mit seiner Familie in einer kleinen Wohnung. Bei ihnen zu Hause war es laut und hell, an den Wänden hingen bunte, große Bilder, oft hatten sie Besuch, hörten Musik, seine jüngeren Schwestern wuselten durch die Zimmer, zeigten mir ihre Spielsachen, es wurde geredet beim Essen, und die Regale standen voller Bücher. Ich wollte bei ihm sein, ich wollte mutig sein und mit ihm gehen, egal wohin.

Nach einigen Tagen erzählte er mir, dass er »Fickt euch!« an das Haus meiner Eltern gesprüht habe. Mit roter Farbe. Ich fürchtete mich vor einer Strafe Gottes – auch wenn ich nicht wusste, ob ich an ihn glaubte oder nicht, auch wenn ich wusste, dass Yannick recht hatte mit dem Satz. Es änderte nichts an der Angst, an den Schuldgefühlen und an der Sorge um meine Eltern. Ob sie darüber hinwegkämen? Noch nicht einmal »Sex« durfte man sagen oder »Scheiße«. Und dann sowas. Ich sagte es ihm, er verstand mich nicht, machte sich lustig, weil da eine Angst in mir war vor etwas, von dem ich noch nicht einmal wusste, ob es existierte. Ich schämte mich dafür. Aber es saß noch zu tief damals, all das, was mir eingeredet worden war, jahrelang, alles war diktiert worden – was ich zu sagen, zu denken, zu fühlen hatte, was verboten war. Immer war da diese Angst.

Zusammen gingen wir nach Freiburg. Er studierte Kunst, ich Medizin, weil ich etwas Sinnvolles tun wollte, etwas, womit ich Menschen helfen, sie vielleicht sogar retten könnte. Gutes tun. So stellte ich es mir vor. In Wahrheit hasste ich die naturwissenschaftlichen Vorlesungen, langweilte mich, hatte Probleme mit dem Stoff. Yannick dagegen ging voll und ganz auf in seinem Fach. Es kam mir vor, als würde er immer schöner werden mit jedem einzelnen Bild, das er malte. Alles an ihm passte zusammen: seine Hände zu seinem Körper, seine Lippen zu seinem Gesicht, die Farbe seiner Haut zu der seiner Augen und seiner Haare. Bei mir passte nichts: meine Ohren nicht zu meiner Nase, meine Hüfte nicht zu meiner Taille, meine Füße nicht zu meinen Beinen.

Yannick schlief mit mir, immer wieder. Wie Dreck kam ich mir dabei vor. Es wurde schlimmer, als mich mein Onkel anrief und erzählte, dass Papa Prostatakrebs habe, dass sie mein Verhalten nicht verkraftet hätten. Sofort kam das Bedürfnis in mir auf, mich zu entschuldigen, endlich wieder alles richtig zu machen. Es gelang mir nicht. Alles wurde mir zu viel – Yannick, der in meinen Körper eindrang, die Schuldgefühle, die sich in meinem Kopf festhielten, die Gedanken an meine Eltern. Ich hielt das alles nicht mehr aus, weshalb ich einen Zettel für Yannick schrieb und ging. Ich wechselte mein Studienfach, die Uni, die Stadt, das Leben.

Yannick fehlt mir bis heute. Und ich wünschte, ich wüsste, wie es ihm geht, wen er liebt, was er malt, ob er glücklich ist.

***

Bevor ich die Tür zu meiner Praxis aufschloss, zog ich die Regionalzeitung aus einem der Nachbarbriefkästen. Bald musste Herrn Mangolds Todesanzeige erscheinen, und ich wollte wissen, was dort geschrieben stünde, vielleicht würde mir das einen Hinweis geben, etwas aufzeigen. Noch immer suchte ich nach ihm, noch immer wollte ich seinen Tod verstehen. Warum schaffte ich es nicht, damit abzuschließen?

Meine Praxis kam mir kleiner vor als sonst, die Wände schienen näher zu rücken, als wollten sie mich zerquetschen. Ich bemühte mich, sie zu ignorieren, setzte mich an meinen Schreibtisch und schlug die Zeitung auf. Auf der ersten Seite in großen Buchstaben: »Sommerfest der Freiwilligen Feuerwehr, Samstag ab zehn Uhr Frühschoppen, Gute-Laune-Musik, Lotterie,

Schweinsbraten mit Knödeln.« Weiter: »Ausstellung des Kaninchenzuchtvereins, Sonntag ab sechzehn Uhr.« Auf der nächsten Seite: »Boot mit hundertdreißig Migranten vor Libyen gesunken.«

Hinten die Anzeigen. Zuerst Geburtstage, Goldhochzeiten, lieber Opa Heinrich. Dann schwarz umrahmte Kästchen mit Daten und Namen der Gestorbenen. Wie viele das waren! Ich zählte sie. Sechzehn Tote. Nur in dieser Stadt, nur in den letzten Tagen. Kästchen drum, Zahl, Strich, Zahl und dann vorbei. »Martin Mangold, 11.8.1980 bis 16.4.2023.« »Plötzlich und unerwartet müssen wir Abschied nehmen von unserem geliebten Sohn, Neffen und Cousin«, stand darüber. Dann ein paar Namen. Und ein Bibelvers: »Ich bin die Auferstehung und das Leben; wer an mich glaubt, wird leben, auch wenn er stirbt.« Und alle anderen? Da waren sie wieder, diese Drohungen.

»Beerdigung am Mittwoch um elf Uhr auf dem Hauptfriedhof.« Ob ich hingehen sollte? Vielleicht würde ich dadurch etwas herausfinden, was ich noch nicht wusste, vielleicht würde es mir helfen, seine Familie, sein Leben, die Trauernden vor mir zu sehen.

Ich schnitt die Todesanzeige aus und klebte sie vorne in Herrn Mangolds Akte. Dann legte ich mich hin. Nur liegen bleiben, mehr wollte ich nicht, nur liegen bleiben, am liebsten tagelang schlafen. Doch etwas hielt mich wach: die Stimme meines Vaters, Yannick in seiner Lederjacke, die rote Schrift am Haus meiner Eltern. All die Gedanken, Fragen und Bilder waren zu laut, zu präsent in meinem Kopf.

Und erst jetzt, mit den Erinnerungen an Yannick und unsere gemeinsame Zeit, dachte ich zum ersten Mal seit Tagen wieder an Steffen. Wir hatten uns kurze

Nachrichten geschrieben. Er, wie sehr er mich vermisse, ich, dass ich den ganzen Tag in Seminaren säße und abends noch mit ein paar Kollegen etwas essen gehen wolle. Zweimal hatten wir telefoniert, ein paar Worte gewechselt, er hatte von seinem Tag erzählt, ich eine kleine Anekdote erfunden. Doch immer, wenn er sich nicht gemeldet hatte, war es, als existierte er nicht.

***

Freitagabend. Ich musste zu ihm. Er erwartete mich, und ich hatte mir fest vorgenommen, mein Leben fortzuführen, dort weiterzumachen, wo ich aufgehört hatte.

Nachdem ich durch die Tür getreten war, kam Steffen mir entgegen und gab mir einen langen Kuss. Seine Lippen waren noch feuchter als ich sie in Erinnerung gehabt hatte.

»Na, wie war's?«

Ich erfand ein paar Geschichten, kombinierte Fragmente miteinander, die aus Büchern und Filmen stammten, flocht sie zusammen, ließ Bilder entstehen – so bunt und real, dass ich beinahe meinte, das alles tatsächlich erlebt zu haben. Ich sah es vor mir: die sympathische Kollegin aus der Eifel, den kauzigen Psychoanalytiker, das gemeinsame Abendessen, den schrulligen Kellner mit dem Berliner Dialekt, der auf die Frage, was auf der Tageskarte stehe, nur »Dit hamm' wa« geantwortet und dabei auf eine Kreidetafel am anderen Ende des Restaurants gezeigt habe.

Steffen nickte unbeteiligt.

Ich brach meine Erzählung ab, fragte ihn, warum er die vielen Gläser auf die Theke gestellt habe.

»Wie?«

»Na die vielen Gläser.«

»Hast du das vergessen? Ach Sara, manchmal weiß ich nicht, wo du deinen Kopf hast. Wir hatten doch darüber geredet am Telefon. Die Party zu deinem Einzug?«

Ich wusste nicht, wovon er sprach.

»Ich hab dir doch gesagt, dass dieser Freitag perfekt wäre.«

»Hmm«, machte ich. Vermutlich war es in einem unserer Telefonate tatsächlich um diese Feier gegangen und ich erinnerte mich nur nicht. Aber wie auch – ich hatte nicht zugehört.

Steffen stellte Sekt kalt und zeigte dabei in den Kühlschrank. »Ich habe Sushi bestellt.«

Natürlich würde es Sushi geben, was auch sonst. Ich sagte, dass ich noch schnell auspacken und mich ein bisschen frischmachen wolle. Nichts davon tat ich, ging nur nach oben, stellte den Koffer ab, blieb für einen Moment wie erstarrt im Schlafzimmer stehen, schaute mich um, dann aus dem Fenster, setzte mich auf den Schaukelstuhl. Vor und zurück, immer wieder aufs Neue. Und mit einem Mal schien alles so fest und vorherbestimmt, dass es mir den Atem in der Brust zusammendrückte. Wie trostlos das alles wirkte, dieses Leben hier, der ganze Ort, Steffen mit seiner Perfektion, seinem Leben, in dem immer alles glatt lief. Vielleicht passte es deshalb nicht, vielleicht konnte es gar nicht funktionieren, wenn zwei Leben aufeinanderprallten, von denen eines einem schwedischen Kinderbuch entstammen könnte und das andere nicht mehr war als ein großer Haufen Scheiße.

Schon damals hatte ich mich genau das gefragt, nach unserem Kennenlernen, nachdem er mich seinen Eltern vorgestellt hatte und die Fragen zunahmen: nach meiner Kindheit, meinen Eltern, meinen Freunden. Ich suchte die passenden Worte, fand sie nicht, deshalb log ich – wie immer, das konnte ich, das machte es leichter. Meine Eltern seien gestorben, sagte ich, und vermutlich war dieser Satz noch nicht einmal eine richtige Lüge. Auf dem Papier lebten sie noch, sie existierten noch als Frau und Herr Becker, aber als meine Eltern waren sie längst tot.

Einige von Steffens Fragen hatte ich beantwortet, dann jedoch erwidert, dass es mir zu nahegehe, darüber zu reden. Er schwieg, nahm mich in den Arm, und mit der Frage, ob wir irgendwann einmal zusammen nach Buhlingen fahren sollten, war es wie mit den Fußabdrücken im Schnee. Erst sieht man sie noch, sind sie noch da, doch dann wird das Schneetreiben dichter, die Spur wird zugedeckt, und von einem Moment auf den anderen ist es, als hätte es sie nie gegeben.

***

Ich hielt sie nicht mehr aus, diese monotonen Bewegungen des Schaukelstuhls, dieses Zurück, immer wieder Zurück – obwohl es doch weitergehen müsste, irgendwohin.

Als es klingelte, ging ich zur Treppe, blieb für einen Moment stehen und sah Steffen dabei zu, wie er die Tür öffnete, die Gäste nacheinander hereinließ, die Frauen umarmte, den Männern auf die Schulter klopfte. Die meisten kannte ich vom Sehen, ihre Namen hatte ich längst vergessen.

»Sara!«, rief Steffen.

»Hallo«, sagte ich in die Runde, wurde begrüßt, umarmt, Küsschen links, Küsschen rechts. Steffen stellte zwei Platten mit Sushi auf den großen Esstisch und schenkte Sekt ein. Die Gäste standen verteilt zwischen Tür und Tisch, Gläser wurden herumgereicht, dann »Prost!« und »Auf euch!«, »Schön, dass du jetzt hier bist, Sara!«

Ich nickte und schwieg, weil ich nicht wusste, was ich hätte entgegnen sollen.

Wir setzten uns, aßen und tranken. Es wurde geredet – über die neuesten Grillmodelle, die Unterschiede zwischen den zwei Fischständen auf dem Wochenmarkt, dass die Garnelen dort sehr teuer seien und der arme Nils ja mittlerweile, von einem Tag auf den anderen, eine Allergie gegen Meeresfrüchte entwickelt habe.

»Die Nigiris sind sehr gut. Wo hast du das Sushi bestellt, Steffen?«

»Aber mit dem Lachs ist es ja so eine Sache … wir kaufen ja nur noch Wildlachs, der hat auch viel weniger Kalorien.«

»Und die Schadstoffbelastung ist geringer.«

Einhelliges Nicken am Tisch, eine der Frauen, deren Namen ich vergessen hatte, erzählte mir, wie sie ihre Spinatquiche mache. »Das Rezept kann ich dir gerne mal zukommen lassen.«

Ich nickte.

Die paar Makis, die ich gegessen hatte, lagen schwer in meinem Magen. Vielleicht war ich es nicht mehr gewohnt nach den letzten Tagen, an denen ich kaum etwas zu mir genommen hatte. Mein Körper schien nichts mehr in sich tragen zu wollen, keine Nahrung mehr, keine Substanz. Vielleicht waren es auch die vielen Gedanken, vielleicht war in meinem Kopf nicht genug Platz für sie, vielleicht rutschten sie deshalb in meinen Bauchraum und verursachten dort dieses unangenehme Gefühl von Völle.

Immer weiter gingen die Gespräche. Steffen stellte Klaviermusik an, die klang wie eine dieser

Hintergrundmelodien in Fahrstühlen. Schlicht und zurückhaltend.

Ob das Absicht war? Lieder so unaufdringlich und nichtssagend wie die Gespräche, wie der ganze Abend?

»Na, Sara, und bei dir? Du hast ja noch gar nichts von dir erzählt heute«, sagte einer.

»Ja, alles okay soweit«, antwortete ich, und sofort war ich in Gedanken wieder weit weg. Erst als eines der Pärchen laut diskutierte, kam ich zurück in den Moment.

»Zickig findest du mich also, ja?«

»Nein, Schatz, tut mir leid, es war nicht so gemeint, das hatte nichts zu bedeuten.« Er bemühte sich, die richtigen Worte zu finden, wandte sich an seine Freundin, die ihren Kopf mit den glatten, langen Haaren von ihm weggedreht hatte, die Lippen zusammenpresste und in den Garten schaute.

»Wenn du das so sagst, dann meinst du es auch so. Alles hat doch irgendeine Bedeutung«, sagte sie nach einer kurzen Pause.

»Ist das so?«, fragte ich. Die Worte rutschten durch meinen Mund, ohne dass ich es hätte verhindern können und obwohl ich nicht vorgehabt hatte, mich an dem Gespräch zu beteiligen.

»Nicht?«, erwiderte die Frau, die eben noch eingeschnappt gewesen war.

»Ich weiß es nicht, früher habe ich das auch geglaubt«, sagte ich, und war mir nicht sicher, ob ich damals wirklich so gedacht oder diese Auffassung nur übernommen hatte von den Menschen, die meinten, mir die Welt und meine Rolle darin erklären zu müssen.

»Und was ist dann passiert?«

Die Wahrheit wäre gewesen: Und dann hat sich Herr Mangold das Leben genommen. Das sagte ich nicht, sondern: »Ich weiß nicht, vielleicht bin ich einfach älter geworden.«

»Werden wir doch alle«, erwiderte einer der Männer. Er trug ein Poloshirt mit einem riesigen rot-weißen Logo auf der linken Brust und kam mir damit vor wie jemand, der krampfhaft versucht, jung zu wirken, aber gerade dadurch viel älter aussieht.

Ein anderer mischte sich ein: »Naja, nicht alle. Aus meiner Abschlussklasse. Das war …« Er hielt inne und hob den Kopf, als sei die Antwort in der Deckenbeleuchtung zu finden. »1999, glaube ich. Oder, Steffen? Wann war das?«

»Ja, 99.«

Der Mann nickte und erzählte weiter: »Fünf von uns sind schon gestorben. Das muss man sich mal vorstellen. Vier Männer und eine Frau. Die war aber damals schon auf Drogen.« Er sagte es, als zähle ihr Tod deshalb nicht, und schien für einen kurzen Moment nachzudenken, bevor er sich ein Stück Sushi nahm, einen Schluck Wein trank und bemerkte: »Vielleicht sagt das irgendwas aus.«

»Wie meinst du das?«, fragte ich. Es interessierte mich, ich wollte wissen, worauf er hinauswollte, endlich ein anregendes Gespräch führen.

»Dass das Älterwerden uns Männern nicht guttut. Alle hatten was am Herzen.«

»Vielleicht liegt es an den Frauen – dass sie uns Männern zu oft die Herzen brechen. Deshalb bekommt uns das Älterwerden nicht, deshalb sterben die Frauen nach uns«, sagte Steffen.

Die Gruppe lachte. Ich begann, etwas zu erwidern, spürte die auf mich gerichteten Blicke, die signalisierten, dass ich nicht so ernst sein, doch lieber lächeln solle. Lächle doch mal, Sara!

»War doch nur ein Scherz, Schatz«, sagte Steffen und legte seinen Arm um mich.

»Steffen, erinnerst du dich an Julian?«, ging das Gespräch weiter.

»Ja, was ist mit dem? Der ist doch auch seit Jahren tot, oder?«

»Ja, das ist schon lange her. Der hatte es auch am Herzen, aber seine Eltern sagen, es habe an den Medikamenten gelegen. Ich war bei seiner Beerdigung und habe mich dabei immer an ihn als kleinen Jungen erinnert, ich war ja auch mit ihm in der Grundschule. Seltsam war das. Ich habe seine Leiche gesehen. Richtig fett war er geworden. Hatte wohl Depressionen. Vielleicht hat er Tabletten dagegen genommen. Das hört man ja manchmal. Dass man von denen fett wird.«

Niemand sagte mehr etwas. Eine gespannte Stille lag über dem Tisch.

Erst nach einer Weile fragte eine der Frauen mit leiser Stimme: »Stimmt das, Sara, dass man davon fett wird?«

»Naja, nicht zwangsläufig, aber es ist eine häufige Nebenwirkung, ja.«

»Oje, dann lieber depressiv als fett, nicht wahr?«, sagte die Frau, und mit einem Mal wurde wieder getrunken, gegessen, gelacht. Alles war wieder wie zuvor, die Gruppe schien erleichtert zu sein – als hätten sie alle nur darauf gewartet, dass ein anderer als Erstes die Stille durchbrechen und der Tod, die Depressionen, all das Leid keine Rolle mehr spielen würde.

Jemand lachte. Es klang derb, immer schriller wurde das Gelächter in meinem Kopf, und es hörte nicht auf, obwohl ich den Menschen ansehen konnte, dass sie längst nicht mehr lachten, dass es längst wieder still war. Nur in meinen Ohren ging es immer weiter. Ich hielt es nicht mehr aus, diesen Abend, diese Gespräche, die Ignoranz und Steffen mit seinen Scherzen.

»Ich muss nach oben, mir ist übel«, rief ich und ging die Treppe hinauf. Bevor ich mich in den Schaukelstuhl setzte, hörte ich, wie jemand sagte: »Nicht, dass der Fisch verdorben ist.« Und in diesem Moment wurde mir klar, dass ich nie wieder hier schlafen würde.

Sofort stand ich wieder auf und schaute mich um. Ich wusste nicht, wo ich hinsollte.

Nach ein paar Minuten kam Steffen ins Zimmer und fragte, wie es mir gehe.

»Ist schon okay«, antwortete ich.

»Denkst du, der Fisch war schlecht?«

Ich schüttelte den Kopf, überlegte, welche Worte ihn dazu bewegen würden, wieder zu gehen. Das Leben, das ich hier führte, fühlte sich unecht an, als sei es nicht meines, und dieser Abend hatte mir diese Tatsache so deutlich vor Augen geführt, dass ich das alles kaum mehr ertrug.

***

Die Stimmen von unten mischten sich unter mein Denken und Empfinden, wurden lauter, das Rücken von Stühlen, das Geräusch von Jacken, die angezogen wurden.

Schnell legte ich mich ins Bett. Kurz darauf kam Steffen ins Zimmer. Er bemühte sich, leise zu sein. Ich stellte mich schlafend. Bald fing er an zu schnarchen, ich wartete noch ein paar Minuten, bevor ich aufstand und mich nach unten schlich. Der Esstisch stand noch voller Gläser und Teller, ein paar Kleckse Wasabi darauf, es roch nach Fisch, penetrant herbem Männerparfüm und erloschenen Kerzen. Ich schrieb einen Zettel für Steffen und legte ihn zusammen mit meinen Schlüsseln auf den Tisch. »Es tut mir leid, Steffen, ich kann das nicht, ich möchte dieses Leben nicht führen, das bin nicht ich.«

***

Nachdem ich die Haustür hinter mir geschlossen hatte, fühlte es sich an wie damals. Damals, als ich mit Oma in der Stadt unterwegs gewesen war. Es dämmerte, wir waren schon auf dem Heimweg, als – wie aus dem Nichts – helle Lichter neben uns auftauchten. Grell leuchtende Farben ließen sogar den Himmel bunt erscheinen. Das alles untermalt von hektischer Musik, befremdlichen Piepsgeräuschen und Kinderlachen. Der Geruch von Zuckerwatte, Bratwurst und gerösteten Maronen lag in der Luft. Kirmes, es war Kirmes.

Ich blieb stehen, betrachtete die Farben, atmete ganz tief ein, um den Duft von Freiheit und Unbeschwertheit in mich aufzunehmen, und fragte: »Darf ich da bitte hin, Oma?«

Sie blickte schweigend in die Menschenmenge, hielt einen Moment inne, dann sagte sie: »Aber nur kurz, such dir eines der Fahrgeschäfte aus, wir haben nicht viel Zeit.«

Das Kettenkarussell, damit wollte ich durch die Luft gewirbelt werden. Und während ich wartete, sah ich den anderen Kindern dabei zu, wie sie in der Dämmerung umherflogen, betrachtete die Farben um mich herum, die grellen Lichter. Es blinkte, funkelte, glitzerte, von irgendwoher stieg grünlicher Rauch nach oben, eine dunkle Stimme rief Worte, die ich nicht verstand. Sie klangen wie eine Melodie.

Dann ging es los. Ich saß in dem klapprigen Sitz aus Metall, das Karussell drehte sich immer schneller, schwang nach oben, und ich stellte mir vor, davonzufliegen an einen anderen, einen besseren Ort. Mir schien, als wartete etwas Gutes auf mich, irgendwo, auch wenn ich es noch nicht sehen konnte. Es waren nur ein paar Minuten, ein kurzer Augenblick, bevor das Drehen nachließ, das Karussell langsamer wurde, die Schwerkraft überhandnahm und mich zurückholte ins Leben.

***

Auf der Autobahn öffnete ich das Fenster, der Fahrtwind wehte um meinen Kopf wie damals auf dem Karussell der Luftwiderstand, der sich gegen mein Gesicht gedrückt hatte.

Ich parkte ein paar Straßen von meiner Praxis entfernt, um mich noch ein bisschen bewegen zu können. Schon von weitem sah ich eine Gestalt vor dem Eingang des Hauses sitzen. Ganz starr, beinahe ohne sich zu bewegen. Mehr konnte ich in der Dunkelheit nicht erkennen, auch ließ sich nicht ausmachen, ob es sich um eine Frau oder einen Mann handelte. Es war ungewöhnlich, dass jemand um diese Uhrzeit dort saß, mitten in der Nacht. Ein kalter Schauer lief mir über den Rücken, an der Wirbelsäule entlang nach unten – wie Ameisen, die über meinen Körper krabbelten. Ich überlegte noch, ob ich umdrehen, weiter durch die Stadt laufen sollte, um nicht an der Person vorbeizumüssen. Doch vermutlich hatte es nichts zu bedeuten, außerdem waren noch andere Menschen unterwegs: ein junges Pärchen, zwei Obdachlose auf dem Weg zu ihren Schlafplätzen, ein paar grölende Männer, die von einem Junggesellenabschied kamen und in ihren Outfits lächerlich aussahen. Der Bräutigam in einem orangenen Overall mit der Aufschrift »Haftantritt 7. Mai 2023«, die Handschellen baumelten an einer Hand herunter und verursachten ein Klappern. Die anderen waren als Gefängnisaufseher verkleidet. Sie lachten dröhnend, brüllten sich Grobheiten zu und schienen sich ihrer Absurdität nicht einmal bewusst zu sein. Von der Straße aus hörte man einsame Autos über den Asphalt fahren.

Mittlerweile war ich nur noch ein paar Meter von meiner Praxis entfernt und konnte erkennen, dass die Person vor dem Hauseingang weiblich war. Im Schneidersitz saß sie vor der Tür, ihre Kleidung schwarz, die Haare reichten ihr bis zum Kinn, sie waren zerzaust und dunkel. Ihre Haut blass, die Lippen spröde und an manchen Stellen aufgerissen.

Ich wollte sie nicht erschrecken, sie saß aber so ungeschickt vor der Tür, dass ich nicht an ihr vorbeikommen würde. Ohne zu mir aufzuschauen – oder gar, ohne mich zu bemerken? –, fing sie an, Dinge aus ihrer Tasche zu holen. Jeden einzelnen Gegenstand hielt sie lange in der Hand, betrachtete ihn, als sähe sie ihn zum ersten Mal, drehte ihn hin und her und legte ihn schließlich vor sich auf den Boden: einen bemalten Stein, ein schwarzes Notizheft, ein paar Stifte, Haargummis und zwei Bücher.

»Entschuldigung«, sagte ich leise, »ich muss hier vorbei.«

Sie lachte.

»Würden Sie bitte ein Stück zur Seite rutschen?«, fragte ich wieder und glaubte dabei, sie zu kennen, obwohl ihr Äußeres mir völlig fremd war. Wäre ich ihr zu einem früheren Zeitpunkt schon einmal begegnet, würde ich mich erinnern, denn ihre Gesichtszüge waren außergewöhnlich und so besonders, dass sie im Gedächtnis blieben. Sie war nicht in dem Sinne hübsch, dass sie einem objektiven Schönheitsideal entsprach, vielmehr anziehend, irritierend, wie von magnetischen Teilchen umgeben. Die Farbe ihrer Augen veränderte sich ständig, als ob das, was sie gerade betrachteten, in sie hineinfallen und sich darin auflösen würde.

Sie schien sich zu amüsieren, ohne dass ich den Grund dafür verstand. »Du musst mich nicht siezen.« Auch ihre Stimme war mir seltsam vertraut.

»Kennen wir uns?«, fragte ich.

Sie antwortete nicht, schaute nur kurz auf und beschäftigte sich dann wieder mit den Dingen, die sie zuvor auf den Boden gelegt hatte.

Da war ein Bedürfnis in mir, mit ihr zu sprechen, zu erfahren, wer sie war und ob wir uns schon einmal begegnet waren, sie aber schien nicht mit mir reden zu wollen. Ihr Schweigen wirkte so absolut, dass ich keine Möglichkeit sah, ein Gespräch mit ihr zu beginnen. Außerdem war ich müde, meine Augen brannten, und ich hatte schrecklichen Durst. Ich drückte mich an ihr vorbei, dabei stieß ich versehentlich mit meinem linken Bein an ihren Oberarm, doch auch die plötzliche Berührung führte nicht dazu, dass sie zur Seite rutschte. Nein, sie saß einfach da, regungslos.

Als ich die große Glastür hinter mir ins Schloss fallen hörte, drehte ich mich noch einmal zu ihr um. Sogar von hinten sah sie eigenartig aus.

***

Lange konnte ich nicht einschlafen, die ersten Vögel zwitscherten schon, und vom Boden des Behandlungszimmers aus konnte ich die Veränderung des Lichts wahrnehmen. Wie ich diese Momente hasste. Nie kam ich mir einsamer vor als in diesen Stunden am frühen Morgen, wenn ich schlaflos herumlag und zuhören musste, wie die Welt aufwachte. Früher hatte ich es mir zur Gewohnheit gemacht, mich in diesen Augenblicken ans Fenster zu stellen und zuzuschauen, wie die Lichter in den umliegenden Häusern angestellt wurden, und dabei empfand ich ein Gefühl von Missgunst, das mich selbst erschreckte. Ich war neidisch auf all diese Menschen, deren Tage durch den Schlaf unterbrochen wurden, für die nach einer erholsamen Nacht ein neuer Abschnitt beginnen würde, während bei mir nur alles gleichförmig und ohne Unterlass weiterging - nichts Neues, nur das alte Leben, das fortwährend weiterlief, ob ich wollte oder nicht.

An diesem Morgen stand ich nicht auf, sondern blieb liegen. Stunden später schlief ich ein, nur für ein paar Minuten, bevor ich hochschreckte. Die Türklingel. Es musste Steffen sein. Natürlich wusste er, dass ich in meiner Praxis sein würde. Wo sollte ich auch sonst hin. Ich rührte mich nicht, wieder klingelte es. Und obwohl ich nicht mit ihm reden wollte, nichts mehr zu sagen hatte, öffnete ich die Tür, weil ich glaubte, ihm eine Erklärung schuldig zu sein.

Er stellte Fragen, seine Augen wässrig, seine Nase rot, die Tränen hatten ihre Spuren hinterlassen, sich so sehr festgesetzt in seinem Gesicht, dass er es nicht geschafft hatte, sie zu kaschieren. Er fragte, weinte, redete, bat mich zurückzukommen, dann brüllte er mich an. Ich sagte ihm, dass das nicht mein Leben sei, entschuldigte mich, schickte ihn weg, schloss die Tür. Es tat mir leid, ich hatte ihm nicht wehtun wollen, gleichzeitig konnte ich nicht anders. Und Steffen würde es verkraften, er würde eine andere Frau kennenlernen, mit ihr Kinder bekommen, jedes Jahr im Sommer würden sie in den Urlaub fahren, sich irgendwann auf ein Reiseziel festlegen, dann den immergleichen Sommer in dem immergleichen Ort verbringen, sie würden Sushi bestellen und mit ihren Freunden über Baugenehmigungen, Geldanlagen, die beste Grundschule und Barbecuerezepte zum Grillen sprechen. All das hätte ich ihm niemals geben können.

Unruhig ging ich den Flur der Praxis entlang. Immer hin und her – trotz der Müdigkeit, die an meinen Knochen zog wie ein quengelndes Kleinkind. In meinem Kopf war es laut, zu viele Gedanken flogen durch ihn hindurch, Bilder, Stimmen, Herr Mangold, sein phlegmatischer Blick, sein schlurfender Gang, die übriggebliebenen Wasabikleckse, wie sie traurig auf den leeren Tellern ausharrten und auf ihr Ende warteten.

Und immer diese Erinnerungen.

***

Ich im Bett mit der Decke über dem Kopf, in der einen Hand die Taschenlampe, in der anderen dieses Buch. Yannick hatte es mir ausgeliehen, es war das liebste seiner Mutter. Die Sätze waren lang, doch nicht ungeordnet, ein Fluss von Gedanken, der nicht abbrach, sich wie eine Schlange seinen Weg durch die Welt bahnte, abbog, Schleifen bildete, anstatt den kürzesten Weg zu wählen. Wie der Fluss ihrer Gedanken schien auch Mrs Dalloway durch London zu mäandern. Nicht alles verstand ich, manche Überlegungen und Sätze wirkten wie matte Eiswürfel auf mich, die erst durch stetes Schütteln und Wenden aufklarten. Und nun war es in meinem Kopf wie in dem Roman – mein Denken noch zu neblig, zu matt, um hindurchzuschauen, aber klar genug, um erkennen zu können, dass es etwas Bedrohliches in sich trug.

4

»Auf einmal sieht alles anders aus, jetzt wo ich dich sehe.«

Die Sonne stand tief, beim Betreten der Straße schien sie mir direkt ins Gesicht. Meine Augen hatten sich noch nicht an die Helligkeit gewöhnt, ich konnte kaum etwas sehen, als plötzlich ein schwarzer Schatten in meinem Blickfeld auftauchte. Diese Frau war es, diese Frau von letzter Nacht. Sie stand direkt vor mir und starrte mich an.

»Was machst du hier?«

»Mit dir reden«, antwortete sie, ihre Stimme im Vergleich zu meiner eigenen ruhig, beinahe monoton. Wie alt sie wohl war? Es ließ sich nicht erkennen, sie hatte diese eigenartige Aura, ihr Aussehen und die Art, wie sie auf mich wirkte, waren befremdlich. Sie hätte zwanzig sein können oder Mitte dreißig. Oder war sie überhaupt schon volljährig?

»Warum? Ich nehme aktuell keine neuen Patienten an.« Vielleicht war es das? Vielleicht war ich ihr empfohlen worden, vielleicht hatte sie irgendeine Störung und nahm deshalb auf diese Art und Weise Kontakt mit mir auf.

»Nein, ich möchte nicht als Patientin mit dir reden.«

»Warum dann?«

Sie griff in ihre Hosentasche, bewegte ihre Finger darin und zog einen Zettel hervor. »Hier, für dich.«

»Wie?«, fragte ich.

»Na lies einfach«, sagte sie und setzte sich auf den Boden. Da war eine seltsame Ambivalenz in mir: Ich wollte nur noch, dass sie verschwand, wünschte mir, sie nie mehr wiedersehen zu müssen, gleichzeitig fühlte ich mich von ihr angezogen wie noch von keinem anderen Menschen zuvor.

Das Blatt Papier war zerknittert, gräulich, an den Rändern hatte es sich bereits aufgelöst. Ich faltete es auseinander. Sofort erkannte ich Herrn Mangolds Handschrift. »Aber wenn du da bist, wo ist dann der Sinn? Wozu dann noch weitermachen?«, hatte er geschrieben, sonst nichts, nur diese zwei kryptischen Fragen.

In meinen Händen entstand ein seltsames Kribbeln, Blitze zuckten vor meinen Augen. Ich setzte mich auf den Boden, um nicht ohnmächtig zu werden. Nun saß ich direkt neben dieser Frau, ohne dass ich es gewollt hatte.

»Woher hast du den? Woher kanntest du meinen Patienten?«, fragte ich und nahm dabei die Unruhe in meiner Stimme wahr.

»Ich kannte ihn kaum. Das ist doch auch egal jetzt«, sagte sie und: »Komm, lass uns in den Park gehen.«

»Erzähl mir erst, woher du den Zettel hast.«

Sie schwieg, stand auf und ging los, ohne sich noch einmal zu mir umzudrehen. Es wirkte, als zöge sie die Sonne hinter sich her, denn mit einem Mal wurde es dunkler, schattiger, ein leichter Wind ließ mich frösteln.

Für einen Moment blieb ich regungslos stehen und sah ihr nach, dieser seltsamen Frau, dann rannte ich ihr hinterher, weil ich wissen wollte, ob wir uns schon einmal begegnet waren. Vor allem aber wollte ich erfahren, woher sie Herrn Mangold gekannt hatte und ob sie etwas mit seinem Tod zu tun gehabt haben könnte.

***

Wir schwiegen, während wir durch die Stadt gingen. Langsam waren wir – nur ihretwegen. Sie schaute sich alles genau an: die Menschen, die uns entgegenkamen, die Autos, Häuserfassaden, einen kleinen Hund, der an uns schnüffelte. Plötzlich blieb sie stehen, bückte sich und ließ eine Wanze, die rücklings auf dem Boden lag und mit den Beinen strampelte, auf ihre Hand krabbeln, bevor sie das Insekt auf einer kleinen Grasfläche am Straßenrand absetzte. Dann lief sie schweigend weiter.

Es dauerte ewig, bis wir im Park ankamen. Dort setzten wir uns auf eine Bank. Immer noch schwiegen wir, ohne dass es unangenehm war. Wir saßen nebeneinander in der Sonne. Und obwohl wir beide kein Wort sagten, war es nicht still.

»Wie heißt du?«, fragte ich nach einer Weile.

»Nikto, ich heiße Nikto.« Ihre Stimme klang hell, sie war laut und gleichzeitig sanft, es hörte sich an, als sei es der Wind, der ihren Namen aussprach.

»Ich bin Sara.«

»Ich weiß.«

»Woher weißt du das?«

Sie antwortete nicht, und kurz darauf spielte die Frage keine Rolle mehr. Vielleicht hatte ich mich ihr bereits vorgestellt, ohne mich daran zu erinnern.

Sie holte eine grüne Flasche ohne Etikett aus ihrer Tasche und hielt sie mir hin. Ich nahm ein paar Schlucke, Nikto alle weiteren. Es war Wein.

Bald war Nikto berauscht. Ich ebenfalls, obwohl das nicht sein konnte. Kaum etwas hatte ich getrunken. Dennoch war es, als hätte sich meine Sprache verändert: Meine Sätze wirkten gestelzt und meine wenigen Worte reihten sich seltsam aneinander. Ich bemühte mich, sie in meinem Mund zu halten, sie zunächst mit der Zunge zu befühlen, nachzuspüren, ob es die richtigen waren, doch sie ließen sich nicht festhalten, sondern drückten sich durch meine zusammengepressten Lippen in die Welt. Ich hatte Angst, mein Mund könnte etwas Schreckliches sagen, weil ich bei Nikto nicht das Gefühl hatte, lügen oder etwas verheimlichen zu müssen.

An die einzelnen Worte und Sätze erinnere ich mich nicht, ich weiß aber noch, dass ich mich immerzu fragte, wer es war, der da sprach: mein Mund, der Alkohol oder jemand anderes?

Es dämmerte schon, dennoch blieben wir sitzen – bis in die Nacht hinein, bis wir allein waren. Nur wir zwei auf dieser Welt. Um uns herum das Geräusch von im Wind wehenden Zweigen, über uns der Mond. Er war riesig und gelb. Nikto zündete sich eine Zigarette an, hielt mir die Schachtel hin, ich lehnte ab. Sie nahm tiefe Züge, der Rauch stieg auf und sah aus wie eine Qualle im Meer.

Als es kälter wurde und wir Hunger bekamen, standen wir auf und gingen los. Wir hatten fast denselben Weg, liefen schweigend nebeneinanderher. Die Stadt sah friedlich aus, und hätte nicht der Boden bei jedem unserer Schritte unter unseren Schuhen geknirscht, wäre es vollkommen still gewesen.

Erst kurz vor meiner Praxis blieb Nikto stehen, sagte, dass sie hier rechts abbiegen müsse.

»Ich muss da lang«, erwiderte ich und zeigte in die entgegengesetzte Richtung. Neben uns war ein Fenster geöffnet. Ein rötlicher Vorhang wehte hin und her, dahinter ein in bläuliches Licht gehülltes Zimmer, Stimmen aus dem Fernseher und ein dicker, schwammiger Mensch auf einem Sofa, der aussah, als sei er längst tot.

***

Er hatte diese seltsam steife Körperhaltung, war ein wenig aufgedunsen, die Haut beinahe weiß. Wie bei meiner Oma damals, nachdem sie gestorben war. Ich war noch ein Kind.

»Geh nicht nach oben«, hatte mein Vater zu mir gesagt und die Tür hinter mir geschlossen. Ohne Begründung. Ich wartete, lauschte an der Tür, hörte aber nichts. Die Stimmen meiner Eltern waren zu leise, genau wie ihre Schritte. Es kam mir vor, als hätte man mich vergessen, als gehörte ich nicht dazu. Ich setzte mich aufs Bett und wünschte, Herrmann würde zurückkommen, sprach sogar zu ihm, obwohl mir bewusst war, dass es zu spät war. Längst war er tot – genau wie meine Oma, doch das verstand ich erst Stunden später, als meine Mutter mit verquollenen Augen ins Zimmer kam, ihre Stimme noch leiser als sonst. »Großmutter ist von uns gegangen, Sara. Du kannst dich verabschieden, wenn du magst.«

Ich schüttelte den Kopf.

Erst in der Nacht schlich ich mich heimlich nach oben in den ersten Stock zu meiner toten Oma. Dort lag sie, ganz klein sah sie aus, viel kleiner und zerbrechlicher als sonst. Ihr Körper seltsam verdreht. Er machte mir Angst, dieser Körper, diese Hülle, weshalb ich nach hinten taumelte und nach unten rannte, zurück in mein Zimmer.

Oma war die einzige Person in meinem Zuhause gewesen, die je wie ein Mensch auf mich gewirkt hatte; lebendig, weil sie zwischendurch laut lachte oder weinte, manchmal sogar schimpfte – über den Frisör oder die Bäckerei, über eine Politikerin oder den Nachbarn mit dem Hund, der ständig bellte. Und nun war auch sie tot.

Als sie starb, war ich zu jung, um zu verstehen. Ich begriff nicht, wie es sein konnte, dass sie nun für immer fort war. Und was ich noch weniger begriff: wie es sein konnte, dass meine Eltern nach ein, zwei Tagen der Trauer weitermachten, als sei nichts gewesen. Ein paar Tränen, ein paar Gebete, ein paar Menschen in unserem Haus, die sich verabschiedeten von dem toten Körper, für ihn beteten. Und dann – mit einem Mal – nichts mehr von alledem, stattdessen Blumenkränze und Leichenschmaus, versalzene Spätzle. Dann wieder Supermarkt, Gottesdienst, Butterbrot.

***

»Die Menschen lassen sich ihre Köpfe mit Belanglosigkeiten füllen, immer voller werden sie, bis sie irgendwann aufplatzen. Und die Leute denken nicht darüber nach, was da alles in ihr Gehirn gelangt, das ist das Problem«, sagte Nikto.

Ich sagte, dass mir das alles fremd vorkomme, die Straßen, Wege, Häuser. Und dass ich nicht wisse, was ich hier solle.

»Ich weiß«, antwortete Nikto. Dann drehte sie sich um und wollte gehen. Einfach so, ohne sich zu verabschieden.

»Warte mal!«, rief ich. Ich wusste nicht, was ich sagen sollte, deshalb fragte ich: »Woher kommt dein Name eigentlich?«

Ohne mich noch einmal anzuschauen, sagte sie: »Aus meinem Kopf.« Ich hörte sie lachen dabei. Fast ohne Ton, ganz leise nur.

»Und warum bist du hier? Also warum warst du vor meiner Praxis? Was willst du denn von mir?«

Wieder lachte sie, wieder drehte sie sich nicht um. Sie ging einfach weiter, als hätte sie meine Worte nicht gehört.

»Ich möchte dich wiedersehen«, schrie ich ihr nach, »weil ich nicht das Bedürfnis habe, dich anzulügen. Normalerweise lüge ich die Menschen um mich herum an, weil sich mein Leben nach Nichts anfühlt und sich das Nichts nicht erzählen lässt. Dich habe ich nicht angelogen, zu dir möchte ich ehrlich sein, immer. Und wenn ich weniger lüge als sonst, ist das die Entscheidung für ein Wiedersehen.« Ich rief diese Worte, ohne dass ich es vorgehabt hatte und ohne zu wissen, ob es darum ging und ich diese Frau deshalb wiedersehen wollte oder nur, um mehr über Herrn Mangolds Tod zu erfahren.

»Na siehst du, da hast du deine Antwort«, sagte Nikto.

Ich verstand nicht, wie sie das meinte, fragte aber nicht nach.

Wir verabredeten uns für den nächsten Abend.

***

In dieser Nacht träumte ich nichts, erst spät am Morgen wachte ich auf. Mit einem Kaffee stellte ich mich ans geöffnete Fenster, dachte an Nikto, und es war, als würde allein die Vorstellung, sie in ein paar Stunden wiederzusehen, alles von mir nehmen: das Drücken in meinem Bauchraum, die Unruhe in meinem Kopf, die Schwere meines Körpers. Gleichzeitig wünschte ich, sie wäre mir nicht begegnet. Denn um mein Leben wieder in den Griff zu bekommen, musste ich Herrn Mangolds Tod aus meinem Gedächtnis löschen, und ich ahnte, dass genau dies nicht möglich sein würde, solange ich Nikto treffen, mit ihr sprechen, mich in ihrer Nähe aufhalten würde. Wenn sie da war, war auch er da.

Ich wollte, dass er verschwand, wollte nicht immer wieder über ihn nachdenken müssen. Dennoch ging ich am Abend zu Nikto, ohne es zu hinterfragen, ohne das leiseste Zögern. Sie war da, und ich ging zu ihr. Sie war da, und es war entschieden. Alles war längst entschieden.

***

Sie hatte mir ihre Adresse gegeben und gesagt, dass ich rufen solle, wenn ich da sei, dass sie mich hören werde, weil ihr Fenster immer offenstehe. Das Gebäude war groß und grau mit vielen kleinen Fenstern. Nur ein einziges davon war geöffnet. Dahinter brannte Licht, doch Nikto war nicht zu sehen. Ich warf Steinchen in ihr Zimmer und sofort hörte ich ein lautes: »Komm doch hoch!«

Nikto wohnte im vierten Stock, sie wartete an der Tür auf mich. Bei ihr sah es aus wie in der Wohnung, in der ich bis zu meinem Umzug gelebt hatte.

Ich schaute aus dem noch immer geöffneten Fenster, um Niktos Sicht auf die Welt in mich aufzunehmen. Es dämmerte, der Himmel leuchtete in verschiedenen Farben. Schön sah es aus, wie ein abstraktes Gemälde.

Yannicks Leinwände auf der Staffelei, der Terpentingeruch in unserer kleinen Wohnung, er, wie er Farben übereinanderschichtete, die getrocknete Ölfarbe auf der Palette - sie bildete dicke, glänzende Kleckse. Ich wandte meinen Blick ab von den Erinnerungen hin zum Augenblick und sah anstelle der Farbpunkte ein Mädchen auf der Straße vor Niktos Haus. Es trug ein rot-weiß gestreiftes T-Shirt und ging in einer Linie über das Kopfsteinpflaster, immer hin und her, barfuß. Es schaute nicht auf dabei und kam mir bekannt vor.

»Warum läuft es immer hin und her, dieses Mädchen?«, fragte ich in die Stille hinein.

»Damit es das Fenster sehen kann«, hörte ich Nikto sagen.

»Warum ist es immer geöffnet?«

»Weil ich die Wände meines Zimmers nicht ertrage, wenn es geschlossen ist. Dann ist überall nur Weiß, es ekelt mich an, das viele Weiß, der geschlossene Raum, in dem ich meine eigenen Worte und Gedanken nicht verstehe, es ist, als würden sie in den Zimmerecken verloren gehen oder abgedämpft werden durch dieses viele Weiß.«

Ich blickte mich in Niktos Zimmer um. Die Wände waren in einem hellen Grünton gestrichen. Ich sagte es ihr, und zunächst wirkte es, als hätte sie nicht vor, auf meine Worte zu reagieren, denn sie drehte sich weg und schwieg eine Weile, bevor sie flüsterte: »Es ist nicht immer so, wie es scheint. Im Letzten kannst du nicht wissen, welche Farbe meine Wände haben.«

Mit Nikto stimmte etwas nicht, das war offensichtlich. Für einen Moment dachte ich darüber nach, einfach zu gehen, am besten nie mehr wiederzukommen, mich stattdessen von ihr fernzuhalten. Das wäre das Beste, ganz bestimmt. Diese Gedanken hatte ich noch, bevor ich mit einem Mal schrecklich müde wurde.

***

Nach dem Aufwachen wusste ich zunächst nicht, wo ich war. Ich schaute mich um, legte meine Handflächen auf dem Boden unter mir ab. Niktos Wohnung. Ich hatte nicht vorgehabt, einzuschlafen, bei ihr zu übernachten, aber da war etwas in ihr, das sämtliche Energie aus meinem Körper zu ziehen schien.

»Nikto«, rief ich. Wieder und wieder rief ich ihren Namen. Doch nichts. Nikto war verschwunden. Es war, als hätte sie sich aufgelöst – wie Herr Mangold in meinem Traum. Zunächst hatte ich nur eine große grüne Fläche vor mir gesehen. Nur Grün, langweilig perfekt. Es wippte leicht von links nach rechts, das viele Grün, wie ein Blatt, das sanft übers Wasser getragen wird oder wie ein Kind in einer Wiege aus Holz. Erst nach einer Weile erkannte ich Herrn Mangold in all dem Grün, er bewegte sich kaum, sagte nichts, sein Gesicht ausdruckslos. Mit einem Mal verschwanden seine Finger, dann seine Hände. Bald auch seine Arme und Beine. Der Rumpf war noch vorhanden, der Kopf nur zur Hälfte, bevor der gesamte verbliebene Körper im Nichts versank. Und dann wieder nur dieses Kinderwiegengrün.

Tränen rollten mir aus den Augen über die Haut, über die Ohren in die Haare. Den Grund dafür kannte ich nicht.

***

Wo Nikto wohl war? Ich schaute mich in ihrer Wohnung um. Zuerst im Wohnzimmer, in dem wir auf dem Boden gesessen hatten. Kaum Möbel standen hier, nur ein großer grüner Sessel, ein selbstgebautes Bücherregal und eine alte Truhe, die aussah, als seien Geheimnisse in ihr versteckt. Ich wollte sie öffnen, doch sie war verschlossen. Dann schaute ich mir ihre Bücher an, die durcheinander und zu mehreren kleinen Stapeln getürmt im und vor dem Regal lagen. Es wirkte, als gäbe es ein System dahinter. Erst als ich genauer hinsah, bemerkte ich, dass sie von jedem Buch zwei Exemplare besaß, die jeweils aufeinander lagen. Mir wurde übel, ich ging ins Badezimmer, trank Wasser aus dem Hahn und schaute mich im Spiegel an. Hinter mir eine petrolfarbene Wand.

Eine bedrohliche Stille sickerte in mich hinein, legte sich in meinen Hals, ich bekam schlecht Luft, wollte gehen. Doch als ich gerade aus der Tür getreten war, kam Nikto mir im Treppenhaus entgegen. Sie trug einen viel zu großen gelben Mantel und ein Baguette unter dem Arm. Ohne ein Wort zu sagen, ging sie die Treppe hoch und schloss die Tür auf. Ich wusste nicht, was ich tun sollte, sie hatte mich nicht gebeten zu bleiben, ich wusste auch nicht, was es mit ihrem Weggehen auf sich gehabt hatte. Doch dann rief sie meinen Namen, und ich ging zurück in ihre Wohnung, ohne darüber nachzudenken, ohne es infrage zu stellen.

Nikto setzte sich an den Küchentisch, holte ein Stück Käse aus dem Kühlschrank, schnitt es in dicke Scheiben und fing an zu essen. Ich setzte mich zu ihr, sie brach ein Stück Brot ab und hielt es mir hin.

»Warum wolltest du gehen?«, fragte sie, und ich wusste nicht, wie sie das meinte. Es war absurd, dass sie davon ausging, ich würde bleiben.

»Du warst weg, und ich wusste nicht ...«

»Aber du hättest doch wissen müssen, dass ich wiederkommen werde, dass ich immer irgendwie da bin.«

»Hmm«, machte ich und überlegte, wie ich all meine Gedanken in Worte fassen konnte.

»Oder möchtest du nicht bei mir sein?«

»Doch. Du bist irgendwie anders, nicht so wie alle anderen, das mag ich«, antwortete ich. Dass ich zugleich annahm, sie könnte etwas mit Herrn Mangolds Tod zu tun gehabt haben, verschwieg ich.

»Danke«, sagte sie. »Anderssein ist in dieser kalten Welt nicht schlecht.«

Ich nickte und sagte, dass ich gehen müsse. Etwas an ihr machte mir Angst, vielleicht fürchtete ich mich auch nur davor, mich ihr zu sehr zu öffnen. Bei ihr würde es gehen, das spürte ich. Es fühlte sich tröstlich an, gleichzeitig machte mir der Gedanke Angst. Denn jedes einzelne Wort, jede Geschichte von früher, jede artikulierte Erinnerung würde zwangsläufig dazu führen, dass sich all das, was ich nicht sehen wollte, auch vor meinen Augen abspielte. Nur deshalb wollte ich nicht mehr bei ihr sein.

Sie fragte: »Warum?«

Ich schwieg.

Nikto verabschiedete sich nicht, fuhr sich nur mit den Händen durch die Haare und ging ins Wohnzimmer. Dort setzte sie sich auf den grünen Sessel, die Knie angezogen.

Auf der Straße fing ich wieder an zu weinen. Ich sah die vielen Autos an mir vorüberfahren, Menschen, die sich an mir vorbeidrückten. Angesichts des Verkehrs hätte es laut sein müssen, doch das war es nicht. Es war ruhig, ohne dass es still war. Die Geräusche der Straße nur ganz sanft, wie eine Melodie. Ich weinte, ließ die Tränen an meiner Wange hinunterlaufen, wischte sie nicht weg. Sie sollten an meinem Gesicht haften bleiben, ich wollte sie behalten, weil es mir vorkam, als gehörten sie Nikto, als seien es ihre Tränen und nicht meine.

5

»Ich bin nicht verrückt. Meine Realität sieht einfach anders aus als deine.«

Auf dem Weg zu meiner Praxis schien sich meine Umgebung nach und nach aufzulösen – wie Herr Mangold in meinem Traum. Die Bäume am Straßenrand verschwanden allmählich, Menschen nahm ich keine mehr wahr, auch der Himmel wurde immer heller. Nach wenigen Schritten war das Blau komplett verschwunden, nur noch eine riesige, weiße Fläche war zu sehen. Mein einziger Halt: der Boden unter meinen Füßen. Ihn konnte ich noch erkennen. Ich starrte auf die Gehwegplatten, ohne meinen Blick zu heben, um dem Leben nicht bei seinem Verschwinden zusehen zu müssen.

Zum Glück war meine Praxis noch so, wie ich sie verlassen hatte. Nichts war verschwunden, nichts hatte sich aufgelöst. Dennoch machte mir das, was um mich herum geschah, und das, was sich in meinem Kopf abspielte, Angst.

In meiner Verzweiflung rief ich Maria an, eine Kollegin, wir hatten uns auf einer Fortbildung kennengelernt, ich kannte sie kaum, hätte nicht einmal sagen können, ob ich sie mochte oder nicht. Doch da war das Bedürfnis in mir, mit jemandem über all das zu reden, mit jemandem, der sich auskannte – in der Hoffnung, dass mein Verhalten als normal eingestuft werden würde. Eine normale Reaktion, alles in Ordnung, alles gut. Das wollte ich hören.

Sie schien überrascht zu sein, dass ich sie anrief. Natürlich war sie das, ich erinnerte mich, dass sie mich damals – nach der Fortbildung – gefragt hatte, ob wir uns nicht einmal auf einen Kaffee treffen sollten. Ich hatte Ja gesagt, aber Nein gemeint und mich nie wieder gemeldet.

Wir verabredeten uns in einem Café um die Ecke.

Dort saß ich am Nachmittag und schaute auf die Straße. Alles war wieder so, wie es sein sollte, die Bäume waren zu sehen, der Asphalt, eine Katze, die sich unter ein Auto flüchtete, als ein Labrador vorbeilief. Alles sah aus wie immer.

Im Inneren des Cafés roch es kalt wie in einer U-Bahnstation. Die Kellnerin kam nach einiger Zeit, ihre aufgesetzte Langeweile passte nicht zu der Hektik, mit der sie die Kaffeetasse auf den Tisch stellte. Ich bedankte mich und zog den Cappuccino näher zu mir heran. Mit einem hellen Geräusch schabte die Keramik über den Tisch.

Schon seit beinahe zwanzig Minuten wartete ich. Ob Maria überhaupt noch auftauchen würde? Genau in dem Moment, in dem dieser Gedanke durch meinen Kopf flog, sah ich sie aus dem hinteren Bereich des Cafés auf mich zukommen.

»Hallo Sara. Die Verspätung tut mir leid, ich musste noch telefonieren«, sagte sie und setzte sich mir gegenüber an den Tisch. Das Licht war dämmrig.

»Kein Problem, ich kenne das«, log ich. Niemand rief mich an – nur Steffen vor ein paar Tagen. Mehrfach hintereinander, bis ich rangegangen war. Es machte es leichter, ihn nur hören und nicht sehen zu müssen. Ich meinte, das Weinen aus seiner Stimme herauszuhören, fragte aber nicht nach. Er redete, flehte, stellte Fragen, die ich ihm nicht beantworten konnte. Das Gespräch dauerte fast eine Stunde. Schleppend wie zwei bloße Bekannte manövrierten wir uns durch die Zeit, von der wir dachten, dass sie nötig sei, bevor endlich auch ihm die Worte ausgingen.

»Hast du lange gewartet?«, fragte Maria.

»Nein Quatsch, alles gut.«

»Manche können das nicht.«

»Können was nicht?«

»Warten. Manche haben das nie gelernt …«, sagte sie und ich fragte mich, ob sie diesen Satz nur ausgesprochen hatte, um ihr psychologisches Wissen zur Schau zu stellen oder ob sie damit etwas veranschaulichen wollte.

Obwohl nur ein Tisch zwischen uns war, die Platte kaum einen Meter breit, kam es mir vor, als säße Maria so weit von mir entfernt, dass ich sie nicht einmal an den Armen hätte berühren können.

»Na, nun erzähl mal. Ein Suizid? Hast du etwas übersehen? Hat er eine Suizidvereinbarung unterschrieben?« Die Sorge in ihrem Blick sah beinahe echt aus. Vielleicht war sie es sogar. Suizidvereinbarung. Wenn es doch nur so einfach wäre.

»Nein, es gab keine Hinweise, er war schon lange bei mir in Behandlung und nicht einmal ansatzweise suizidal. Kein einziges Mal war das ein Thema.«

»Diagnose?«

Ich fühlte mich wie in einem Verhör und spürte schon an diesem Punkt des Gesprächs, dass sie mich nicht verstehen würde. Es ging um etwas anderes, nicht um Diagnosen oder Verträge, die versichern sollten, dass ein suizidaler Patient sich nicht bis zur nächsten Sitzung das Leben nahm. Es gab Vordrucke dafür, Textbausteine. Alles schon vorbereitet, dann eine kurze Unterschrift und fertig. Abhaken und weitermachen. Als ob das an einem Entschluss des Patienten etwas ändern würde, dachte ich schon damals in der Ausbildung. Immer wieder hatten wir darüber diskutiert, über die genaue Formulierung, darüber, wie die Vereinbarung in den Sitzungen angesprochen werden sollte. Doch kein einziges Mal war die Frage thematisiert worden, wie man selbst mit dem Tod eines Patienten zurechtkommen konnte. Lag es an mir? War das etwas, worüber man noch nicht einmal sprechen musste, was es noch nicht einmal wert war, Teil des Lehrplans zu werden?

»Mittelschwere depressive Episode«, antwortete ich, obwohl ich mich längst nicht mehr als Teil der Unterhaltung fühlte.

»Tut mir leid«, sagte Maria und sah ernst aus. »Aber dann besteht ja auch kein Grund zur Sorge.«

»Ich weiß nur nicht mehr so richtig, wer ich bin seitdem, es ist, als passierten Dinge um mich herum, die ich nicht verstehe, nicht steuern kann.«

»Hast du es mal mit Sport probiert? Und Achtsamkeitstraining? Viel Bewegung, viel Schlaf, eine schöne Tasse Tee zwischendurch, ein Entspannungsbad, das hilft sicher.« Sie lächelte mich an, während sie diesen Vorschlag machte. Es war nur ein leichtes, ausgewogenes Heben ihrer Lippen. Vermutlich lächelte sie auf diese Art und Weise auch in den Therapiesitzungen, wenn sie ihren Patienten gegenübersaß und mit ihrer Mimik signalisieren wollte, wie professionell sie war, dass sie zwar mitfühle, aber dennoch eine gewisse Distanz wahre.

Was für eine lächerliche Idee es gewesen war, sie anzurufen.

»Ja danke, das probiere ich mal.«

»Oder eine Supervision?«

»Hmm …«, machte ich, um sie zum Schweigen zu bringen. Ich konnte ihr nicht erzählen, dass Nikto plötzlich in mein Leben getreten war, ich zu ihr ging, obwohl sie mir Angst machte und obwohl sie Herrn Mangold gekannt haben musste. Auch, dass sich die Umgebung vor meinen Augen aufgelöst hatte, konnte ich ihr nicht anvertrauen. Sie würde es nicht verstehen, und ich wollte verhindern, mir selbst mit dem Aussprechen dieser Worte eingestehen zu müssen, dass ich dabei war, wahnsinnig zu werden – oder es womöglich schon war.

Maria beugte sich über den Tisch, fuhr mit ihrer Hand über meinen Oberarm. Ich zuckte zusammen. Dass da immer dieser Drang bei den Menschen war, einander berühren zu müssen. Ich nickte und lächelte. Immer schön lächeln. Lächle doch mal, Sara!

Ich weiß nicht mehr, wer ich bin, wo ich hinsoll, was mein eigenes Leben ist, hätte ich sagen sollen. Oder: Ich sehe Dinge, die nicht existieren, wie früher schon, immer war es schon so. Ich konnte es verdrängen, zur Seite schieben, immer irgendwie weitermachen. Aber jetzt, seit Herrn Mangolds Tod, gelingt es mir nicht mehr.

Nichts davon sagte ich, sondern nur: »Ich fühle mich schuldig, vielleicht hätte ich das verhindern können.«

Maria erzählte von einer Patientin, die wegen ihrer Drogensucht in die Therapie gekommen und kurz darauf an einer Überdosis gestorben sei, vor Jahren, und dass sie die Selbstvorwürfe kenne, aber zugleich wisse, dass die Patientin sich nicht habe helfen lassen wollen. Und dass einem dann die Hände gebunden seien.

»Ja«, sagte ich.

Augenblicklich wechselte sie das Thema, erzählte von ihren Kindern und dem anstehenden Urlaub. An den Gardasee werde sie fahren mit ihrer Familie, sie freue sich, habe nur ein paar schwierige Patienten im Moment und wisse noch nicht, ob sie ihnen anbieten solle, in ihrem Urlaub im Notfall erreichbar zu sein.

»Hmm«, machte ich. Mehr konnte ich nicht darauf erwidern, es war mir zu fremd, Maria war mir zu fremd und das, was sie erzählte. Dieses Café, die Stadt, das alles kam mir seltsam bizarr vor.

Dann sagten wir nichts mehr, bis die Kellnerin wieder an den Tisch kam – ihr Gang betont lässig –, um zu fragen, ob sie uns noch etwas bringen könne.

»Nein, danke«, sagte Maria.

»Nur die Rechnung bitte«, sagte ich. Wir wollten beide, dass es nun endete.

Auf der Straße verabschiedeten wir uns. Das Klirren von Gläsern und Besteck drang aus der noch geöffneten Tür des Cafés. Ich nahm an, die Geräusche seien die Bestätigung, dass sich die Welt auch dann weiterdrehen würde, wenn ich keinen Platz mehr darin einnähme; so wie sie sich auch ohne Herrn Mangold weiterdrehte. Bei meinem Tod wäre es genauso. Alles würde weitergehen, nichts würde sich ändern.

»Pass auf dich auf – und alles Gute dir!«, sagte Maria und nahm mich in den Arm. Eine unpassende Geste, viel zu intim. Schnell löste ich mich von ihrem Körper und wünschte ihr einen schönen Urlaub.

»Danke, lass es dir gut gehen! Und danach können wir uns ja mal wieder auf einen Kaffee treffen.«

»Ja, gerne«, antwortete ich. Es war gelogen, doch die Lüge spielte keine Rolle mehr, denn ich wusste schon in diesem Moment, dass ich Maria niemals wiedersehen, niemals wieder in diesem Café sitzen würde.

***

Der Himmel war eine einzige hellgraue Wolke, bald würde es regnen. Kaum jemand kam mir entgegen. Die Menschen hatten sich in Erwartung des schlechten Wetters zurückgezogen. Der Kies zu meinen Füßen war dunkel von den langen Schatten, die die Bäume im müden Licht warfen. Kurz blieb ich stehen. Hinter den Ästen einer Platane war die gräuliche Fassade eines dieser Sechzigerjahre-Häuser zu sehen, auf einem der Balkone stand ein ausgeblichener Sonnenschirm. Es schien alles so trostlos, kaum aufzubrechen, und ich stand regungslos inmitten des Parks, in dem ich mit Nikto gewesen war, und kam mir vor wie ein aus einem Kinderwagen fallengelassenes Stofftier.

***

Und dann ging ich doch zu ihr, zu Nikto, obwohl ich nicht wusste, ob sie mir guttat oder nicht.

Sie saß auf der Truhe in ihrem Wohnzimmer und begrüßte mich mit einem Lächeln.

»Was ist da drin?«, fragte ich.

»Nichts.«

»Aber warum ist sie dann verschlossen, die Truhe?«

»Na, weil es wichtig ist, das Nichts. Vielleicht wichtiger als alles andere«, sagte sie, und während sie diese Worte aussprach, verdunkelten sich ihre Augen ein wenig.

Ich wusste nicht, was ich erwidern sollte.

Nikto sah mich unentwegt an. Ihr Blick machte mir Angst, weil es wirkte, als würde sie direkt in mein Gehirn schauen, dort alles genau betrachten, meine Gedanken lesen.

Ob es das Nichts überhaupt gebe, fragte ich und kam mir dumm vor dabei, weil ich sie nicht verstand. Nichts verstand ich mehr, seit sie in mein Leben getreten war, gar nichts.

»Natürlich«, antwortete sie – ihre Stimme beschwingt –, »aber das weißt du doch.«

»Nein, ich weiß das nicht, woher sollte ich das wissen? Kann das überhaupt jemand wissen? Es lässt sich doch nicht erkennen, das Nichts.«

»Doch, natürlich weißt du es. Du meintest doch selbst, dass du die Menschen um dich herum angelogen hast.«

Ich nickte.

»Na dann.«

»Wie?«

»Na, du lügst, du sagst, was nicht ist und negierst damit zugleich das, was ist. Also muss es das Nichts geben, damit erkennst du es doch selbst an.«

***

Wir gingen spazieren, einfach so durch die Stadt, ohne Ziel auf einer schmalen Brücke über den Fluss, das

Wasser war trüb. Immer weiter liefen wir, vorbei an einer Reihe bräunlicher Mietshäuser, die man hinter dem Stadtkern vergessen hatte, ein Dutzend Häuser, nicht mehr, von der Stadt allein gelassen.

»Seltsam, dass sogar Häuser so traurig aussehen können«, sagte ich.

Nikto nickte. Dann nahm sie meine Hand, blieb stehen, schloss die Augen und sagte: »Wenn ich die Augen schließe, sehe ich das Haus, den Anstieg davor, den Ort, die Krähen …« Sie hielt inne, schien nachzudenken. Hinter den geschlossenen Lidern bewegten sich ihre Augäpfel von einer Seite zur anderen, immer hin und her. Es sah unheimlich aus, und ich fürchtete mich vor dem Moment, in dem sie ihre Augen wieder öffnen würde.

Sie sprach weiter. »Den Schuppen im Garten sehe ich, die Gassen, den Vater, die Kirche, den Pastor, das dämmrige Ladengeschäft gegenüber.«

Ich riss meine Hand los, trat einen Schritt zurück und schrie sie an: »Woher weißt du das?«

Sie öffnete ihre Augen, und es war, als hätten sie durch die Bewegung hinter geschlossenen Lidern eine Metamorphose durchlaufen. Fast schwarz waren sie. Ich befürchtete, sie könnten mich aufsaugen, mich immer weiter in die Dunkelheit ziehen. Krähenschwarze Augen. Sie machten mir Angst, diese Augen – und nicht nur sie, auch Niktos Worte machten mir Angst und das, was sie in mir auslösten.

»Du musst immer hinsehen, alles musst du sehen wollen, Sara, alles!«, sagte sie, ohne ihren Blick von mir abzuwenden.

»Woher weißt du das?«, rief ich noch einmal, und weil sie schwieg, nur ganz starr auf der Straße stand mit ihren furchterregenden Augen, rannte ich los, ohne mich nach ihr umzuschauen. Ich wollte allein sein, nicht in diesem Haus, an diesem Ort, von dem sie gesprochen hatte. Woher wusste sie das? Das konnte nicht sein, sie konnte es nicht wissen, niemand konnte es wissen.

Ich rannte so schnell ich konnte. Das Atmen fiel mir schwer, ich verlor den Halt, glaubte zu fallen, in Niktos Augen zu fallen, in die Dunkelheit, immer tiefer hinein. Es fühlte sich bedrohlich an. Und was fast am schlimmsten war: Ich ahnte, dass ich nun nie wieder herausfinden würde aus dem Schwarz ihrer Augen.

***

In der Praxis legte ich mich hin, nur um kurz danach wieder aufzustehen. In meinem Innern eine seltsame Unruhe, da war das Bedürfnis, irgendetwas zu tun, gleichzeitig wollte ich mich nie wieder bewegen müssen. Auf meinem Schreibtisch eine Rolle Klebeband. Ich zog einen Streifen davon ab, wickelte ihn um meine Hand, dann um meinen Arm. Meinen gesamten Körper, meine Gedanken, meinen Kopf wollte ich damit verkleben, zu einem kleinen, kompakten Päckchen werden, zu einem Kokon. Immer mehr Klebeband zog ich mit der rechten Hand von der Rolle, das Ratschen war laut. Mein T-Shirt zog ich aus, meine Brust drückte ich platt. Bald war die Rolle aufgebraucht, ich kramte in den Schubladen unter meinem Schreibtisch nach einer weiteren. Auch Tesafilm hätte es zur Not getan. Doch meine Suche war erfolglos, weshalb ich – so wie ich war – ins Badezimmer ging und mich auf die kühlen Fliesen legte. Mehr wollte ich nicht, nur liegen bleiben, die Kälte auf meinem Körper spüren, am liebsten nie mehr aufstehen müssen.

Nach einer Weile schlief ich ein, und als ich wieder aufwachte, war mein Körper gerädert und wie betäubt. Ich wickelte das Band ab, riss mir dabei die Haare an meinem Arm aus. Es tat nicht weh, nur die Spuren ließen sich erkennen. Die Haut war rot-weiß gefleckt.

Rot und weiß. Wie das T-Shirt des Mädchens, das auf der Straße vor Niktos Fenster hin- und hergegangen war. Rot und weiß. Wie ein toter Körper im Schnee.

***

Wieso hatte Nikto den Ort beschrieben, als sei sie selbst dort gewesen? Zwar hatte ich Worte, Sätze, Texte darüber mit schwarzer Kohle in mein Notizbuch geschrieben, doch Nikto hatte sie nicht gelesen, niemand hatte sie je gelesen. Auch erzählt hatte ich es ihr nicht, ich erzählte nie davon, nie und niemandem. Ich log, um es nicht erzählen zu müssen, immer wieder. Nikto hatte ich kein einziges Mal die Unwahrheit gesagt, aber ich hatte geschwiegen, auch bei ihr.

Konnte es sein, dass Inhalte, Erinnerungen, Strukturen existierten, die ihr bewusst waren, obwohl sie aus meinem Kopf stammten? Und dass Nikto dann vielleicht diejenige war, die das Fenster in mir öffnen könnte, nach dem ich suchte – das Fenster zu meiner Vergangenheit und meinem Selbst? So, wie ich es in Herrn Mangolds Wohnung auf einen Zettel geschrieben hatte. Erklärte das auch die Tränen? Seit Jahren hatte ich nicht mehr geweint, kein einziges Mal, und nun, von jetzt auf gleich, seit dem Moment in Niktos Wohnung, waren meine Augen von den vielen Tränen so trocken, dass es mir vorkam, als wäre alle Flüssigkeit aus ihnen verschwunden. Sie fühlten sich rau an, bei jedem einzelnen Blinzeln kratzten meine Lider mit einem schabenden Geräusch über meine Augäpfel.

Den nächsten Tag verbrachte ich im Dunkeln, auf dem Boden liegend, doch dann hielt ich es nicht mehr aus: die Enge und Hitze meiner Praxis, das Kratzen meiner Augenlider, die weißen Wände, die immer näher an mich heranrückten. Langsam stand ich auf, ging nach draußen und lief ziellos durch die Stadt.

Auf einem großen Platz eine Kirche. Katholisch, prunkvoll, das Gegenteil von unserem Gemeindezentrum damals. Mit Verzierungen und bunten Glasfenstern. Ich ging die Stufen hinauf, öffnete die schwere Holztür. Auch von innen alles voller Gemälde, alles bunt und funkelnd, glänzend. Ein paar vereinzelte Menschen saßen in den engen Reihen, auf unbequem wirkenden Holzbänken und beteten oder schwiegen, es ließ sich nicht erkennen. Eine ältere Frau mit einem Rosenkranz in der Hand. Leise passierte ich die Wände, betrachtete die Fresken und blieb vor einem Beichtstuhl stehen. Ein geöffneter roter Vorhang auf der einen Seite, ich lugte hinein – nur um zu sehen, wie diese Kammer gestaltet war, mehr wollte ich nicht. Dann, wie aus dem Nichts, eine fremde Stimme: »Nehmen Sie doch Platz.« Es war ein Priester auf der anderen Seite, abgetrennt durch ein engmaschiges Gitter, dennoch war sein Gesicht zu erkennen. Nehmen Sie doch Platz – wie im Wartezimmer beim Arzt, dachte ich und musste beinahe darüber lachen, wie schnell die Dinge ihren Glanz verloren, sobald sie nicht nur in Gedanken existierten, nicht mehr nur eine verklärte Vorstellung waren, sondern Realität wurden.

Durfte ich überhaupt beichten, ohne katholisch zu sein? Vermutlich nicht. Nur: Was sollte schon passieren? Schlimmer konnte es kaum werden. Ich setzte mich. Beichte ablegen, was für ein seltsamer Ausdruck.

Der Priester sagte: »Gott, der unser Herz erleuchtet, schenke dir wahre Erkenntnis deiner Sünden und seiner Barmherzigkeit«, dann schwieg er. Ich wusste nicht, was ich darauf antworten sollte, ob es feste Regeln gab, war überfordert mit der Situation, wollte gerade aufstehen und gehen, als ich mich sagen hörte: »Ich habe einen Menschen getötet.«

Wieder Schweigen, ich meinte, die aufgerissenen Augen, den geöffneten Mund des Priesters durch das Gitter wahrzunehmen, und für einen Moment gefiel es mir, ihn zu verunsichern. Nun war ich diejenige, die die Situation unter Kontrolle hatte, nicht umgekehrt. Nun war ich diejenige, die einem Menschen Furcht einflößte, anstatt selbst wie gelähmt zu sein vor Angst. Ich hatte es in der Hand, ich war die Dirigentin, konnte es steuern. Doch dann, nur wenige Sekunden später, war sie wieder da, die Sorge vor Konsequenzen, vor der Strafe Gottes.

»Also nicht so richtig«, fing ich an, »er hat sich das Leben genommen, und ich vermute, dass ich es hätte verhindern können.«

Der Priester erzählte irgendetwas von Gottes Liebe und Jesus, der für mich, für uns alle gestorben sei.

Ich sagte, dass das nicht das Einzige sei, dass ich Menschen angelogen habe, immer wieder, bis heute.

Dass Gott mir vergeben werde, antwortete der Priester, dass ich drei »Vater Unser« beten müsse und …

Ich hörte nicht mehr zu, betrachtete die Enge um mich herum, nahm die Stille wahr, die nur von diesem leisen Säuseln aus der Kabine neben mir unterbrochen wurde. Auch hier wieder diese Stille. Und plötzlich überkam mich eine Wut, die ich zuvor nicht gekannt hatte. Ich hatte das Bedürfnis, dieses Gitter herauszureißen, diesen dunklen Holzverschlag, der mich umgab, zum Einstürzen zu bringen. Diese Demut überall, diese Stille, diese masochistische Dogmatik. Das alles machte mich wütend, vielleicht war es auch nur die Wut auf den Pastor von damals, auf meine Eltern und die Stille bei uns zu Hause, auf diese allumfassende Stille, die alles erstickte.

Ich stand auf, öffnete den Vorhang und ging, ohne Buße zu tun, ohne zu beten, ohne mich zu verabschieden, ohne etwas zu erwidern.

Die Nachmittagssonne blendete mich beim Öffnen der schweren Holztür. Das Licht war eklig hell, von einem Spielplatz drang Kinderlachen in meine Ohren, dazu das Geräusch von im Wind wehenden Blättern. Mit dem Fuß trat ich gegen die Kirchenmauer, bis er wehtat und sich Feuchtigkeit in meinem Schuh bildete. Ich ging weiter durch die Stadt, bei jedem Schritt ein Geräusch wie das von Füßen, die im Moor einsinken.

Meine Beine bewegten sich wie von selbst, sie bestimmten den Weg, das Ziel, ohne dass ich es hätte steuern können. Und selbst wenn ich es nicht gewollt hätte, selbst wenn ich nicht bei ihr hätte sein wollen, wäre es mir nicht gelungen, meinen Körper daran zu hindern, zu ihr zu gehen. Längst hatte ich es nicht mehr in der Hand.

***

Niktos Fenster war geschlossen. Ich setzte mich vor den Hauseingang auf den Bordstein, um auf sie zu warten.

Und obwohl ich den letzten Tag fast ausschließlich im Liegen verbracht hatte, war ich schrecklich müde. Ich schloss für einen Moment die Augen, wäre fast eingeschlafen, doch dann hörte ich Niktos Stimme, spürte ihre Hand auf meiner Schulter, und mit einem Mal war ich hellwach.

»Kommst du mit hoch?«, fragte sie, als sei es eine Selbstverständlichkeit.

Ich wusste, dass es falsch war, dass ich nicht hier sein sollte. Warum ich trotzdem mit ihr ging, kann ich kaum mehr sagen, vermutlich wusste ich es auch damals nicht.

In ihrer Wohnung stellten wir uns ans geöffnete Fenster. Es war dunkel im Zimmer, wir hatten kein Licht angestellt. Bei jeder Bewegung machten die Dielen unter unseren Füßen ein Geräusch. Wir standen angelehnt mit dem Kopf an der Wand, sahen uns kaum.

Ich fragte mich, wie es sein konnte, dass Nikto diese Bilder aus meiner Vergangenheit in meinen Kopf gemalt hatte, als sei sie selbst dort gewesen, sprach die Worte aber nicht aus, nicht laut, denn ich wusste, sie würde nicht antworten. Auch sie sagte kein Wort, schaute nur unentwegt aus dem Fenster, obwohl es dort nichts zu betrachten gab. Niemand kam vorbei, die Straße lag ruhig im Laternenlicht und sah aus, als würde sie tief und fest schlafen. Und während Nikto immer weiter nach draußen sah, fixierte ich ihr Gesicht, ihre Augen und ihren Mund, ohne meinen Blick von ihr abzuwenden. Es schien ihr nicht unangenehm zu sein, beinahe wirkte es, als bemerkte sie es nicht einmal.

Nach einer Weile flüsterte ich ihr ins Ohr, dass ich nicht mehr wisse, was wahr sei und was nicht, dass es mir vorkomme, als sei die ganze Welt von einem Moment zum anderen zu dickem grünem Meerglas geworden – vom Wasser so lange angegriffen und aufgeraut, dass man nicht mehr hindurchschauen konnte.

Sie fragte, wie ich das meinte.

Ich hielt einen Moment inne, dann sagte ich, dass ich das auch nicht so genau wisse.

Oder war es umgekehrt? War sie diejenige, die das gesagt hatte?

***

Irgendwann schliefen wir auf dem Teppich in ihrem Wohnzimmer ein. Er war blau und warm, am Morgen war mein Gesicht klebrig und voller Fussel. Ich hatte von Nikto geträumt. Von ihr und mir. In meinem Traum stand ich vor ihr, trug ein rot-weiß gestreiftes T-Shirt, und trotz der Kleidung war es, als sähe sie mich nackt. Ich schämte mich, deshalb kroch ich unter den Asphalt – um mich vor ihr zu verstecken und zu verhindern, dass sie mir zu nahekam. Tränen liefen mir in die Ohren, immer weiter, bis ich nichts mehr hören konnte. Dann eine Hand, Niktos Hand, die den Asphalt hochhob, nach meinen Fingern griff und mich zu sich holte. Der Traum fühlte sich nach Geborgenheit an, gleichzeitig verursachte er einen Schmerz in mir, den ich nicht verstand.

Nikto saß auf der dunklen Truhe und schaute mich an. Dann stand sie auf, zog mich hinter sich her vor den Spiegel im Badezimmer und sagte: »So siehst du gar nicht aus.« Ihr Kopf war mir so nah, dass ich an ihren Haaren riechen konnte. Sie dufteten nach Second-Hand-Laden und Sonnencreme. Ich betrachtete uns im Spiegel. Dabei schloss ich die Augen ein wenig, wodurch sich das Bild von uns beiden verwandelte. Alle Konturen lösten sich auf, die Farben verschmolzen miteinander, die Formen. Aus unseren Gesichtern wurde ein einziges, wir teilten uns die Augen, die Nase, die Brauen, den Mund.

Nicht nur äußerlich war Nikto mir nah, auch innerlich – so nah, dass ich ihr alles erzählen, alles mit ihr teilen wollte. Zu ihr wollte ich ehrlich sein, nur ihr würde ich von meinem Leben erzählen können, von all dem, was war, von dem Ort, den sie schon kannte, von der Kirche, der Gemeinde, dem Pastor, der Bibel und von Yannick und meinem fehlenden Mut, für ein Leben mit ihm alles, was war, hinter mir zu lassen. Ihr wollte ich alles sagen, endlich nicht mehr schweigen müssen. Ich wollte all ihre Gedanken kennen und ihr von meinen erzählen, weil es war, als gehörten wir zusammen.

Sie holte eine Schere aus dem Badezimmerschrank und schnitt mir die Haare, bis sie mir nur noch bis zum Kinn reichten. Nacheinander fielen einzelne Strähnen ins Waschbecken und auf den Boden. Dann schmierte sie eine Tönung auf meinen Kopf. Während die Farbe einwirkte, setzte sie sich in die Dusche und erzählte mir von Dingen, die ich kannte. Alles, was sie sagte, war mir so vertraut, als hätte ich das alles selbst erlebt. Ich schob es auf ihr bildliches Erzählen, denn sie redete nicht nur, sondern malte Bilder dabei – mit ihrer Stimme, ihren Augen, ihren Händen. Nach einer Weile sprang sie auf und wusch mir die Haare, mein Kopf über das Waschbecken gebeugt. Das Wasser, das in den Abfluss lief, war dunkel, zu Beginn fast schwarz. Ich spürte Niktos Finger an meiner Schädeldecke. Dann nahm sie meine Hand, zog mich hinter sich her und stellte sich neben mich vor die geöffnete Fensterscheibe. Wir schauten uns darin an wie in einem Spiegel. Meine Haare waren zerzaust und dunkel wie ihre, wir sahen uns sehr ähnlich.

»Ja. So siehst du aus«, sagte Nikto.
»Du auch.«

***

Eine Weile blieb ich noch so stehen, mich immerzu im Fenster betrachtend. Nikto hatte sich mit einer kleinen quadratischen Kiste auf den Wohnzimmerboden gesetzt und blätterte Fotos durch. Und obwohl sie nicht mehr neben mir stand, konnte ich ihr Gesicht noch immer neben meinem in der Glasscheibe erkennen. Ja, wir sahen uns sehr ähnlich. Unser Äußeres war beinahe identisch. Und unser Inneres?

»Komm her, ich zeig dir was!«, rief sie, und sofort ging ich zu ihr, setzte mich ganz nah neben sie. Sie hatte ein paar Fotos vor sich ausgebreitet, gab mir die Bilder einzeln in die Hand und erzählte Geschichten dazu. Sie erzählte, als sei es ihr Leben.

Auf einem der Fotos war ein kleines Mädchen mit dunklen, kinnlangen Haaren und einem Käfer auf der Hand zu sehen. Es blickte traurig in die Kamera. Es war das Mädchen, das vor dem Fenster entlanggelaufen war.

»Aber das bist doch nicht du. Das ist doch nicht dein Leben«, sagte ich.

»Nein, natürlich nicht. Das bist du.«

Ich sagte ihr, dass das nicht sein könne, dass diese Fotos in Wahrheit nicht existierten.

Ohne Vorwarnung brüllte sie mich an, ihre Stimme schrill und laut, in ihren Augen ein Funkeln: »Du immer mit deiner Wahrheit! Um sie geht es nicht und auch sonst um nichts. Und wenn du unbedingt etwas brauchst, woran du dich klammern kannst, dann daran, zu leben, von jetzt an bis zum Schluss!«

Es tat mir weh, dass sie wütend auf mich war – körperlich tat es weh, ich konnte den Schmerz auf meiner Haut spüren.

»Deine Worte machen mir Angst«, sagte ich, und meine Stimme wurde mit jeder Silbe leiser.

»Das ist nicht schlimm, manchmal braucht es die Angst. Aber du musst dich ihr nicht stellen, wenn du das nicht möchtest. Du kannst auch resignieren, indem du von einem Felsen springst zum Beispiel oder indem du dein Leben aus Trägheit oder Furcht schonst, wie es viele Menschen tun. Auch ein träges Leben kann sehr alt werden.«

»Aber dann möchte ich es nicht haben, ein träges Leben möchte ich nicht führen.«

»Na dann«, sagte sie und hielt mir das Foto erneut hin. Das Mädchen mit dem Käfer auf der Hand. Die Insekten in den Einmachgläsern. Wie sich die Beinchen der Tiere auf der Hand anfühlten.

Immer mehr Bilder reichte sie mir entgegen. Mir wurde übel, ich bekam kaum noch Luft. Die Angst saß wie eine Kugel mitten in meinem Bauch. Mit jedem einzelnen Foto wurde sie ein wenig größer. Sie breitete sich aus, ein unangenehmes Drücken – nicht nur in meinem Magen, sondern überall in meinem Körper, in meinen Muskeln, meinen Gelenken, meinem Kopf. Für einen Moment fürchtete ich mich davor, die Panik in meinem Innern nicht mehr aushalten zu können, weshalb ich aufsprang und Nikto anschrie. Ich sagte ihr, dass ich ihre Worte nicht verstünde, sie das alles nicht wissen könne und mich in Ruhe lassen solle, dass es mir zu viel sei mit ihr und ich sie nie mehr wiedersehen wolle.

Dann ging ich, und es war, als hätte ich mich aufgelöst. Oder war es nur die Situation, die sich aufgelöst hatte? Und ich nur diejenige, die übriggeblieben war?

Ich hatte meinen Schmerz nicht unter Kontrolle, rannte durchs Treppenhaus nach unten, schaffte es dabei kaum, meine Bewegungen zu koordinieren, beinahe wäre ich gefallen.

Es war kühl geworden. Beim Verlassen des Hauses streifte ein sanfter Windhauch meinen Körper. Mir war schwindelig, ich hatte Hunger, in meinen Ohren ein Rauschen, ich wünschte mir, umzufallen, mich für einen Moment der Ohnmacht hinzugeben. Die Straße war völlig leer.

***

Es war seltsam, Nikto angeschaut und ihre Stimme gehört zu haben, ohne zu ahnen, dass es das letzte Mal gewesen sein könnte. Wie schnell sich Realitäten veränderten, ob man wollte oder nicht – und das nur, weil die Zeit ablief und aus der Gegenwart Vergangenheit machte.

Die muffige Decke, mit der ich mich in den Nächten zudeckte, lag einsam auf dem Boden meiner Praxis, als sei sie nur dazu da, mir aufzuzeigen, wie armselig meine Existenz geworden war. Immer, wenn ich am frühen Morgen meine Augen öffnete und in den Raum sah, die dicken Staubflocken betrachtete, die über den Boden huschten, hatte ich das Gefühl, an einem Ort zu sein, den niemand außer mir je finden könnte – als spielte sich das Schauspiel meines Lebens irgendwo anders ab, ohne dass ich eine Rolle in dem Stück bekommen hatte.

Ich stellte mich ans geöffnete Fenster, blinzelte gegen die untergehende Sonne, nahm das Klavierspiel aus der Nachbarwohnung wahr, das Gekicher von spielenden Kindern, den Duft von frisch gebackenem Brot und meinte, die Bedeutungslosigkeit des Tages in dem Grau der Stadt erkennen zu können.

Es war, als stünde die Zeit für einen Moment still. Die Ränder meines Blickfeldes verdunkelten sich. Hastig drehte ich mich vom Fenster weg, weil es mir – wenn ich das Leben auf der Straße betrachtete – vorkam, als wäre es viel zu weit weg und ich selbst längst nicht mehr Teil des Ganzen.

***

Ich wollte meine Augen schließen und mich tagelang nicht bewegen müssen. Was aber würde das bringen? Vermutlich nur, dass ich mich später an diesen Moment erinnern und dabei Reue über seine Leere empfinden würde. Vielleicht wäre es rückblickend auch die Reue über den Moment, in dem ich die letzte Chance verpasst hatte, mein Leben wieder in den Griff zu bekommen, weshalb ich mir vornahm, mich wieder den wichtigen Dingen zu widmen, alles wieder in Ordnung zu bringen.

Doch so sehr ich mich auch bemühte: Nichts, rein gar nichts bekam ich in den Griff. Mehrmals öffnete ich mein E-Mail-Programm, fing immer wieder aufs Neue an, eine Nachricht an meine Patienten zu schreiben, in der ich ihnen mitteilte, dass ich wieder gesund sei und die Sitzungen ab sofort wieder wie gewohnt stattfinden konnten. Es gelang mir nicht, die Nachricht zu beenden, geschweige denn sie abzuschicken, weshalb ich mir vornahm, mich zunächst auf die Wohnungssuche zu konzentrieren. Die Regionalzeitung lag noch auf dem Tisch, am Laptop hatte ich eine Immobilienseite geöffnet. Alles war vorbereitet, ich hätte nur die Angebote durchschauen und die angegebenen Telefonnummern wählen müssen. Doch da war etwas in mir, das mich zurückhielt, etwas, das verhinderte, dass ich tat, was ich tun musste, etwas, das mir die Möglichkeit nahm, mein Leben endlich wieder in die Hand zu nehmen und mich stattdessen dazu veranlasste, die nächsten Tage ausschließlich in der Praxis zu verbringen. Und wenn schon, dachte ich, was macht das schon für einen Unterschied.

***

Die Rollläden ließ ich geschlossen, um die Hitze fernzuhalten und weil die Dunkelheit mir guttat – weil es sich tröstlich anfühlte, all die Gedanken, Bilder und Erinnerungen von mir abzuschirmen, die – seit ich Herrn Mangolds Wohnung verlassen hatte – mit einer Wucht in meinen Kopf strömten, die ich nicht hatte kommen sehen. Plötzlich war nicht nur Nikto da, sondern auch alles andere war zurückgekehrt: das dunkle Wohnzimmer, Bibelstudien mit Mama und Papa, die Vorwürfe wegen Yannick, wegen eines Glases Alkohol, einer Zigarette, damals, kurz vor dem Abi. Die Drohungen, die Gespräche über mich, nur über mich, nicht mit mir. Der Pastor bei uns zu Hause. Mamas Stimme in meinem Ohr, wie enttäuscht sie sei.

Ob es an Herrn Mangolds Tod lag, dass sich die Zeit zurückzudrehen schien und mein Leben wie ein Film vor meinen Augen ablief? Oder an Nikto? Ich verschloss meinen Kopf davor, zwang ihn, das alles nicht Teil meines Denkens werden zu lassen, vor allem Nikto nicht, vor allem sie nicht. »Sie nicht, vor allem sie nicht!«, schrie ich in die Stille hinein. Laut, ich konnte es, hier hörte mich niemand.

***

In zwei Stunden war die Beerdigung. Vielleicht würde ich dort etwas herausfinden, Herrn Mangold und seine Entscheidung durch das Betrachten der Trauergäste und seines Sarges endlich verstehen.

Ich kramte nach schwarzer Kleidung in den beiden Kisten, die ich bei Steffen gepackt hatte. Nur diese zwei Kartons. Wenn ich doch nur mehr mitgenommen, nicht immer wieder einen Teil meiner Existenz zurückgelassen hätte – bei meinen Eltern, bei Yannick, bei Steffen. Die Fragmente meines Ichs waren überall verteilt, in Kisten, Kellern, Mülltonnen. War ich mir deshalb so fremd?

Ein schwarzes Oberteil und eine dunkle Jeans, das würde gehen.

Viel zu früh kam ich auf dem Friedhof an. Die Gräber ordentlich in Reihen angeordnet. Tote neben Toten, hässliche Grabsteine, Engel und weiße Kerzen, die längst nicht mehr brannten.

***

Damals mit Oma auf dem Friedhof, ich sah sie vor mir, wie sie meine Hand genommen hatte und losgegangen war. Ich ihr hinterher.

»Komm, wir besuchen Opa«, hatte sie gesagt. Ich kannte ihn nicht, er starb nur wenige Monate nach meiner Geburt. Dann standen wir dort – vor dem Grab eines Toten, der mir völlig fremd war. Oma redete nicht, kein einziges Wort, zupfte nur ganz versunken Blätter aus der Bepflanzung, rückte die Kerze zurecht, entfernte die bereits verblühten Blumen. Und dann, nachdem das alles erledigt war, warf sie sich mit einer Theatralik auf das Grab, die mich erschreckte. Ich mochte es dennoch, weil sie laut war dabei. Sie schluchzte, weinte, legte ihre Hände auf den Kopf. Bis heute weiß ich nicht, warum sie das tat und warum sie wollte, dass ich ihr dabei zusah. Kurz darauf starb auch sie – und ich war allein in dem Haus, allein mit meinen Eltern und der Stille. Omas Beerdigung war die einzige, an der ich teilgenommen hatte. Damals war ich noch ein Kind, ich erinnere mich kaum.

Ein Gespräch mit meiner Mutter dagegen, ein paar Tage später, hat sich so tief in mein Gedächtnis gelegt, dass ich es bis heute vor mir sehe. Wir saßen am Küchentisch, das Feuer im Gasofen knisterte leise vor sich hin, ansonsten war kein einziges Geräusch zu hören. Die Stille hatte längst Besitz ergriffen von diesem Haus.

»Wenn jemand stirbt«, fragte ich, »ist er dann für immer weg?«

Stille, noch immer. Nur von draußen hörte man die Krähen rufen. Ich schaute meine Mutter fragend an.

»Nein«, sagte sie, »natürlich nicht. Niemand ist für immer fort.«

»Und wo ist Oma dann?«

»Im Himmel.«

»Aber warum kommt sie dann nicht runter? So, wie sie immer die Treppe runtergekommen ist, wenn sie fernsehen wollte?«, fragte ich, und meine Mutter verdrehte die Augen. Ein leichter Windhauch brachte die hölzernen Fensterläden zum Klappern, die Luft im Raum kühlte sich für einen kurzen Moment ab.

»Und wenn niemand für immer weg ist, warum habe ich dann Opa noch nie gesehen? Warum kenne ich ihn dann nicht?«

Meine Mutter stand auf, ging zum Fenster und sagte – einen gereizten Unterton in ihrer Stimme, den sie zu verbergen versuchte: »Ach Sara.«

In genau dem Moment schloss sie das Fenster, und es klang, als würde der Wind meinen Namen forttragen, irgendwohin, an einen anderen Ort. Vielleicht waren es auch die Krähen, die ihn mitgenommen hatten. Nehmt auch mich mit, wollte ich rufen. Nehmt mich bitte mit!

***

Ich wusste nicht, wie man sich auf einer Beerdigung verhielt, wie es ablief, wo das alles überhaupt stattfand, ging einen der Gänge entlang, immer hin und her, wie ein Löwe im Käfig – weil ich nicht wusste, was ich sonst hätte tun sollen und weil ich Angst davor hatte, dass mir das alles zu nahegehen würde.

Nach einer Weile sah ich ein paar wenige dunkel gekleidete Menschen in einer Art Halle verschwinden. Ein graues, kleines Gebäude auf dem Friedhof, alt, mit langen Vorhängen hinter den bodentiefen Fenstern. Es war kurz vor elf, ich beeilte mich und ging ebenfalls hinein. Niemand drehte sich zu mir um. Etwa zehn Menschen saßen auf den aufgereihten Stühlen, schwarze Kleidung, leise Musik im Hintergrund. Wie emotionslos und unpersönlich das alles wirkte, fast schon kalt. Da stirbt jemand und niemanden schert es. Einfach ein paar Stühle hinstellen, verabschieden, Kaffee und Kuchen, ein bisschen denken an den Verstorbenen, dann schnell nach Hause und alles nahm seinen Gang.

Ich erkannte Frau Baumann, neben ihr in einem anthrazitfarbenen Anzug ein Mann, der ihre Hand hielt. Vor ihnen eine ältere Frau, vermutlich Herrn Mangolds

Mutter. In den mittleren Reihen mehrere Männer nebeneinander, ihr Alter konnte ich von hinten nicht erkennen. Vorne der Sarg. Braun und kantig. Da lag er also. Am liebsten hätte ich den Deckel geöffnet, meine Wut herausgelassen, von der ich wusste, dass sie unangebracht war. Doch es änderte nichts: Ich war wütend, weil mein Patient seinen Suizid nicht angekündigt, noch nicht einmal im Nachhinein erklärt hatte – und weil sein Tod der Grund für all diese Veränderungen in meinem Denken war, die ich mir nicht erklären konnte. Wenn er sich nicht umgebracht hätte, würde das Leben, das meines war, noch existieren – Steffen, sein Haus, meine Patienten, all die Lügen, die ich erzählt hatte. Aber wäre das besser? Noch nicht einmal das wusste ich, es war, als wüsste ich gar nichts mehr, als hätte mein Leben die Konturen verloren, als könnte ich es nicht vor mir sehen, nach Herrn Mangolds Tod noch weniger als zuvor.

***

Immer wieder hatte ich anderen Menschen zu Bildern verholfen, Imaginationsübungen mit traumatisierten Patienten gemacht. »Beschreiben Sie mir einen Ort, an dem Sie sich sicher fühlen. Was gäbe es dort? Gäbe es Tiere oder Menschen, Bäume oder einen Fluss?«, fragte ich sie. Es habe ihnen geholfen, sagten sie später. Und ich kam mir dadurch noch schlechter und wertloser vor, schäbig, weil ihnen das gelang, was ich selbst – für mich und mein eigenes Leben – nicht schaffte.

Irgendwann einmal, vor Jahren, noch im Medizinstudium, noch in Freiburg, hatte ein Therapeut, dessen Namen ich längst vergessen habe, zu mir gesagt, ich bräuchte ein eigenes Land, damit ich mich nicht mehr verloren fühle.

»Ich habe kein Land, das mir gehört«, hatte ich geantwortet.

»Sie können es erschaffen. Beschreiben Sie das Land, wie es wäre, wenn Sie es besäßen.«

Ich wollte ihm sagen, dass ich kein Land besitzen wolle, und über die Sinnlosigkeit von Grenzen sprechen. Stattdessen sagte ich das, was er von mir erwartete, erzählte von einem Fluss, den es gäbe in diesem Land und von Bergketten am Horizont. Von Wiesen und Wäldern. Er fragte, ob ich das Land vor mir sähe. Ich sagte Ja.

Es war gelogen. In Wahrheit sah ich nichts.

***

Der Pastor kam von hinten in die Halle, den Talar um die Schultern geworfen, die Hände zum Himmel. Ja, die Hände zum Himmel und dann unter die Decke. Mein Gesicht glühte, dazu ein Stechen in meinem Bauch und eine Art Zittern in meinem Brustkorb. Schweißperlen liefen von meiner Stirn in die Augen. Trotz meiner Übelkeit und der Sorge, ich könnte ohnmächtig werden, sprang ich auf und rannte so schnell ich konnte aus dem Gebäude. Gerade noch rechtzeitig schaffte ich es zu einer Hecke direkt neben dem Eingang.

Nachdem ich mich ein paarmal übergeben hatte, ging es mir besser. Doch es brannte in meinem Hals, in meinem Mund ein bitterer Geschmack. Die Pflanze von meiner Gallenflüssigkeit gelb gesprenkelt. Ich durchwühlte meine Tasche nach einem Kaugummi, fand keinen, noch nicht einmal ein Bonbon, auch nichts zu trinken. Mein Mund war trocken, der Geschmack hielt sich hartnäckig darin fest. Und dazu diese Hitze. Die Sonne strahlte mich direkt an, sie schien mir ins Gesicht, es wurde immer heißer – von außen und innen. Meine Zunge klebte an meinem Gaumen fest, eklig präsent. In der Mitte des Friedhofs ein Brunnen zum Gießen der Gräber. Ich drehte das Wasser auf und trank.

***

Aus der Ferne nahm ich Musik wahr, eine leise, traurige Melodie. Darunter mischten sich Stimmen, Gebete.

Die Rosenkränze in den Händen, die Köpfe gesenkt. Herr, erlöse uns von dem Bösen. Dieses Gemurmel immerzu, in der Gemeinde, zu Hause. Als ob das möglich wäre – sich erlösen lassen von dem Bösen und dann fort damit. Ob sie wirklich daran glaubten? Und vor allem: Was, wenn es nicht von außen kam, das Böse, sondern aus ihnen selbst?

Der Sarg wurde durch die Reihen getragen, dahinter die Menschen aus der Halle. Die Gesichter fahl, ich sah sie nur von weitem, wollte nicht reden, nicht sagen: »Mein Beileid«, niemandem begegnen. Ich wollte allein sein und nicht mehr hier, bei Herrn Mangolds Leiche, bei diesem Pastor.

Das kleine verrostete Tor quietschte, als ich es öffnete. Ich setzte mich auf den Bordstein gegenüber dem Friedhof, der nur von einer niedrigen Mauer umgeben war. Von außen beobachtete ich die Trauergäste, wie sie gebückt über dem Loch in der Erde standen und weinten, ganz verloren und dunkel. Im Gegenlicht sahen sie aus wie kleine schwarze Farbkleckse. In ihrer Gesamtheit bildeten sie ein Gemälde, auf dem kein Platz für mich war, ich war nicht Teil des Ganzen, nicht auf der Leinwand abgebildet.

»Du musst immer hinsehen, alles musst du sehen wollen, Sara, alles!« Niktos Worte gingen mir nicht mehr aus dem Kopf. Ob sie recht gehabt hatte? Alles sehen wollen … Früher wollte ich es nicht, hielt ganz bewusst die Augen geschlossen, nur um meine Realität, meine Vergangenheit, all die Erinnerungen nicht betrachten zu müssen. Und heute? Heute wollte ich alles sehen, sehnte mich beinahe danach, wünschte mir, zu verstehen, aber da war zu vieles, das im Nebel lag, im Verborgenen, zu vieles, das ich nicht begriff – nach Herrn Mangolds Suizid noch mehr als zuvor. Du musst alles sehen wollen. Ich versuchte, mir meinen eigenen Tod vorzustellen. Wäre es dann auch so? Erde drauf und fertig? Noch ein paar Tränen dazu und ein paar Hände, die geschüttelt werden, bevor alles wieder genauso wäre wie zuvor?

Im Schnee sterben – so wollte ich es am liebsten, schon früher als Kind. Ich sah es vor mir: mich selbst, ein bisschen Erde unter meinem Körper, zugedeckt von einer weißen Decke. Auch auf dem Matterhorn lag Schnee, ich hatte ihn auf den Bildern des Gipfels in der Sonne funkeln gesehen.

***

Alles musst du sehen wollen, Sara! Ich sah einen Vorhang, der sich öffnete. Das Schauspiel ging los. All diese Leben, die ich hinter der Friedhofsmauer erkennen konnte, spielten sich vor mir auf der Bühne ab. Warum aber sah ich nur die Stücke der anderen, nicht mein eigenes? Ich gab mir Mühe, mich auf mein Ich zu konzentrieren, Bilder entstehen zu lassen, sah einen weiteren Vorhang. Ein Zauberer trat auf die Bühne, schob eine Kiste mit meinem Leben vor sich her, der Deckel sprang auf mit einem lauten Knall, Rauch stieg in die Luft und zum Vorschein kam: nichts.

Es ärgerte mich, ich war wütend auf mich selbst, weil mein Kopf Bilder erzeugte von Dingen, die nicht existierten, und ich mich gleichzeitig so schwer damit tat, mein eigenes Leben vor mir zu sehen.

»Das Kind hat zu viel Fantasie.« Immer wieder spielte mir mein Gehirn diesen Satz meines Vaters zu. Es war schon spät am Abend, sie saßen im Wohnzimmer am Tisch – Hauptsache, man ließ sich nicht gehen, nicht aufs Sofa, nicht gemütlich machen, immer am Tisch, die Hände ordentlich daraufgelegt. Hände auf den Tisch, Sara! Ich konnte nicht schlafen, wie so oft, bis heute fällt es mir schwer. Damals war ich etwa zehn oder elf, wach, obwohl ich schlafen sollte, ein Kind, obwohl ich erwachsen sein sollte. So hätten sie es sich gewünscht. Zu viel Fantasie.

Als Kind war alles richtig, was meine Eltern sagten – ich hatte keinen Vergleich, kannte nur ihre Worte, ansonsten nur die der anderen Menschen aus der Gemeinde, die genauso redeten wie sie. Es gab kein Korrektiv, nichts anderes. Also glaubte ich ihnen und bemühte mich, das, was ich sah, auszublenden, mir immer wieder zu sagen, dass es nicht existierte. Doch die Wahrnehmungen blieben: die sprechenden Insekten, Herrmann, die Bäume, die ich in meinem Zimmer wachsen lassen konnte, meine Freundin, die ich als Kind hatte und die es nie gab. Sie war immer genauso alt wie ich, genauso groß, tat das, was ich selbst tun wollte und erzählte mir anschließend davon. Sie war mutig und lustig, aber sie war nicht wirklich da, existierte nicht und war trotzdem immer bei mir, wenn ich sie brauchte. Manchmal rief ich sie auch später noch, dann ging sie neben mir her, wir hielten uns an den Händen. Und immer lief sie geradeaus, immer einen Fuß vor den anderen, wie auf einer Linie. Durch den Garten, über die Felder, die Straßen entlang. Immer geradeaus.

Zu viel Fantasie – sagten sie, ausgerechnet sie, die mit einem Gott redeten, als sei er ein richtiger Mensch, als hörte er ihnen zu. Sie, die den Pastor ins Haus ließen, ohne zu hinterfragen, was er tat.

***

Das Quietschen des Friedhoftores holte mich aus meinen Gedanken zurück. Die ältere Frau kam auf mich zu, man sah ihr die Tränen noch an. Direkt vor mir blieb sie stehen. Eine kleine Frau, ihr Gesicht aufgedunsen, die Augen lagen in dunklen Höhlen, die Mundwinkel tiefe Furchen.

»Guten Tag«, sagte ich und stand auf.

»Sie waren auch auf der Beerdigung«, sagte die Frau, vielleicht war es auch eine Frage, an der Melodie des Satzes ließ es sich nicht erkennen.

Ich nickte und bekundete ihr mein Beileid.

»Wer sind Sie? Woher kannten Sie meinen Sohn?«

»Ich war seine Psychotherapeutin.«

Sie starrte mich an. Fassungslos, wütend, irritiert.

»Therapie? Mein Sohn brauchte keine Therapie.«

»Ähhh …« Was sollte ich nun sagen, ohne sie zu verärgern, ohne etwas in ihr auszulösen, das es womöglich noch schwerer für sie machen würde? »Er wollte aber gerne mit mir über seine Probleme reden. Einmal pro Woche, schon seit fast einem Jahr.«

Sie schaute mich an, begann einen Satz, sagte einzelne Worte, stoppte wieder. Ich kannte das: wenn man überrollt wurde von Emotionen, sich der Kopf schlagartig mit zu vielen Gedanken füllte, die sich nicht in Worte fassen ließen.

Plötzlich schien sie zu wissen, was sie sagen wollte, und brüllte mich an: »Sie haben ihn in den Tod getrieben. Es ging ihm doch gut. Wenn Sie ihm geholfen hätten, wäre er noch da, er war doch nicht verrückt. Sie sind schuld! Diese Quacksalber, die alles nur schlimmer machen. Alles war gut, ihm ging es gut.« Sie schrie immer weiter, Tränen mischten sich dazu, sie verschluckte sich, hustete, dann trat sie näher an mich heran und fing an, mit den Fäusten auf meinen Brustkorb einzutrommeln.

Ich griff ihr an die Oberarme, um sie von mir wegzuschieben, doch als ich sie so hielt, kamen immer mehr Tränen dazu, sie schluchzte. Ihre Trauer rührte mich, weshalb ich sie einfach weiter auf mich einschlagen ließ. Es tat nicht weh, sie hatte kaum noch Kraft, weinte nur ohne Unterlass und bewegte ihre Arme wie ein Schlagzeuger, der fortwährend denselben Takt spielt.

Von weitem sah ich Frau Baumann auf uns zukommen. Sie wurde schneller, als sie bemerkte, dass die alte Frau an meiner Brust hing wie ein trotziges, um sich schlagendes Kleinkind, zog sie zurück und nahm sie in den Arm.

»Komm, Elisabeth, wir gehen«, sagte sie und zu mir: »Entschuldigen Sie bitte.«

Ich nickte ihr zu, lächelte leicht. »Schon gut.«

»Scheren Sie sich zum Teufel!«, rief Herrn Mangolds Mutter mir nach.

***

Auf dem Weg zu meiner Praxis eine Stimme hinter mir: »Frau Becker?« Laut, dazu Schritte, die immer schneller wurden.

Ich drehte mich nicht um, gab vor, nichts gehört zu haben, bemühte mich, mein Tempo an das der Person in meinem Rücken anzupassen. Erfolglos.

Eine Hand auf meiner Schulter. »Frau Becker, guten Tag. Schön, dass ich Sie treffe. Ich habe Ihnen eine E-Mail geschrieben, vor Tagen.«

Es war Herr Claasen. Am liebsten wäre ich weggerannt, immer weiter weg, so lange und so weit wie möglich. Aber ich rannte nicht, blieb stattdessen stehen, ein kurzes Nicken. Mein Gehirn spielte mir ein Bild meines E-Mail-Postfachs zu – sechsundfünfzig ungelesene Nachrichten, als ich vor Tagen zum letzten Mal nachgeschaut hatte, ohne eine einzige davon zu öffnen. Mittlerweile waren es vermutlich noch einige mehr.

Ich begrüßte meinen Patienten, versuchte, dabei möglichst freundlich zu klingen, aber dennoch einen leicht bedrückten Unterton in meine Stimme zu legen, damit er meine vorgeschobene Erkrankung nicht infrage stellen würde. »Tut mir leid. Es geht mir noch nicht so gut, aber ab nächster, spätestens übernächster Woche bin ich sicher wieder fit.«

»Hmm«, machte er und sah niedergeschlagen aus. Dann fing er an zu erzählen, ohne dass ich ihn darum gebeten, ohne dass ich nur ein einziges Mal nachgefragt hatte. Sein Blick zu Boden gerichtet, die Hände ineinandergelegt, seine Stimme dumpf und leise. »Lea ist verschwunden, seit ein paar Tagen schon. Ich weiß nicht, wo sie ist, habe schon überlegt, die Polizei zu informieren, aber vermutlich … vermutlich wollte sie nur nicht mehr bei mir sein, sondern lieber bei ihren Freunden. Wir hatten einen schlimmen Streit …«

Nun war es zu spät, seine Worte machten es mir unmöglich, dem Gespräch aus dem Weg zu gehen.

Ich sagte, dass seine Tochter sicher nur ein bisschen Abstand brauche – sie hatte den Tod ihrer Mutter nicht verkraftet, immer ging es nur um sie in unseren Sitzungen, um ihre Trauer, ihre Wut, ihre Pubertät, nie um Herrn Claasen. Manchmal kam es mir vor, als litte er nicht unter dem Verlust, als sei mir seine Tochter viel vertrauter als er. Alles wusste ich über sie, fast nichts über ihn – und sämtliche Versuche scheiterten, den Fokus in unseren Therapiestunden auf ihn zu legen. Immer wieder wechselte er so schnell wie möglich das Thema – weg von ihm, hin zu Lea.

»Ja, danke«, sagte er, fragte nach einem Telefontermin. Ich versprach, mich bei ihm zu melden, betonte noch einmal, dass sicher alles in Ordnung sei. Dann ein leichtes Nicken, ein schnelles, beinahe beiläufiges Händeschütteln, bevor er sich umdrehte und mit gesenktem Kopf davonging.

Kurz schaute ich ihm nach. Es tat mir leid – nicht nur, dass ich versucht hatte, dem Gespräch mit ihm aus dem Weg zu gehen, sondern auch, ihn angelogen zu haben. Natürlich würde ich mich nicht melden, schon bei unserer Verabschiedung wusste ich das.

Aber wie auch. Ich war nicht mehr in der Lage, anderen Menschen zu helfen. Immer hatte ich alles richtig machen wollen, hatte ich mich darum bemüht, meinen Patienten eine Vertraute, Unterstützerin, Gefährtin zu sein. Es hatte funktioniert – bis vorhin noch, bis zu

Herrn Mangolds Tod. Und nun war das alles so weit weg, dass ich längst resigniert hatte. Es würde mir nicht mehr gelingen, verstand ich doch ohnehin nichts mehr: die Welt um mich herum nicht, die anderen Menschen nicht, mich selbst nicht und das, was sich in meinem Kopf abspielte.

***

Irgendwann einmal, während meines Psychologiestudiums, es müsste das sechste oder siebte Semester gewesen sein, hatte ich Natalie in Freiburg besucht. Wir saßen nebeneinander auf ihrem Balkon. Es dämmerte bereits, das Licht wirkte rötlich, und die Luft kühlte sich nur langsam ab. Natalie erzählte von ihrem Ex-Freund, dass er verarscht worden sei von seiner Neuen und es ihm recht geschehe. Karma und so.

Einen Moment hielt ich inne, bevor ich erwiderte: »Karma als Konzept finde ich schwierig. Weil es ja impliziert, dass wir für alles Schlechte selbst verantwortlich sind …« Ich hätte weiterreden können an diesem Punkt, erzählen. Vielleicht wollte ich es insgeheim sogar, dennoch schwieg ich, wartete auf Natalies Antwort, ihre Reaktion. Es erschien mir sicherer, mich langsam heranzutasten, erst einmal vorzufühlen, wem ich wie viel von mir selbst preisgeben wollte oder konnte.

Natalie schaute in die Ferne, legte ein wenig Tabak in ein Stück Papier und drehte sich eine Zigarette. Es sah schön aus, sie sah schön aus dabei: ihre Finger, wie sie sich hin und her bewegten, ihre Zunge, wie sie so sanft, so zärtlich über das dünne Papier fuhr. Das Bild erregte mich – ein Gedanke, der mir Angst machte und den ich daher sofort zur Seite schob.

Sie nahm ein paar Züge, dann sagte sie leise: »Ja, keine Ahnung, das stimmt schon … aber andererseits: Ist es nicht wirklich so, dass man alles zurückbekommt, dass also Gutes Gutes anzieht und Schlechtes Schlechtes?«

Ob ich ihr doch von früher erzählen sollte? Ich dachte darüber nach, in erster Linie aber bemühte ich mich, Natalie nicht allzu lange anzuschauen, um nicht erneut diese Gedanken, Wünsche und Sehnsüchte in mir aufkommen zu lassen. Sie waren verboten, streng verboten, eine Sünde.

»Keine Ahnung, ob das so ist … manchmal kommt es mir vor, als wüsste ich gar nicht, was gut ist und was schlecht oder worauf es ankommt im Leben. Ich fühle mich so unfertig irgendwie.«

»Woran liegt das?«, fragte Natalie.

»Wenn ich das wüsste …«

»Aber du müsstest es doch wissen, oder nicht? Du müsstest dich doch eigentlich auskennen mit der Psyche.«

Ich nickte, obwohl ich den Kopf hätte schütteln müssen. Es fiel mir leicht, mich in der Theorie mit der Funktionsweise des Gehirns zu beschäftigen. Mein eigenes Denken und Fühlen aber, mein eigener Kopf und meine eigene Psyche schienen sich sämtlichen Kategorien, sämtlichem Wissen zu entziehen; als sprächen sie eine andere Sprache, eine Sprache, die ich nicht verstand.

An diesem Abend blieben wir noch lange sitzen, nebeneinander, auf ihrem Balkon, bis in die Nacht hinein. Danach habe ich Natalie nie wieder gesehen, nie wieder mit ihr gesprochen, alle ihre Anrufe ignoriert, genau wie ihre Nachrichten, Briefe, E-Mails: weil ich ahnte, dass jeder Besuch bei ihr, jedes weitere Wort nur erneut etwas in mir auslösen würde, das ich nicht fühlen durfte.

***

Vielleicht war mein Ansatz der falsche, vielleicht ging ich das alles auch nur nicht systematisch genug an. Wie Steffen es oft gesagt hatte: »Sara, du bist zu unorganisiert, du musst dich besser um deine Angelegenheiten kümmern, dein Leben in den Griff bekommen.«

Immer wieder meinte er, mir die Welt erklären zu müssen, genau wie meine Eltern, die Gemeinde, die Menschen, die mir sagten, ich solle doch mal wieder lächeln, an meine Zukunft denken, irgendwelchen Mist kaufen. Als ob sie wüssten, was die Wahrheit ist. Als ob das überhaupt jemand wüsste.

Es war spät am Abend. Ich nahm mir vor, mich wieder auf Herrn Mangold zu konzentrieren, endlich herauszufinden, was der Grund für seinen Suizid gewesen war. Nur das musste ich begreifen, dann wäre alles wieder wie zuvor, alles wieder gut.

Das Licht war grell, mein Behandlungszimmer wirkte steril und kalt wie ein Operationssaal. Ich hängte einen gelben Schal über meine Schreibtischlampe, wodurch das Licht sich verwandelte und aussah wie die Sonne. Im gelben Schein las ich die Akten meiner Patienten durch, um darin die Antworten zu finden, nach denen ich suchte. Gab es Gemeinsamkeiten, Parallelen zwischen Herrn Mangold und meinen anderen Patienten, irgendetwas, das einen Hinweis geben oder eine Erklärung liefern könnte?

Herrn Mangolds Antworten auf die von mir gestellten Fragen kannte ich mittlerweile beinahe auswendig. Ich verglich sie mit anderen Antworten, notierte die Fragen, die ich regelmäßig stellte, und solche, die nur bei einzelnen Patienten auftauchten. Bald wurde es unübersichtlich, die DIN-A4-Blätter boten zu wenig Platz, deshalb kaufte ich in einem Schreibwarenladen die größten Papierbögen, die ich finden konnte, klebte sie mit Tesafilm an die Wand und fing an, Linien zu ziehen zwischen den Leben meiner Patienten. Nach wenigen Tagen war mein gesamtes Behandlungszimmer vollgeklebt mit weißen Blättern, mit all meinen Aufzeichnungen, all den Gemeinsamkeiten, die ich sah – und mit all den Unterschieden.

Nachdem ich sämtliche Akten durchgegangen war, mir alles notiert hatte, was mir relevant erschien, klebte ich ein weiteres Blatt mitten auf den Dielenboden. Darauf schrieb ich meinen Namen. Darunter ein Fragezeichen. Ich stellte mich darauf, betrachtete meine Notizen, versuchte, Verbindungen herzustellen. Immer wieder drehte ich mich im Kreis, mitten zwischen all diesen Leben.

Frau Hauser, die in ihrer Ehe unglücklich war und sich nutzlos vorkam, nachdem die Kinder aus dem Haus waren, hatte mir in einer Sitzung gesagt: »Frau Becker, mir fehlt etwas Eigenes im Leben, irgendein Sinn, es muss da doch etwas geben, das kann doch nicht alles sein.«

Ich mochte sie, sie war eine ruhige, unaufdringliche, respektvolle Frau, trotz ihres korpulenten Körperbaus immer sehr auffällig in bunten, leuchtenden Farben gekleidet, immer freundlich.

Frau Piel war meine jüngste Patientin. Sie war so dünn, dass ihr Körper mir Angst machte und mich zugleich auf eine seltsame Art und Weise faszinierte. Ihre Knochen standen so weit hervor, dass ich das Bedürfnis hatte, sie – aus reiner Neugier – zu berühren. Ihre Schlüsselbeine hätte man mit der Hand umgreifen können, an ihrem Rücken waren zwei Dellen zu erkennen, selbst in ihren dicken Kapuzenpullovern. Nie trug sie etwas anderes, immer nur diese viel zu weiten Pullover, auch im Sommer, immer schwarz, die Kapuze meistens bis über die Stirn gezogen. Ihre Wangen waren eingefallen, ganz spitz sah ihr Gesicht aus. Wie das einer Maus.

»Ich möchte einfach nur verschwinden«, sagte sie immer wieder. Wir kamen nicht weiter. Sie versicherte mir nur – auf meine Nachfrage hin – Sitzung für Sitzung aufs Neue, dass sie nicht suizidal sei. »Nein, das nicht, ich möchte nur verschwinden, ganz wenig sein, so wenig, dass man mich nicht sieht.«

»Warum?«, fragte ich.

»Ich weiß nicht, vielleicht möchte ich mich vor dem Leben verstecken, weil ich es nicht verstehe. Die Menschen, die ich kenne, machen einfach alle so ihr Ding und … ich verstehe den Grund nicht, ich verstehe die anderen Menschen irgendwie nicht.«

Ich las unzählige Artikel, ging meine Mitschriften aus dem Studium durch, setzte alles daran, ihr eine realistische Einschätzung ihres Körpers zu vermitteln, doch nichts half. Es ging ihr nicht besser, das Problem schien mir ein anderes zu sein als das, was ich in Büchern gelesen hatte. Sie deutete etwas an – etwas, das ich noch nicht einmal richtig greifen konnte.

Herr Wessel hatte schon mehrere Therapien und Klinikaufenthalte hinter sich, bevor er zu mir kam. Er litt an einer schweren Zwangsstörung, musste alles zählen – Bodenplatten, Fenster an Gebäuden, Klingelschilder, Treppenstufen. Auch im Supermarkt musste er von allem, was sich im Laden befand, die Anzahl kennen: Obst, Gemüse, Joghurtbecher, Wasserflaschen. Mittlerweile hatte er eine Betreuerin, weil er bei seinen

Einkäufen so gut wie nie über den Eingangsbereich hinauskam, bevor er vom Supermarktpersonal weggeschickt wurde. »Ich brauche etwas, das mir Halt gibt«, war seine Begründung.

Wie lange ich dort stand, zwischen diesen einzelnen Leben, mitten auf meinem eigenen, das nur aus einem viel zu großen Fragezeichen bestand, kann ich nicht sagen. Ich erinnere mich nur noch, dass ich mich immer wieder im Kreis drehte, immer wieder aufs Neue die einzelnen Papierbögen durchlas, diese Leben meiner Patienten, auf der Suche nach etwas, was sie gemeinsam hatten und was mir, endlich, helfen würde, Herrn Mangold und seine Entscheidung zu verstehen. Doch nichts, nichts konnte ich erkennen, mir fiel nur auf, dass bestimmte Worte immer wieder auftauchten – Sinn, Bedeutung, Gott, Schicksal. Nur ein paar einzelne Worte, allesamt abgedroschen, eingebaut in Plattitüden. Und sonst? Sonst nichts. Ich wurde wütend, ohne zu wissen, auf wen. Mit der Faust schlug ich gegen die Wand, immer wieder, bis mein Blut über die Leben lief, die ich an die Wand geklebt hatte. Dann fuhr ich mit der Hand darüber, ging einmal durch das ganze Zimmer. Bald war alles rot. Nur mein Leben, das Leben auf dem Boden, unter meinen Füßen, war noch leer. Ich holte ein Messer aus der Küche, schnitt mir damit in die Innenfläche meiner Hand und ließ das Blut auf das Blatt mit meinem Namen tropfen. Eine Weile blieb ich stehen, auf meinem Leben, das nicht mehr war als ein blutiges Stück Papier, auf dem nichts geschrieben stand.

6

«Ich kann nicht zu gestern zurückkehren, weil ich damals ein anderer Mensch war.”

Ich wollte nur noch meine Ruhe haben, nicht mehr nachdenken müssen. Und dennoch ploppten einzelne Gedanken immer wieder auf, so sehr ich mich auch dagegen wehrte. Wie Korken in einem Teich traten sie an die Oberfläche meines Bewusstseins. Einzelne Gedanken waren es, ohne Zusammenhang, oder nur deren Splitter.

Da war mein Vater mit seinen hastigen Händen, wenn er Zeitung las. Er blätterte um, als hätte er es eilig, die Augen immer hin und her, wie im Zeitraffer. Ich ihm gegenüber beim Frühstück, mich immerzu fragend, wie es sein konnte, dass er die Worte so schnell verstand. Heute weiß ich, dass er sie nur überflogen hatte, ohne verstehen zu wollen. Es interessierte ihn nicht, das wahre, das richtige Leben, das Leben da draußen. Hinter den verschlossenen Fenstern mit den zugezogenen Gardinen war alles andere erschreckend weit weg. Die Vögel, die sich auf der Wiese hinter dem

Haus das Gefieder putzten, die Kinder ohne Essen, die Kälber ohne Mütter, all die Toten im Mittelmeer – das alles war Teil einer Welt, für die meine Eltern kein Verständnis aufbringen konnten.

Hinter meinem Vater an der Wand der Jesus am Kreuz, mit eingestaubten Palmzweigen im Genick. Gott segne dieses Haus, schütze dieses Haus – die Stimme meiner Mutter. Es gibt nur einen Gott, dachte ich damals. Wenn überhaupt. Und der an der Wand, in diesem Haus, der ist es nicht, ganz sicher nicht.

***

Ob Herr Mangold an Gott geglaubt hatte? Nie hatten wir darüber gesprochen. Womöglich hatte er auch wissen wollen, ob er existiert oder nicht, womöglich hatte er sich nur deshalb auf den Weg zum Gipfel gemacht. War es dann Gott gewesen, der über sein Leben oder Sterben entschieden hatte? Und falls ja: Ob Herr Mangold dann vor seinem Tod noch eine Art Hinweis darauf bekommen hatte, dass es für ihn an der Zeit war? Was, wenn ich mich ebenfalls auf den Weg machen würde? Würde Gott dann auch mir ein Zeichen geben? Es schien mir die perfekte Möglichkeit zu sein, ihn herauszufordern. Endlich sollte er mir zeigen, ob es ihn gibt oder nicht. Der Gedanke, zumindest auf diese Frage eine Antwort zu bekommen, tröstete mich, genau wie die Vorstellung, dass es für alles eine Zeit gab, selbst für das Ende.

Ja, ich musste es ebenfalls tun, musste Herrn Mangolds Weg nachgehen – auch, um ihm dadurch näherzukommen, um zu wissen, was er empfunden hatte am Ende. Und um die Natur zu spüren, ihr wollte ich mich ausliefern, und insgeheim hoffte ich, dass da nicht mehr war, kein Gott, keine höhere Macht. Nein, ich wollte mein Schicksal nicht in die Hände eines menschlichen oder göttlichen Wesens legen, nie mehr. Wenn ich mich ausliefern würde, dann nur diesem Berg und der Welt um mich herum. So sollte es sein am Ende: ein bisschen Schnee, das Rauschen des Windes und ein paar Felsen, die alles überdauerten, für die der Tod eines Menschen keinerlei Bedeutung hatte.

***

Ich schaltete den PC ein, sammelte Informationen zum Matterhorn, schaute mir Bilder an und Wegbeschreibungen, suchte alles zusammen, was ich für relevant hielt, druckte einzelne Seiten aus, las, dass bislang über fünfhundert Menschen am Matterhorn verstorben seien. Fünfhundert Leben, die dort endeten. Wie viele dieser Tode wohl auf einer bewussten Entscheidung beruhten?

Ich ließ mir Bilder anzeigen, scrollte durch sie hindurch, bis ich den Berg von allen Seiten betrachtet hatte, von oben und unten, wie er sich im Wasser eines Sees spiegelte. Wie schön er war. Wie eine Pyramide.

Schon als Kind wollte ich in die Berge, hinaus in die Natur. Aber nein, wir blieben zu Hause, in unserem Ort, unserer Straße. Immer diese dunkle, trostlose Wohnung, die Küche mit dem alten Gasofen. Ich sah die Teller, die Tassen, eine Kanne, Gabeln, den spärlich beleuchteten Raum, die gräuliche Tapete, die zugezogenen Gardinen an den Fenstern. Aus Versehen streifte ein Blick den anderen, dabei kurzes Unbehagen. Die Münder öffneten sich für Kaffee und Kuchen, obwohl sie schreien wollten. Die Füße scharrten kaum hörbar über den Boden, obwohl sie davonrennen wollten. Aber niemand schrie, niemand rannte davon.

Mein Vater saß mir gegenüber, sagte nichts, öffnete nur immer wieder den Mund, wie ein Fisch sah er aus. Sein Kopf vornübergebeugt, die Stirn in Falten gelegt, ein kurzer Blick zu mir, in dem all die Vorwürfe, all die Drohungen gesammelt waren. Tränen liefen mir aus den Augen in den Mund, ein salziger Geschmack entstand auf meiner Zunge. Leise Geräusche von draußen, ich drehte meinen Kopf zum Fenster hinter mir. Ein Surren, vielleicht ein Insekt oder das Rascheln von Blättern im Wind. Und dann wegträumen. Auf die Felder, Wiesen, in den Wald, zu den Bienen und Fröschen.

Die Natur existierte für mich nur in Bildern, die ich selbst in mein Hirn malte. Wenn wir zum Gottesdienst fuhren, lehnte ich meinen Kopf an die Autoscheibe, sah hinaus, und die Stadt wich Gräsern und Wäldern, Bergen und Seen. Dort ging es mir besser, dort fühlte ich mich beschützt von der Welt um mich herum.

***

In fünf Tagen müssten die Wetterverhältnisse gut sein. Also blieben mir noch vier Tage, um das zu tun, was ich wollte, nun war es auch egal, nichts würde mir – so unmittelbar vor meinem Tod – noch etwas anhaben können.

Was ich wollte: in die Natur hinaus, laut singen, tanzen gehen bis in den Morgen hinein. Drogen nehmen wollte ich, zumindest ein einziges Mal in meinem Leben – nicht wegen des Rauschs, sondern um zu sehen, ob mir mein Gehirn etwas aufzeigte, wenn es auf diese

Art und Weise stimuliert werden würde. Irgendetwas Bedeutsames, vielleicht würde ich es dadurch finden, vielleicht würde ich dadurch erfahren, wer ich war.

Ich legte Musik auf, Musik von früher, Lieder, die dazu führten, dass ich meine Arme ausstreckte, mich dazu bewegte, im Kreis drehte, die Augen geschlossen. Ganz aufgehen in den Melodien, das wollte ich.

Und dann … tat ich nichts. Es war weder die Angst vor Gott, die mich daran hinderte, noch die Lethargie, die mich wie aus dem Nichts überkommen hatte, mir erschien nur – ganz banal – mit einem Mal alles bedeutungslos angesichts meines bevorstehenden Todes. Es hatte keinen Sinn mehr, wenn es doch ohnehin enden würde. In ein paar Tagen. Ich war nicht trainiert, hatte kaum etwas gegessen in den letzten drei Wochen, kaum geschlafen. Mein Körper war kraftlos und schwach, auch mein Gehirn würde sich nicht auf die Schritte konzentrieren können. Deshalb war ich mir sicher, dass ich es nicht überleben würde.

Ich bin es noch immer.

***

In meiner Paralyse lag ich auf dem Boden, bis mir auffiel, dass meine Klettersachen noch bei Steffen waren. Ich musste sie holen, würde sie brauchen. Es war schon spät am Abend. Draußen war es kalt, obwohl es bis eben noch warm gewesen war. Der graue Himmel stülpte sich über die Häuser. Grau, kalt und frisch. Es roch nach Regen.

Mit dem Auto fuhr ich durch die Nacht. Ich fror, die Straße war genauso allein wie ich, der Mond bewegte sich immer weiter auf mich zu. Er ähnelte einem riesigen Auge, das bedrohlich auf mich herunterstarrte.

Noch vom Auto aus rief ich Steffen an. Sofort nahm er ab. Seine Begrüßung unfreundlich, dennoch meinte ich, etwas wie Hoffnung herauszuhören.

»Tut mir leid, Steffen, ich stehe vor deinem Haus. Könntest du mir bitte meine Klettersachen bringen? Im Gästezimmer steht eine Kiste, sie müsste auch so beschriftet sein.«

Augenblicklich schrie er mich an, immer weiter. Was ich mir denken würde. Ich solle ihn in Ruhe lassen. Wenn ich wolle, könnten wir einen Termin vereinbaren, um die Sachen abzuholen.

Ich bat ihn erneut um meine Kletterausrüstung, sagte ihm, dass es wichtig sei.

»Wichtig, ja? Warum? Weil du plötzlich Bock bekommen hast, in die Berge zu fahren? Oder hast du einen Neuen, der dich gefragt hat? Wichtig? Erzähl doch keinen Mist, Sara. Dir war doch noch nie irgendwas wichtig!«

Das stimmte nicht, vielleicht glaubte er das, weil er mich nicht kannte. Wie fremd wir uns waren.

»Nein Steffen, ich habe keinen Neuen, es ist trotzdem wichtig. Bitte, du kannst die Sachen auch aus dem Fenster werfen, wenn dir das lieber ist. Aber bitte, ich brauche sie echt dringend.« Fast flehte ich ihn an – ohne genau zu wissen, warum. Vielleicht war es die Angst davor, den Mut zu verlieren, wenn ich noch länger Zeit hätte, über mein Vorhaben nachzudenken. Es kam mir vor, als ließe es sich nicht aufschieben, als hätte ich es eilig, als müsste ich jederzeit losgehen können.

Steffen legte auf, einfach so. Ich blieb einen Moment sitzen, legte meine Hände aufs Lenkrad, meinen Kopf darauf und schloss die Augen, bevor ich – in die Stille dieses Orts hinein – ein Geräusch wahrnahm.

Nacheinander fielen meine Sachen zu Boden, erst meine Schuhe, der Gurt, dann der Helm, ein paar Exen, die Steigeisen, meine Stirnlampe, am Ende das Seil. Ich öffnete die Autotür, blickte nach oben. Das Fenster war verschlossen, Steffen nicht zu sehen.

Unwirklich wirkte das alles, dieser perfekte Ort, die sauberen Straßen, der zugeschnittene Rasen im Vorgarten und mitten darin eingebettet meine Kletterausrüstung. Ich sammelte sie ein – auf den Knien über den Boden krabbelnd. Als Letztes wickelte ich das Seil auf, das sich über den Boden schlängelte. Noch vom Auto aus schrieb ich Steffen eine SMS. »Danke, es tut mir leid.«

***

Steffen … Vor ein paar Jahren waren wir uns zum ersten Mal begegnet. Ich war erst kurz zuvor für meine Ausbildung in die Stadt gekommen, kannte kaum jemanden und war der Überzeugung, dass das reichte, dass ich ohnehin niemanden richtig kennenlernen, niemanden in mein Leben lassen wollte. Falls das überhaupt ginge: jemandem Zutritt zu etwas gewähren, das man selbst nicht kannte. Etwas Unbekanntes, in mir selbst Verschlossenes war es, mein Dasein. Ich wollte es suchen. Deshalb war ich in die Stadt gekommen, deshalb der Neuanfang, zumindest so ein kitschiges Bild davon, das ich in den Jahren zuvor in meinem Kopf hatte entstehen lassen. Ich stellte es mir vor wie in amerikanischen Filmen oder in der Werbung: Aus dem Nichts sollte etwas Gutes wachsen, etwas Bedeutsames, aus mir selbst sollte der Mensch werden, als der ich mich sehen wollte. Und ich hatte die naive Vorstellung, dass es funktionieren würde, irgendwo anders, an einem fremden Ort, an dem ich nur für mich war.

Meine Wohnung lag im Hinterhaus, sie war klein und dunkel. Der große Altbau zur Straße hin sah gepflegt und nach Geld aus. Mit prunkvollen Verzierungen, wie Stuck an der Außenwand. Das Tor groß, blau, mit einer vergoldeten Türklinke. Nach dem Eingang ein kleines Stück Hinterhof und dann das ungepflegte, gräuliche Haus, in dem meine Wohnung lag. Die Fenster waren klein, die Küche war schmal, das Bad ebenfalls, das Schlafzimmer nur geringfügig größer. Die Dunkelheit störte mich nicht, auch die Enge nicht – weil es mir vorkam, als könnte ich nun endlich frei über mein Leben bestimmen. Erst im Nachhinein wurde mir klar, dass auch diese Hoffnung nichts anderes war als eine Illusion.

Am Abend traf ich Steffen. Wir hatten uns zufällig kennengelernt, ich hatte ihn nach dem Weg gefragt, er mich nach einer Verabredung. Ich hatte Ja gesagt, weil ich nicht wusste, wie ich ein Nein hätte begründen sollen.

Wir waren verabredet in einer kleinen Bar, ich war vor ihm dort. Eigentlich hätte es dunkler sein müssen um diese Zeit, aber seit Tagen schien der Mond außergewöhnlich hell, an diesem Abend blendete er mich fast.

Ich hasste solche Kneipen. Alle sahen gleich aus, die Männer mit Bärten wie Holzfäller, die Frauen mit langen schwarzen Mänteln und Plateauschuhen.

Steffen strahlte, als er auf mich zukam, umarmte mich, suchte den Tisch aus. Ich ging auf die Toilette, in einer der Kabinen hatte ein Pärchen Sex. Nachdem ich mir die Hände gewaschen und mir kaltes Wasser ins Gesicht geworfen hatte, um mich – zumindest für einen kurzen Moment – spüren zu können, öffnete ich die Tür. Die Dunkelheit überraschte mich, zunächst konnte ich gar nichts erkennen, dann nur schemenhafte Gestalten. Es war voll geworden, obwohl ich nur ein paar Minuten weg gewesen war. Steffen stand auf und riss die Hände nach oben, um mir den Weg zu weisen. Er strahlte wieder, und ich hoffte, ich könnte glücklich sein mit ihm. Schon damals, bei unserer ersten Begegnung war mir bewusst geworden, dass er mir nicht zu nahe kommen würde. Bei ihm bestand nicht die Gefahr, dass er Schmerzen verursachte. Das mochte ich, es fühlte sich nach Sicherheit an.

»Zwei Mojitos«, sagte Steffen zur Kellnerin. Und zu mir: »Ja, Sara? Du bist so still.«

»Ja, Mojito ist gut.«

Er redete viel. Ich hörte kaum zu, tat aber so, als würde ich alles mitbekommen. Ob ich Sport triebe, wollte er wissen und was ich sonst gerne in meiner Freizeit machte. Ich langweilte mich. Auf der Straße war eine riesige Baustelle. Ich schaute nach draußen, Steffen redete weiter. Von irgendwoher drang das Geräusch eines Presslufthammers in mein Gehirn.

»Ich muss jetzt nach Hause«, sagte ich und stand auf. Das wäre der Punkt gewesen, der Punkt, an dem ich für immer hätte gehen sollen.

In meiner Wohnung war es kalt. Das Licht wirkte kränklich. Ich ließ die Jacke an, öffnete das Fenster – es schneite ganz leicht –, setzte mich auf den Boden, schnitt Bilder aus einer Zeitung aus, klebte sie in mein Notizheft und hörte zu, wie die Welt aufwachte.

Am Abend ging ich wieder zu Steffen, er hatte mich zum Essen eingeladen. Sein Haus war auch damals schon so sauber, dass es bedrohlich wirkte. Er erzählte von seiner Familie und dass er hoffe, irgendwann die große Liebe zu finden. Nachdem er mich Stunden später an der Haustür geküsst und sie anschließend geschlossen hatte, schlug ich meine Hand gegen die Wand, weil ich die Sauberkeit des Hauses nicht ertrug und auch das Bild des Lebens nicht, das Steffen in meinen Kopf gemalt hatte und das sich in den nächsten Jahren nicht verändern sollte. Warum ich dennoch wiederkam, immer wieder, kann ich nicht sagen, ich habe es vergessen.

***

Unterwegs fing es an zu regnen. Es stürmte, die Bäume am Wegesrand bogen sich hin und her. In den letzten drei Wochen immer nur Hitze. Wo kam dieser Sturm plötzlich her? Wer war das? Der Tod, Gott, Nikto?

Ich weiß nicht, warum ich es tat, warum ich nicht links, sondern rechts abbog an der großen Kreuzung. Dort ging es nicht zu meiner Praxis, sondern zu meiner Kindheit und den Erinnerungen, die ich nicht sehen wollte. Ich wollte nie, nie mehr dort sein müssen. Und nun war ich dennoch auf dem Weg, mitten auf der Autobahn. Es gab kein Zurück.

***

»Wo kommst du her?« Wie oft ich das schon gefragt worden war. Im Studium, auf Partys, in der Ausbildung, bei den Treffen mit Steffens Familie, immer wieder. Immer wieder dieselben Fragen: »Wie heißt du, was machst du, woher kommst du?« Manchmal erfand ich etwas, sagte Berlin oder Hamburg, Frankfurt oder München, nur weil es das weitere Gespräch leichter machte, weil ich dann nicht erzählen, keine Fragen beantworten musste. Kannte ja jeder, diese großen Städte.

»Buhlingen« antwortete ich selten, nur dann, wenn ich mein Gegenüber wiedersehen wollte. Buhlingen kannte niemand.

»Noch nie gehört«, entgegneten sie, wenn ich die Wahrheit sagte und: »Ach, bestimmt schön da.« Vermutlich dachten sie an Kühe auf grünen Wiesen, schneebedeckte Gipfel, Semmelknödel, Kirchtürme unter weißblauem Himmel. Vielleicht verspürten sie sogar diese Sehnsucht nach einem Leben auf dem Land, von der mir auch einige meiner Patienten erzählt hatten. Dabei hatten sie immer wieder betont, es gehe ihnen um Entschleunigung und die Rückkehr zu einem einfachen Leben. Wenn sie nur wüssten … Wenn sie nur wüssten, was es hieß, in einem Dorf leben zu müssen mit all den Zwängen und Konventionen. Dort leben zu müssen, wo strenge Regeln herrschten, alles beäugt wurde, Kreuze in den Schulen hingen und alle, die nicht hineinpassten in die zur Schau gestellte Idylle, rausgeekelt oder zumindest gemieden wurden. Dieser Drang, aufs Land zu ziehen, kam mir absurd vor. Früher wollten noch alle in die Stadt, doch irgendwann langweilten sie sich auch dort. Dann hieß es, Abschied nehmen, etwas Neues versuchen, eine andere Welt betreten – fernab des Straßenlärms, der Hektik, des Trubels. Hinaus aufs Dorf, wo alles gut werden würde, ganz bestimmt. Auf der Suche nach einem Sinn, den man zwischen Kuhscheiße und klebrigen Fliegenfallen über dem Wohnzimmertisch finden wollte. Wenn sie nur wüssten …

Wenn sie wüssten, wie es wirklich gewesen war, damals in diesem Ort, wenn sie von Buhlingen nicht nur das Bild dieser scheinbaren Idylle hätten, sondern sich auch die Stille vorstellen könnten, die zugezogenen Rollläden, das Getratsche über das, was keine Rolle spielte, und das Schweigen über alles andere, würde ihr Traum vom Leben auf dem Land schnell Risse bekommen. Aber natürlich stellten sie sich das nicht vor. Wie auch, ich hatte es nie erzählt.

***

Für einen Moment dachte ich, ich würde den Weg nicht finden. So lange war ich nicht mehr dort gewesen. Doch ich fand ihn mit einer Leichtigkeit, die sofort verflog, als sich der Ort vor mir öffnete und die ersten Sonnenstrahlen ihren Weg durch die dunklen Wolken fanden.

Die Umgebung wurde immer vertrauter: der Heimweg von der Schule, die Bushaltestelle, vorbei an dem Haus, in dem meine Freundin aus der Grundschule gewohnt hatte.

Vielleicht war das alles nur ein Traum, versuchte ich mir einzureden, vielleicht war alles in Wahrheit ganz anders, und ich war gar nicht dort? Aber nein, es war kein Traum, nichts war anders, alles war so, wie es sich mir zeigte.

Ich hielt an, stieg aus dem Auto, um das letzte Stück zu laufen. Und das Erste, was ich sah, waren die Krähen. Es war, als würden sie mich ansehen, als hätten sie auf mich gewartet.

»Hallo ihr Krähen«, flüsterte ich.

»Kra kra.«

Mit jedem Schritt eine Erinnerung. Jetzt unsere Straße. Das Haus meiner Eltern, dieses Haus mit den viel zu kleinen Fenstern, mit dem Anstieg vor dem

Eingang. Die Haut über meinen Schulterblättern zuckte wie das Fell eines Pferdes, das nervös mit dem Kopf schlägt und schnaubt. Ich setzte mich auf der gegenüberliegenden Straßenseite auf den Bordstein. Kein einziges Auto fuhr an mir vorbei, kein einziger Mensch kam mir entgegen.

Ob sie wohl schon aufgestanden waren, meine Eltern? Die Rollläden waren noch geschlossen, ich konnte nicht erkennen, ob in der Wohnung Licht brannte. Vermutlich waren sie wach, obwohl es gerade erst kurz nach sechs war. Aber immer früh aufstehen, den Tag nutzen. Nur nicht herumtrödeln, faulenzen, nur nicht den Pyjama bis mittags tragen, das Leben ist doch ein Geschenk Gottes. Als müsste man sich für die ganze Scheiße auch noch bedanken.

Eine Weile blieb ich auf dem Bordstein sitzen, dann stand ich auf und ging auf das Haus zu. Alles noch wie früher – der rötliche, klapprige Briefkasten neben dem Eingang, die Türklinke mit ihrem abgegriffenen, rostigen Griff. Ich umfasste sie mit meiner Hand, hielt sie fest, schloss die Augen dabei und erinnerte mich an früher, als ich mich auf die Zehenspitzen stellen musste, um sie zu erreichen. Ganz hochstrecken, um dann mit Zeige- und Mittelfinger das Metall zu spüren, noch ein bisschen höher, um es herunterzudrücken.

Ich hasse das alles, wollte ich rufen, trat ein paar Schritte zurück, klemmte die Unterlippe zwischen meine Zähne, biss darauf herum, bis ich mein Blut schmecken konnte.

Wieder setzte ich mich auf den Bordstein, legte den Kopf auf meinen Knien ab. Die Zeit verlor sich, ich hatte keine Vorstellung, wie lange ich dort gesessen hatte, als sich die Tür öffnete. Meine Eltern traten heraus.

Nebeneinander gingen sie die Straße entlang, ohne sich umzuschauen, ohne mich zu bemerken. Nein, sie schauten sich nicht um, nie haben sie sich umgeschaut, nie das Bedürfnis gehabt, die Welt um sie herum wahrzunehmen, sie zu sehen, wie sie wirklich ist.

Meine Mutter hatte sich kaum verändert, trotz der faltigen Haut sah sie noch aus wie früher. Mein Vater war wackliger auf den Beinen, sein Haar lichter, oben auf dem Kopf eine runde, kahle Stelle. Und er war klein geworden. Aus dem Mächtigen, der alles unterbinden, mit einem leisen Wort alles verdunkeln konnte, war ein kleiner, grauer, zerknitterter Mann geworden. In meiner Erinnerung war er riesengroß, ein fettes, hässliches Insekt mit viel zu langen Beinen, sein Gesicht ein Mosaik aus bedrohlich grellen Farben, die mich blendeten, schmerzten. Jetzt bestand dieser Mann nur noch aus Grautönen. Grau wie die Kleidung, die er trug, noch immer. Meine Mutter war ungeschminkt wie früher schon, die Haare streng zu einem Dutt zusammengebunden. So musste das sein, kein Make-up, keine auffällige Kleidung, auch das würde Gott verärgern, sagten sie.

Früher zog ich mich im Bus um. Kleidung, mit der ich nicht aussah wie meine Eltern und die anderen Menschen aus der Gemeinde, kaufte ich heimlich von dem Geld, das ich beim Babysitten verdiente. Schwarze, enge Hosen, einen kurzen Jeansrock und Tops, in denen mein Körper zumindest ansatzweise zu erkennen war. In meinem Rucksack die Kleidung, ein hellroter Lippenstift, Wimperntusche und die Furcht davor, erwischt zu werden.

***

Sie waren schon um die Straßenecke gebogen, längst nicht mehr zu sehen, dennoch wandte ich meinen Blick nicht ab. Ich dachte an meinen Tod und an den meiner Eltern. Und dabei überkam mich wieder diese Wut. Ich war wütend, weil meine Eltern sterben würden wie ich, weil da eine Gleichheit war, die ich hasste. Anders sein wollte ich, früher schon und heute, ganz anders. Und doch würde ich sterben wie sie.

Sicher waren sie auf dem Weg zum Gottesdienst. Wohin sollten sie auch sonst gehen an einem Samstag.

Langsam stand ich auf, ging auf die Tür zu, am Haus vorbei in den Garten. Wie vertraut er mir noch war. Der perfekt zugeschnittene Rasen, die Hortensiensträucher am Rand, der kleine weiße Zaun, der Schuppen mit der massiven Holztür, immer einen Spaltbreit geöffnet. Ich bückte mich, um mit den Händen durchs Gras zu fahren. Es war noch feucht, ein paar Tautropfen waren noch zu sehen. Der Garten sah aus wie früher. Nichts hatte sich verändert. Damals nicht, bis heute nicht. Auch früher war alles über Jahre geblieben, wie es war. Jeder einzelne Gegenstand hatte seinen Platz, dort musste er ausharren für immer. Die Kerze auf dem Nachttisch – Mama zündete sie an, wenn sie betete. Der Rosenkranz daneben. Mamas Haarbürste. Die Strümpfe, Unterhemden, Bettlaken, Gebetsbücher. Das Ölgemälde über dem Bett, Jesus mit seinen Jüngern.

Frühstück um sieben, Mittagessen um zwölf, Abendessen um sechs. Nie wären sie auf die Idee gekommen, daran etwas zu ändern. Und vermutlich störten sie sich noch nicht einmal an dem immergleichen Ablauf, den immergleichen Tagen, Wochen, Jahren, unterdrückten sie doch ohnehin alle menschlichen Bedürfnisse mit einer solchen Selbstdisziplin und Beharrlichkeit, dass sie vermutlich selbst daran glaubten, das alles nicht zu empfinden: keinen Hunger, keine Leidenschaft, keine Lust, keine Begierde. Nichts davon – und das alles nur für diesen Gott.

***

Wie still es hier ist, noch immer, dachte ich, und in genau dem Moment flog eine Krähe in die Hortensienbüsche. »Kra kra«, rief sie – als hätte sie meine Gedanken gehört, als wollte sie die Stille für mich vertreiben. Ich sah ihr zu, wie sie ihr Gefieder aufplusterte, und als mein Blick sie traf, hielt sie inne. Für einen Moment meinte ich, sie würde mich anlächeln, bildete ich mir sogar ein, sie würde zu mir sprechen. »Da bist du ja wieder, ich dachte schon, du hättest uns vergessen«, hörte ich sie sagen. Als könnte man das, dachte ich. Als könnte man je etwas vergessen.

Immer heißer wurde es. Die Luft schien sich wie im Zeitraffer aufzuheizen. Mein Gesicht glühte, die Haut wie verbrannt. Ich wollte weg, jetzt sofort, hatte aber schrecklichen Durst. Mein Mund fühlte sich an wie die verdorrten Ranken am Gartenzaun. Nur noch schnell etwas zu trinken kaufen, dann würde ich gehen und nie mehr wiederkommen.

Die Bäckerei um die Ecke. Als Kind war ich oft dort mit meiner Mutter. Für einen Moment fürchtete ich mich davor, jemand könnte mich erkennen und meinen Eltern von mir erzählen, bis ich begriff, dass das alles keine Rolle mehr spielte. Nichts spielte mehr eine Rolle. Angesichts meines bevorstehenden Todes reichte es aus, ein- und auszuatmen. Mehr brauchte es nicht, nichts mehr sonst, nichts, was ich noch tun musste.

Nur atmen. Ein und aus, noch ein paar Tage lang. Der Gedanke fühlte sich tröstlich an.

Bäckerei Maier. Natürlich gab es sie noch. Ich ging hinein, ein paar Kunden vor mir.

»Das ist doch nicht normal, dass es um diese Zeit schon so heiß ist«, sagte eine ältere Frau. Die anderen nickten zustimmend.

Ich nahm mir eine Flasche Apfelschorle aus dem Kühlfach, wartete, sagte nichts. Als ich an der Reihe war, stellte ich die Flasche auf die Theke. »Und noch eine Butterbrezel bitte.«

Die Verkäuferin hatte schon damals hier gearbeitet. Doch sie schien mich nicht zu erkennen, tippte nur etwas in die Kasse, es war laut, wie die Schläge eines Hammers klang es. Ich reichte ihr das Geld, und da war er, dieser Blick, dieser Ausdruck im Gesicht, der signalisierte, dass man sich erinnere, nur noch kurz brauche, um dem bekannten Gesicht den richtigen Namen zuzuordnen. Sie brauchte nicht lange, fragte: »Bist du nicht die junge Becker?«

Und nun? Ich hätte Nein sagen können, den Kopf schütteln und gehen, aber es war zu spät, sie hatte mich erkannt, sie wusste, dass ich es war, rief laut: »Marlene, komm doch mal!« Sofort kam Marlene von hinten angelaufen, in weißer Kleidung. Sie war dick geworden, nur ihr Gesicht nicht, im Gesicht sah sie aus wie früher, in der Grundschule. Der Körper breit und groß, der Bauch wie eine Kugel.

»Ach hi!«, rief sie. »Hab dich ja ewig nicht mehr gesehen. Wie lange ist das her? Und jetzt endlich mal wieder zu Besuch?«

So viele Fragen, ich wusste nicht, was ich antworten sollte. Sie kam mir entgegen, nahm mich in den

Arm, drückte dabei so fest zu, dass ich kaum noch Luft bekam.

»Nein, eigentlich nicht, ich bin nur auf der Durchreise«, antwortete ich und ärgerte mich im selben Moment über meine Worte. Wieso auf der Durchreise? Das ergab keinen Sinn, man kam hier nicht zufällig vorbei.

»Na erzähl mal, wie geht es dir, was machst du so?«, fragte sie.

»Gut, es geht mir gut.«

Marlene erzählte, dass sie den jungen Vogler geheiratet und hier in der Bäckerei ihre Ausbildung gemacht habe, wie schön das doch alles sei. Von ihren Kindern sprach sie – drei Söhne, der älteste schon zehn. Dann hielt sie inne, bevor sie ihre Hände auf den dicken Bauch legte und sagte: »Und das vierte wird ein Mädchen.« Dabei strahlte sie, und wieder fiel mir auf, wie unbarmherzig die Zeit einen durchs Leben scheuchte. Ich konnte sie hören, die Zeit, ihre Stimme drang in meine Ohren. Los jetzt, ein Kind, zwei Kinder, drei. Heiraten, erwachsen werden, du bist schon über dreißig, viel Zeit bleibt dir nicht mehr, schien sie zu rufen. Ja, viel Zeit blieb mir nicht, nur wenige Tage, genau genommen.

Marlene redete noch immer – von ihren Geburten und wie sehr sie sich freue, nun endlich auch ein Mädchen zu bekommen, dass sie sicher eine kleine, verwöhnte Maus werde, alles sei schon vorbereitet, das Kinderzimmer rosa gestrichen. Mama Marlene, dachte ich, sah ihr Wohnzimmer vor mir, die Wände vollgepflastert mit Fotos: Geburtstage, Urlaube, Hochzeit, erste Schultage, spielende Kinder, Babys mit hellblauen Augen. Seltsam war das, sie war genauso alt wie ich. Genauso alt und dennoch führte sie ein Leben, das mir allein in der Vorstellung völlig fremd war. Ja, sie war erwachsen geworden. Und ich? Nichts davon, wie ein Kind kam ich mir vor, noch immer. Vielleicht war es meine größte Angst, alt zu werden, ohne jemals erwachsen zu sein. Aber so weit würde es zum Glück nicht kommen.

»Ich muss los«, sagte ich.

Immer mehr Menschen traten in den kleinen Raum.

»Ach schade, dass du nur so kurz hier bist. Warst du schon bei deinen Eltern?«

»Hmm«, machte ich.

»Dann grüß mal zu Hause, ja?«

Ich nickte leicht, wollte schon gehen, doch wieder nahm sie mich in den Arm und sagte dabei: »Meld dich mal, wenn du wieder hier bist, dann können wir ja mal was unternehmen.«

»Jaja«, log ich. Niemals würde ich wiederkommen – weil ich in ein paar Tagen ohnehin tot sein würde. Und selbst wenn nicht, selbst für den Fall, dass ich es überleben sollte: niemals wieder, ganz sicher nicht.

Als ich schon fast an der Tür war, sagte ein weiterer Kunde: »Seltsam mit dem Wetter, so heiß um diese Zeit, das ist doch nicht normal.«

»Klimakrise«, sagte ich laut.

Alle blickten sich um, sahen mich an, nickten, lächelten leicht – vermutlich, um nicht unhöflich zu sein. Aber man sah ihnen an, dass sie dachten: Was weiß die denn schon, die wohnt jetzt in der Stadt, gar nichts weiß sie, gar nichts.

Beim Öffnen der Ladentür drückte sich die heiße Luft wie eine Wand gegen meinen Körper. Fast glaubte ich, sie wollte mich daran hindern, diesen Ort wieder zu verlassen. Doch dann schaffte ich es, nach draußen zu treten, und für einen kurzen Augenblick stand die Zeit still. Es war wie ein Luftholen.

***

Nachdem ich ein paar Schlucke getrunken hatte und zu meinem Auto gerannt war – um niemandem sonst zu begegnen und um das dumpf drückende Gefühl zu vertreiben, das sich in meinem Kopf festgesetzt hatte –, fuhr ich sofort los. Aus der Ferne drang noch ein letztes »Kra« in meine Ohren – so flüchtig, dass ich nicht sicher war, es tatsächlich gehört zu haben.

Es war wirklich zu heiß heute, sie hatten recht gehabt, da war irgendetwas, das nicht stimmte. Doch je näher ich der Stadt kam, desto kühler wurde es. Alles wieder in Ordnung, dachte ich, jetzt ist alles wieder so, wie es sein sollte.

***

Es stürmte, die Wolken rasten über den Himmel, als hätten sie es eilig. Ich parkte in der Nähe meiner Praxis, weit genug entfernt, um noch ein paar Schritte gehen und dabei den Wind auf meiner Haut spüren zu können. Das Kletterseil legte ich mir wie einen Strick um den Hals. Ich müsste ihn nur zuziehen, über einen der Bäume werfen, die neben mir am Wegesrand standen, und springen.

Es war dunkler als sonst, der Mond reflektierte nicht genug, kaum etwas ließ sich erkennen. Doch ich kannte den Ort, ich kannte die Bäume, ich wusste, dass sie da waren.

Von weitem bemerkte ich eine dunkle Gestalt auf den Stufen vor der Praxis. Nikto. Es war Nikto! Sie saß vor der großen Glastür, ihr Körper starr. Hastig lief ich auf sie zu und schrie sie an: »Was willst du hier? Ich will dich nicht mehr sehen, hörst du? Du machst mir Angst, ich muss mich auf anderes konzentrieren. Verschwinde!«

Sie verschwand nicht, blieb sitzen und sah dabei aus wie eine Skulptur in einem Museum. Auch ihre Augen starr, ihr Mund leicht geöffnet. Sie saß direkt vor dem Eingang, ihr Körper war im Weg, als ich das Schloss öffnen wollte.

»Sag mir zumindest, was du hier möchtest«, sagte ich laut und blickte ihr dabei in die Augen. Immer war da diese Diskrepanz. Sie machte mir Angst, gleichzeitig hatte ich das Gefühl, an der Schwelle zu etwas Größerem zu stehen, wenn sie bei mir war, zu einer anderen Welt. Etwas in mir sehnte sich danach, von Nikto in diese andere Realität geführt zu werden, über die Schwelle zu treten, so wie Alice dem weißen Kaninchen gefolgt war, obwohl auch sie hätte ahnen können, was dort unten lauerte.

***

Wir waren ganz allein auf der Straße, der Sturm hatte die Menschen in ihre Häuser gedrängt, in fast allen Wohnungen brannte Licht. Die beleuchteten Zimmer die einzigen Lichtquellen, ansonsten war es so dunkel, dass ich auch Niktos Gesicht kaum erkennen konnte, zumindest ihre Augen nicht.

»Ich habe deinen Brief gefunden«, sagte sie und hielt mir einen Zettel hin.

Meinen Brief? Ich nahm ihr das kleine Stück Papier aus der Hand, leuchtete es mit der Taschenlampe meines Handys aus und las. Es war der Zettel, den ich in Herrn Mangolds Wohnung für Nikto geschrieben hatte, ohne sie zu kennen, ohne zu wissen, dass sie existierte. Niemand ist da, der das Fenster in mir öffnet, nach dem ich suche.

»Woher hast du den? Es kann nicht sein, dass du ihn gefunden hast, ich hatte ihn überkritzelt damals, in meine Tasche gesteckt und mitgenommen!«, schrie ich. Ich schrie immer weiter – nicht, weil ich wütend war, sondern weil sie mir Angst machte. Ich hatte furchtbare Angst, nur deshalb brüllte ich sie an.

Sie reagierte nicht darauf, stand nur lächelnd vor mir. Ich hielt mein Handy vor ihr Gesicht, um sie besser sehen zu können. Unmittelbar nachdem die Taschenlampe ihre Augen ausgeleuchtet hatte, taumelte ich nach hinten und fiel. Ihre Augen waren fast schwarz, glänzend, wie der See von damals oder das Gefieder der Krähen in Buhlingen. Es konnte nicht sein, es konnte nicht sein, dass Augen immer dunkler wurden.

Nikto kam auf mich zu, um mir aufzuhelfen, dabei lächelte sie und sagte – ihre Stimme ganz ruhig, meine eigene schrill im Vergleich, laut, grell und voller Panik: »Du musst mich schon hineinlassen, wenn ich das Fenster öffnen soll.«

Ich ärgerte mich über Nikto, über ihr Verhalten, ihr Eindringen in mein Leben, über ihre kryptischen Worte und das, was sie in mir auslösten.

»Verschwinde!«, rief ich noch einmal.

Sie erwiderte nichts, stand nur regungslos vor mir und lächelte noch immer. Ich wollte sämtliche Fenster schließen, sie mit Brettern vernageln, Schränke und

Kommoden davorschieben, Nikto bloß nicht hereinlassen. Doch dafür war es längst zu spät. Sie schaute mich an, und alles war entschieden.

***

»Das ist meine Praxis«, sagte ich beim Öffnen der Tür und entschuldigte mich für die Unordnung, die mir erst jetzt auffiel. Das Behandlungszimmer war noch immer mit den beschrifteten Papierbögen beklebt, mein Blut längst eingetrocknet. Die muffige Wolldecke und ein Kissen noch auf dem Boden, in der kleinen Küche standen leere Flaschen und Geschirr herum. Ich hatte es nicht geschafft aufzuräumen.

Nikto betrachtete die Zettel an der Wand, dann setzte sie sich im Schneidersitz auf das Blatt Papier, auf dem mein Name stand und das Fragezeichen.

»Du hättest sie füllen sollen, diese Seite – vor allem diese«, sagte sie, und ich nickte. Sie hatte recht. Natürlich hatte sie recht, immer hatte sie recht, zumindest hätte ich ihr alles geglaubt, jedes Wort, jeden Satz.

Warum hatte ich alle anderen Zettel, die Bögen mit den Namen meiner Patienten bis in die letzte Ecke mit Worten gefüllt, nur mein eigenes Leben – dort auf dem Boden – nicht?

»Dann fang doch jetzt damit an«, schlug Nikto vor.

Ich sagte ihr, das ginge nicht, weil ich keine Zeit hätte.

»Warum, was willst du denn stattdessen tun?«

»Ich weiß nicht, aber du bist doch jetzt hier, du wolltest doch unbedingt mitkommen. Deshalb geht es gerade nicht.«

Sie lachte ein bisschen, als mache sie sich über mich lustig, ihre Augen funkelten. »Vermutlich geht es besser, wenn ich bei dir bin.« Noch immer lachte sie. »Wenn ich diejenige bin, die das Fenster in dir öffnen soll, kannst du den Zettel mit deinem Leben auch nur füllen, wenn ich da bin. Also los, fang an!«

Sie machte mich wütend, ich wollte nicht, dass sie etwas in mir auslöste. Sogar ihr Schweigen tat etwas mit mir, was ich nicht deuten konnte. Und was fast am bedrohlichsten war: Je öfter ich sie sah, je länger ich bei ihr war, desto sicherer war ich, sie zu kennen, auch wenn ich nicht die leiseste Vorstellung hatte, wo wir uns hätten begegnet sein können.

»Du kommst mir bekannt vor«, sagte ich. Sie nickte nur, dann schrieb sie »Du musst aus dem Fenster schauen, wenn du etwas sehen möchtest« auf das Blatt Papier mit meinem Namen und sagte: »Ich kann dir dabei helfen, es zu öffnen, aber hinausschauen musst du schon selbst.«

Sie hatte die schönste Schrift, die ich je gesehen hatte. Große, schwungvolle Buchstaben mit langen Bögen, eine runde Schrift, manche Worte sahen aus wie einzelne kleine Gemälde.

Ich sprang auf, schubste sie von meinem Leben herunter und überkritzelte ihren Satz mit einem dicken, schwarzen Filzstift – so lange, bis nichts mehr davon zu sehen war.

Nikto sagte, ich hätte nicht nach Buhlingen fahren sollen.

»Woher weißt du das?«, fragte ich, und da ich mittlerweile verstanden hatte, dass sie mir nicht antworten würde, schob ich hinterher: »Ich weiß gar nicht mehr, ob ich wirklich dort war, es ist so weit weg.«

»Genau genommen war ich nicht da. Genau genommen glaube ich, dass ich noch nie irgendwo gewesen bin«, antwortete sie.

Beckett, sie zitierte Beckett.
»Magst du ihn?«, fragte ich.
»Wen?«
»Beckett.«
Sie lachte laut auf.

7

»Ich habe immer gedacht, die Zeit wäre ein Dieb, der mir alles stiehlt, was ich liebe. Aber jetzt weiß ich, dass sie gibt, bevor sie nimmt, und jeder Tag ist ein Geschenk.
Jede Stunde.
Jede Minute.
Jede Sekunde.«

Meine Träume weckten mich. Für einen kurzen Moment meinte ich, mich zu erinnern, doch dann waren sämtliche Bilder verschwunden, nichts war mehr zu sehen, nur noch schwarze Schatten, schwarz wie Niktos Augen. Es war, als hätte sie meine Träume aus mir herausgezogen.

Ich schaute mich im Zimmer um. Nikto war nicht mehr da.

Schnell stand ich auf und fand auf meinem Schreibtisch einen Zettel. »Du belügst dich selbst, du verschwendest die Tage und denkst, das sei das Leben.«

Sie wird wiederkommen, dachte ich, hoffentlich wird sie wiederkommen.

Ich packte meine Klettersachen in den Rucksack, überlegte, ob ich jetzt schon losfahren sollte nach Zermatt. Einfach ins Auto setzen und los, es wäre ganz leicht. Doch ich traute es mir nicht zu angesichts dessen, was in meinem Kopf vor sich ging: Und nichts wäre schlimmer, als zu sterben, ohne den Berg zumindest ein einziges Mal gesehen zu haben, ohne ein paar Schritte auf ihm gegangen zu sein. Auf der Autobahn sterben, eingequetscht im Auto, so weit weg von dem, was ich suchte, so weit weg von Herrn Mangold – die Vorstellung war unerträglich. Ich entschied mich, den Zug zu nehmen, überlegte kurz, ob ich schon für den heutigen Tag ein Ticket buchen sollte, ließ es aber bleiben, weil ich nicht sterben wollte, ohne mich von Nikto verabschiedet zu haben. Sofort ging ich nach draußen, um sie zu suchen.

Im Café gegenüber saß sie, sah aus wie ich und hielt ein Eis in der Hand, ohne daran zu lecken. Es lief langsam an der Waffel hinab und drohte, auf das Notizbuch zu tropfen, in das sie schrieb. Ich ging zu ihr, sagte, dass sie nicht recht habe und sich das alles nach Leben anfühle – viel mehr als alles, was ich bereits erlebt hatte. Fragend schaute sie mich an, sagte, dass es nicht um das Gefühl gehe. Dann wandte sie ihren Blick von mir ab und starrte in ihr Notizbuch. Das Eis hatte die Seite verschmiert. Sie drückte mir die Waffel in die Hand und wischte mit dem Ärmel die Flecken vom Papier. Dabei schrie sie: »Das ist wichtig, der Satz darf nicht verschwinden!«

Ich half ihr und trocknete die Seite mit einer Serviette ab. Warum es so wichtig sei, fragte ich, und sie sagte, dass es um ihre Novelle gehe, sie die Geschichte schon lange im Kopf habe, ihr aber bisher nur Bilder und keine Worte eingefallen seien. Und dass jetzt plötzlich der erste Satz aufgetaucht sei.

»Hmm«, machte ich und sprach sie noch einmal auf die verschwendete Zeit an. »Was meintest du damit, dass ich mich selbst belüge? Ich glaube das nicht. Mit dir ist es das Leben, nie zuvor fühlte es sich so sehr nach Leben an.«

»Das meine ich nicht«, entgegnete Nikto, und ich war ihr dankbar, dass sie meine Fragen nicht unbeantwortet ließ, wie sie es sonst oft tat.

»Was dann? Was denn dann? Ich begreife es nicht.« Neben ihr kam ich mir vor wie ein Kind, das immer wieder aufs Neue Antworten haben wollte. Wie konnte es sein, dass sie so weise wirkte, obwohl sie – vermutlich – jünger war als ich? Wie konnte es sein, dass ich nichts mehr wusste, seit sie in mein Leben getreten war?

Sie stand schweigend auf und zündete sich eine Zigarette an. Der Rauch wirbelte vor ihr durch die Luft wie eine Plastiktüte im Wind.

»Das kannst nur du entscheiden, nur du kannst es wissen«, antwortete sie und hüpfte über die Pflastersteine.

Von wegen, dachte ich, am Ende nützt alles Wissen nichts. Ob sie mit der verschwendeten Zeit die Jahre mit Steffen gemeint habe, fragte ich. Beinahe musste ich ihr hinterherrennen, so große Sprünge machte sie. Wie ein Reh sah sie aus oder wie eine Krähe, die über den Asphalt hüpft, nachdem sie Nüsse vor die Autos geworfen hat.

Sie nickte und nuschelte – die Zigarette eingeklemmt zwischen ihren Lippen, wodurch es sich anhörte, als unterdrücke sie ein Gähnen: »Ja vielleicht … unter anderem.«

»Und was noch?«

»Na alles im Grunde, diese ganzen Jahre, die du mit deiner Suche verschwendet hast.«

»Mit welcher Suche denn?«

Nikto lachte laut auf. Ihre Sprünge wurden immer größer, ihre Augen immer dunkler.

»Weiß ich nicht, das musst du mir sagen«, antwortete sie dann, »nach Gott vielleicht, nach Erfolg oder Ruhm oder irgendeinem anderen Sinn, nach irgendetwas, das deinem Leben eine Bedeutung geben könnte.«

»Aber irgendeinen Sinn braucht es doch«, erwiderte ich, »irgendetwas, woran man sich halten kann. Ist das bei dir nicht so?«

Wieder lachte sie, dieses Mal noch lauter, beinahe schrill, dann blieb sie stehen – von einem Moment auf den anderen –, schüttelte den Kopf und schaute mir tief in die Augen, als wolle sie etwas aus ihnen herauslesen. Ihr Blick machte mir Angst, weshalb ich mich hastig von ihr abwendete.

»Nein, bei mir nicht«, flüsterte sie, und ihre Stimme war gefährlich leise geworden.

***

In meiner Praxis setzte sie sich im Schneidersitz auf den Boden und schrieb weiter in ihr Notizbuch. Zwischendurch fuhr sie sich durch die Haare.

»Worum geht es in deiner Novelle?«, fragte ich.

»Um nichts eigentlich«, antwortete sie, und ich sagte ihr, dass es doch eine Geschichte brauche.

»Alles ist eine Geschichte, auch das Nichts. Und ich möchte nicht irgendeine logisch nachvollziehbare Erzählung schreiben, nicht nur Bilder aneinanderreihen, die am Ende Sinn ergeben. Da ist dieser Drang bei den Menschen, alles verstehen, alles klassifizieren zu wollen – aber das lähmt nur, das schläfert das Gehirn ein.«

Ich wusste nicht, was ich darauf antworten sollte, deshalb schwieg ich.

Nach einer Weile sprang Nikto auf und durchwühlte meine beiden Kisten. Ich ließ sie machen – nicht nur, weil ich längst zu resigniert war, um sie von etwas abzuhalten, das sie tun wollte, sondern auch, weil ich es mochte, sie zu beobachten, ihr zuzuschauen bei dem, was sie tat, bei all den Handlungen, in denen sie komplett aufging. Es war, als könnte ich etwas daraus lernen, endlich das begreifen, was ich nicht verstand.

***

Draußen regnete es, man hörte die Tropfen an die Scheibe klopfen. Jeden Gegenstand, den Nikto hervorholte, legte sie vorsichtig neben sich auf den Boden, nachdem sie ihn lange genug angeschaut und berührt hatte. Sie baute einen Turm aus meinen Sachen, den Kleidungsstücken, der grünen Mappe, den wenigen Büchern. Als Letztes zog sie die Kamera aus der Kiste. Es schien, als würde sie die Funktionen des Fotoapparats kennen, denn ohne zu überlegen oder sich die Kamera genauer anzuschauen, nahm sie die Filmrolle heraus und sagte, dass wir sie zum Entwickeln bringen sollten, weil das wichtig sei.

Ich erwiderte, dass es regne, dass wir nass werden würden und ich noch ein paar Dinge erledigen müsse.

»Du musst nichts mehr erledigen, das redest du dir nur ein. Was willst du denn noch so Dringendes tun, jetzt, so kurz, bevor alles vorbei sein könnte? Gerade dann, gerade vor einem möglichen Ende sollte man nichts Unnötiges tun. Im Grunde sollten wir niemals etwas Unnötiges tun.«

Woher wusste sie das? Ich hatte ihr nicht von meinen Plänen erzählt. Es war eine bewusste Entscheidung gewesen. Ich wollte mich nicht in der Realität damit auseinandersetzen müssen, fürchtete mich davor, alles in Zweifel zu ziehen, sobald ich es aussprechen würde. Ohne Worte war vieles leichter.

Ich fragte, ob es nicht auch unnötig sei, die Fotos entwickeln zu lassen.

Nikto schüttelte den Kopf. Also zogen wir unsere Jacken an und gingen aus der Tür.

Im Treppenhaus drehte sie sich zu mir um und sagte leise: »Die Vergangenheit ist nie unnötig, Sara. Du musst sie anschauen, du brauchst sie – vor allem am Ende. Gerade dann musst du alles sehen wollen.«

Nebeneinander liefen wir durch den Regen, ohne zu reden. Nikto blickte unentwegt nach oben, als wollte sie dabei zusehen, wie die Tropfen aus den Wolken traten. Ihr Gesicht war nass, das Wasser lief von ihren Haaren in ihre Jacke.

Wir gingen in eine Drogerie, legten die Filmrolle in eine Papiertasche und füllten das Formular darauf aus. Nikto stand neben mir und sagte kein Wort. Ein junger Mann rempelte sie aus Versehen an. Weder er noch Nikto reagierten darauf.

Als wir aus der Schiebetür nach draußen traten, war der Himmel klar, die Wolken waren vorbeigezogen, nur die Luft roch noch nach Regen. Wir setzen uns an den Fluss und blickten aufs Wasser. Nikto holte zwei Bücher aus ihrer Tasche, eines für mich, eines für sie. Alice im Wunderland.

»Woher weißt du das?«, fragte ich.
»Was?«
Natürlich würde sie nicht antworten. Ich kam mir lächerlich vor, weil ich sie überhaupt gefragt hatte, obwohl ich doch längst begriffen hatte, dass sie Dinge von mir wusste, die sie nicht wissen konnte. Dennoch überraschte es mich jedes Mal aufs Neue. Ich sagte ihr, dass ich in letzter Zeit oft an diese Geschichte gedacht habe, obwohl es Jahre her war, dass ich das Buch gelesen hatte. Nikto nickte leicht, schlug ihr Buch auf und begann zu lesen. Ich tat es ihr gleich, da mir bewusst war, dass es keinen Sinn hatte, noch weiter darüber zu sprechen. Sie würde ohnehin nicht antworten.

Nachdem wir fertiggelesen hatten, sagte ich Nikto, dass ich mir früher auch immer gewünscht habe, dieses Kaninchenloch zu finden und all diese Abenteuer zu erleben, vor allem aber, von jemandem an die Hand genommen zu werden.

»Du darfst dir nichts wünschen, Sara«, sagte sie, und ich nickte, obwohl ich nicht verstand.

Das Licht stand in rosafarbenen Schlieren über dem Wasser, hinter den kleingezackten Silhouetten weit entfernter Häuserreihen versank die Sonne rötlich am Horizont. Womöglich betrachtete ich gerade zum letzten Mal einen Sonnenuntergang, und bei der Vorstellung stieg von meinem Magen kommend eine Traurigkeit in mir empor, wie ich sie zuvor nicht gekannt hatte.

***

Erst spät am Abend kamen wir in meiner Praxis an. Nikto setzte sich auf den Boden der kleinen Küche und schlug ihr Notizbuch auf, ohne ein Wort zu sagen.

»Woher kanntest du Herrn Mangold?«, fragte ich, obwohl ich ahnte, dass sie mir wieder nicht antworten würde. Ihr Schweigen gab mir recht, doch weil es mich nicht losließ, redete ich weiter. »Was weißt du über ihn?«

»Nichts, ich weiß gar nicht«, sagte sie und klang dabei so unbeschwert, dass es mich wütend machte.

»Das glaube ich dir nicht.«

Nikto lachte und stapelte Gegenstände übereinander: eine Packung Taschentücher, einen Blister mit Kopfschmerztabletten, eine leere Plastikflasche und ein Küchenmesser. Sie hielt den Turm mit einer Hand fest und sagte: »Es kommt nur darauf an, was du daraus machst.«

»Woraus?«

»Na, aus dem Leben. Schau, du kannst all die Szenen übereinanderstapeln, daraus dein eigenes Stück schreiben und es festhalten. Oder du lässt los.«

Dabei nahm sie ihre Hand von dem Turm aus Gegenständen, und die Dinge fielen nacheinander mit einem leisen Scheppern auf den Boden.

»Und dann?«

»Dann nichts«, antwortete sie, bückte sich und krabbelte über die hellen Fliesen, um meine Sachen wieder aufzuheben.

Ich nickte. Überlegte. Ihre Augen waren noch dunkler als zuvor – eine Dunkelheit, vor der ich fliehen und in die ich mich gleichzeitig hineinwerfen wollte.

»Ich weiß noch nicht einmal, wer ich bin.«

»Aber ich weiß, wer du bist«, sagte sie, sprang auf und fragte: »Soll ich dich zeichnen, damit du dich selbst sehen kannst?«

»Ich weiß nicht.«

Sie ging aus dem Zimmer und kam nur wenige Sekunden später wieder, einen Zeichenblock in der Hand.

»Zieh dich aus!«, befahl sie, und ihre Stimme klang so entschieden, dass ich tat, was sie verlangte, ohne darüber nachzudenken.

Nikto stellte die Küchenlampe aus und zündete eine Kerze an, die ihr flackerndes Licht über meinen Körper tanzen ließ.

»Du musst aufstehen«, sagte sie, ich antwortete, dass es mir unangenehm sei, fragte sie, ob auch sie sich ausziehen könne. Ohne etwas zu erwidern, ohne jedes Zögern, zog sie ihren Pullover über den Kopf. Nichts trug sie darunter, ihre Brüste waren klein und rund, die Nippel ungewöhnlich hell. Wie meine. Ohne einen Funken Scham zog sie ihren Slip aus. Ich betrachtete ihren Körper und fühlte mich von ihm auf eine seltsame Weise angezogen. Erregt war ich nicht, es war eher eine Art Vertrautheit, als würde ich ihn kennen, diesen Körper, die helle Haut, jede Faser ihres Wesens. Ich stand auf und ging zu ihr, um sie von Nahem zu betrachten.

Wir standen uns direkt gegenüber. Sie sah mich an und ich sie. Ja, ich kannte sie, wir kannten uns, irgendwo musste ich ihr schon einmal begegnet sein. Sie trat ein paar Schritte nach hinten, setzte sich im Schneidersitz auf den Boden und fing an zu zeichnen. Mit vorsichtigen, zarten Bewegungen ließ sie den Bleistift über das Papier gleiten, klebte Blätter aneinander, schien nicht aufhören zu wollen. Die Stunden schoben sich ineinander, ich hatte kein Zeitgefühl mehr, verlor mich in Träumen oder Gedanken, vielleicht auch in Gesprächen mit ihr, es ließ sich nicht festmachen.

***

Später stand ich vor ihren Bildern. Nicht ich war darauf zu sehen, sondern sie. Aber die Zeichnungen hatten mit mir zu tun, das spürte ich.

»Nikto?«

»Ja?«

Ich sagte ihr, dass ich diese Bilder nicht ertrüge, dass ich sie kaputt machen müsse, sie nicht länger anschauen könne. »Es kann doch nicht sein, dass Bilder so sehr wehtun.«

Sie stand auf, ging aus dem Zimmer. Ich blieb stehen, und obwohl ich den Anblick von Niktos Zeichnungen kaum aushielt, gelang es mir nicht, meinen Blick von ihnen abzuwenden.

»Schau, hiermit geht es, hiermit kannst du alles auslöschen, und dann ist da nur noch schwarzes Nichts«, sagte Nikto und hielt mir eine Büchse mit schwarzer Farbe und einen dicken Pinsel hin. Ich hatte gar nicht bemerkt, dass sie wieder ins Zimmer gekommen war. Vorsichtig öffnete sie die Metalldose. Die Farbe glänzte wie ein dunkler See. Wie der See damals, dachte ich.

Nikto schien sämtliche Energie aus meinem Körper zu ziehen. Alles mit ihr strengte mich an. Nachdem ich ihre Bilder mit schwarzer Farbe übermalt hatte, war ich so erschöpft, dass ich meine Augen kaum noch offenhalten konnte. Ich spürte die Anstrengung in meinem Körper und in meinem Gesicht, das sich seit Tagen seltsam geschwollen anfühlte. Meine Kehle war so trocken, dass die Worte über die Haut meines Halses schabten.

»Ich bin schrecklich müde«, sagte ich zu Nikto, die neben mir auf dem Boden saß und in ihr Notizbuch schrieb. Ihre Hände wuselten über das Papier dabei, es war, als müsste sie nicht überlegen, nicht über die einzelnen Worte nachdenken, als hätte sie den Text schon längst in ihrem Kopf geschrieben. Sie reagierte nicht auf mich, schrieb einfach weiter.

Erst nach einer Weile stand sie auf und kam auf mich zu. Mit der linken Hand fuhr sie über mein Haar und flüsterte: »Du kannst schlafen. Ich pass auf dich auf.« Dabei schaute sie mich mit ihren dunklen Augen an, und ich wusste nicht, ob ich ihr glauben konnte – ob sie tatsächlich auf mich aufpasste oder das Gegenteil der Fall war.

»Schlaf gut«, flüsterte sie, stand auf und starrte auf die schwarze Farbe, mit der ich ihre Bilder übermalt hatte.

Mitten in der Nacht wachte ich auf und sah Nikto am Fenster stehen und rauchen. Ohne sich umzudrehen, sagte sie: »Als Nächstes lesen wir meine Novelle, zumindest den Anfang.« Sie schaute aus dem Fenster dabei, und ich fragte mich, woher sie wusste, dass ich wach war. Sofort schlief ich wieder ein.

***

Tief und fest hatte ich geschlafen – so lange und so gut wie seit Jahren nicht mehr.

»Guten Morgen«, Nikto saß direkt neben mir, reichte mir eine Tasse Grüntee, heiß und dampfend – als hätte sie gewusst, wann ich aufwachen würde.

Nachdem wir die Fotos abgeholt hatten, sagte ich Nikto, dass ich die Bilder zunächst allein ansehen wolle.

Sie fragte: »Warum?«

Ich wusste es nicht, konnte es nicht sagen. Es war nicht die Angst davor, zu viel von mir preiszugeben oder ertappt zu werden bei etwas, das nur mein Innerstes betraf. Nein, das war es nicht, nicht bei Nikto, die mein Leben ohnehin zu kennen schien, vermutlich sogar besser als ich selbst. Es war etwas Unbestimmtes, das mich davon abhielt, ihr die Fotos sofort zu zeigen – eine diffuse Befürchtung, etwas Schreckliches darauf zu sehen, auch wenn ich zugleich sicher war, nie etwas Schreckliches fotografiert zu haben.

Bei den ersten Aufnahmen, die ich durchsah, machte sich ein Gefühl von Erleichterung in mir breit und nahm die Schwere von meinem Körper. Es waren meine Insekten, viele Kokons, ein paar Raupen. Damals sammelte ich sie auf der Wiese hinter dem Ort, füllte große Einmachgläser mit Brombeerzweigen und wartete darauf, dass die Tiere sich verpuppten. Dann waren sie mir am nächsten, fühlte ich mich ihnen verbunden. Die kleinen Kokons hingen tagelang an den Zweigen. Stunde für Stunde beobachtete und berührte ich sie, stellte mir die Puppen vor, wie sie festgezurrt darin ausharren mussten. Jede Bewegung in dem steifen Gehäuse unmöglich, niemand konnte hinein, niemand heraus. Es ging ihnen wie mir. Sobald die Metamorphose fortgeschritten war und die Tiere sich verwandelt hatten, verlor ich das Interesse, öffnete das Fenster und ließ die Schmetterlinge hinausfliegen in die Welt, während ich im Zimmer sitzen blieb in meiner Starre, in meinem Kokon. Kein einziges Foto der Imagos.

»Na, was siehst du?«, fragte Nikto.

»Meine Insekten. Ich hatte Raupen früher.«

»Hmm …«, machte sie. »Und was sonst noch?«

Ich blätterte weiter, noch mehr Insekten, ein Sonnenuntergang über den Dächern der Stadt und dann: Nikto. Sie war auf den Bildern zu sehen, sie trug meine Kleidung, Kleidung von früher, ich erkannte sie sofort. Eine Schlaghose aus grünem Kord, dazu ein gelber Regenmantel. Nikto stand an der Seine, lächelte in die Kamera.

Yannick hatte das Foto aufgenommen, mich hatte er fotografiert, damals, in Paris, an einem Wochenende, wir lebten noch zusammen in Freiburg zu der Zeit. Ich müsste zu sehen sein, nicht sie.

»Ach, das bin ja ich«, sagte Nikto, während sie nach den Bildern griff. Dabei wirkte sie, als wunderte sie sich nicht, als sei es das Normalste der Welt, dass sie – mit meiner Kleidung, von Yannick fotografiert – dort in Paris zu sehen war.

»Was machst du auf meinen Fotos? Ich kannte dich nicht damals, ich war das, das war mein Leben, nicht deines!«, schrie ich.

Wortlos legte sie ihren Oberkörper auf dem Boden ab, die Beine aufgestellt. Dann hielt sie einen Moment inne, bevor sie sagte: »Ist doch egal, das ist ein schönes Foto, und es war ein schönes Wochenende, damals, in Paris.«

Sie konnte es nicht wissen, sie war nicht dabei gewesen. Und auch, wenn ich mich längst damit abgefunden hatte, dass sie Dinge wusste, die sie nicht wissen konnte, dass sie all meine Gedanken zu kennen schien, dass da etwas war, das nicht stimmte – etwas an dem Bild von ihr und mir, wenn ich es von außen betrachtete, stimmte nicht –, fragte ich mich, wie es sein konnte, dass sie an meiner Stelle auf dem Foto zu sehen war. Ich wollte, dass sie ging, gleichzeitig wollte ich nie mehr ohne sie sein.

***

Die Situation, dieser Moment, das alles erinnerte mich an einen Schwarzweißfilm, den ich vor Jahren gesehen hatte. Er handelte von einem Mann, der eine Frau davon überzeugen wollte, dass sie verabredet waren, dass sie sich schon einmal getroffen hatten an diesem Ort, vor genau einem Jahr. Er zeigte ihr Fotos, auf denen sie zu sehen war, ohne dass die Begegnung dadurch Teil ihres Gedächtnisses geworden war.

»Letztes Jahr in Marienbad«, sagte Nikto mitten in meine Gedanken hinein.

»Woher weißt du, dass ich gerade an diesen Film gedacht habe?« Schon wieder schrie ich. Und auch dieses Mal war es nicht die Wut, die meine Stimme laut werden ließ, sondern die Angst. Ich fürchtete mich vor Nikto und davor, mein Leben könnte sich komplett auflösen. Vielleicht hatte ich auch Angst, in Wahrheit gar nicht zu existieren. Immer weiter schrie ich.

»Ich weiß das nicht, mir fiel dieser Film nur gerade ein«, antwortete Nikto beiläufig.

Der Satz klang, als sei er der letzte, der jemals gesagt werden würde, was vermutlich an dem anschließenden Schweigen lag. So ein endlos erscheinendes Schweigen. Dabei wichen wir unseren Blicken aus.

»Komm, lass uns was essen gehen. Oder trinken. Lass uns dorthin gehen, wo das Leben ist«, schlug Nikto nach einer Weile vor, und ich war erleichtert, dass sie wieder sprach, ihre Worte nicht endeten und das Leben noch für ein paar Momente weiterging.

***

Sie schien ein bestimmtes Ziel zu haben, wir liefen quer durch die Stadt, am Fluss vorbei, der in der Ferne heller aussah als der Himmel, bogen ab, gingen die lange Allee entlang, immer weiter. Sie kannte den Weg, ich hatte keine Vorstellung, wo er hinführen würde, fragte aber nicht nach. Ein paar Krähen saßen auf den Stromleitungen, riefen »Kra, Kra«. Augenblicklich blieb Nikto stehen, schaute nach oben, und es war, als würde sie sich mit den Tieren unterhalten. Nach einer Weile ein letztes »Kra, Kra«, bevor die Vögel in die Luft flatterten und hinter den Häuserreihen verschwanden.

»Kannst du sie hören, die Krähen, weißt du, was sie sagen?«, fragte ich und wünschte mir mehr als je zuvor eine Antwort auf meine Frage. Doch Nikto schwieg, schaute nur vor sich hin.

Vor einem großen, hellen Eckhaus, in dessen unterem Stockwerk ein sehr nobel aussehendes Restaurant lag, blieb sie stehen. Ein schicker Altbau mit schwarzen, filigranen Balkongeländern, über dem Restaurant zwei übereinanderliegende, die Breite des gesamten Hauses einnehmende rote Markisen, oben kürzer als unten, im Außenbereich viele kleine runde Tische mit roten Stühlen.

Wir setzten uns, schauten auf die Straße, bestellten eine Flasche Weißwein, Nikto suchte etwas zu essen aus. Auf der Speisekarte standen Schnecken, Meeresfrüchte, Doraden.

Die Kellnerin trug eine weiße Bluse und einen schwarzen Rock. Sehr elegant sah sie damit aus, auch dann noch, als sie die Vorspeisen und Getränke brachte, das Tablett dabei gekonnt auf ihren Armen balancierte wie eine Artistin. Sie deckte den Tisch ein, verteilte Teller, Gläser und Besteck, dann blickte sie uns nacheinander für einen Moment in die Augen und sagte: »Zeigt mal eure Hände, damit ich daraus lesen kann.«

Nikto schwieg, rührte sich nicht, schaute mich nicht an. Die Bedienung streckte mir ihre Hände entgegen und forderte mich mit einem Winken dazu auf, meine Arme auf den Tisch zu legen. Ich tat es, weil ich nicht unhöflich sein wollte; und vielleicht auch, um zu erfahren, was sie sehen würde: das Leben oder den Tod. Sie drehte meine Handflächen zu sich.

»Ich glaube eigentlich nicht an sowas«, sagte ich und schaute der jungen Frau dabei in die hellen Augen.

Sie wandte ihren Blick nicht von meinen Händen ab, auch ihre Mimik veränderte sich nicht, sie sagte nur leise: »Es gibt mehr als eine Wahrheit.«

Sanft strichen ihre Finger über meine Hände. Ihre Nägel waren rot lackiert. Als sie über meine Haut glitten, sahen sie aus wie Blutstropfen. Mein Herz schlug immer schneller – was, wenn sie nun sehen würde, was ich vorhabe?

»Du bist auf jeden Fall sehr kreativ und fantasievoll«, sagte die Kellnerin und begegnete dabei zum ersten Mal meinem Blick.

Ich war erleichtert, dass sie nicht meinen Tod oder ein langes Leben sah. Beides hätte sich unerträglich angefühlt. Wie sie alle zwanghaft an irgendetwas glauben wollen, dachte ich: an Gott oder Wiedergeburt, an Tarotkarten oder Handlesen.

»Eigentlich nicht«, sagte ich laut.

»Doch, das bist du, ich sehe es, sehe Fotos, viel Fantasie.«

»Das muss nicht unbedingt etwas Gutes sein«, entgegnete ich, und wieder drang der Satz meines Vaters in meine Ohren.

»Ich weiß.« Die Kellnerin atmete hörbar aus.

Dann wandte sie sich an Nikto, die ihre Arme schon bereitgelegt hatte. Die Finger der Bedienung wanderten über Niktos Hände, so schnell, dass es aussah, als würden aus den lackierten Nägeln rote Linien werden, die sich wie ein Spinnennetz über Niktos Körper legten. Und dann, mit einem Mal, hielt die Frau inne, ihre Hände bewegten sich nicht mehr. Mit zusammengekniffenen Augenbrauen blickte sie auf eine unbestimmte Stelle in Niktos Hand: »Hast du dich hier mal verletzt? Dich vielleicht geschnitten?«

»Nein. Warum?«

»Da ist etwas in deiner Hand, in dir, was nicht stimmt«, sagte die Kellnerin eher zu sich selbst als zu uns, dann schwieg sie, die Augen aufgerissen. An der Stelle über ihrer Hand, die nicht von der Bluse bedeckt war, stellten sich ihre Haare auf. Es wirkte, als mache Nikto ihr Angst. Erst nach einer Weile wandte sie ihren Blick ab, lehnte sich zurück.

»Was ist denn?«, fragte Nikto.

»Nichts … Es tut mir leid. Ich kann deine Hand nicht lesen.«

»Warum nicht?«

»Ich weiß es nicht«, antwortete die junge Frau, ihre Stimme klang niedergeschlagen, ein Zittern war zu hören.

Dann verschwand sie, ohne sich zu verabschieden.

Wir aßen unsere Salate, ich sagte Nikto, dass das ohnehin nicht stimmen könne mit dem Handlesen, dass man so etwas nicht ernst nehmen dürfe.

Sie nickte, in Gedanken versunken, schwieg.

»Das hatte keine Bedeutung«, schob ich hinterher, in der Hoffnung, damit die Trauer aus ihren Augen ziehen zu können.

Kurz darauf kam ein Kellner mit weißem Hemd und schwarzer Fliege zu uns an den Tisch, brachte die Hauptgänge und verhinderte dadurch, dass die Stille zu groß wurde und den Moment trüben konnte. Die junge

Bedienung kam nicht mehr zu uns, den ganzen Abend über nicht, lief nur zwischendurch hektisch an uns vorbei und vermied es, Nikto anzuschauen.

***

Nachdem wir aufgegessen hatten, schlug ich vor, dass wir gehen könnten. Morgen würde ich fahren müssen, morgen würde es losgehen, es war schon spät, und ich dachte in diesem Moment, dass es gut wäre, noch ein paar Stunden zu schlafen.

»Nein, noch nicht, lass uns noch ein bisschen leben heute, das ist wichtig«, sagte Nikto, bevor sie sich bückte und etwas aus ihrer Tasche holte. »Hier, für dich, das wolltest du doch«, flüsterte sie und hielt mir einen Joint hin.

Ich nickte und musste beinahe darüber lachen, wie selbstverständlich es mittlerweile für mich geworden war, dass Nikto Dinge wusste, die sie nicht wissen konnte. Längst war diese Tatsache Realität geworden. Ich nahm die selbstgedrehte Zigarette, betrachtete sie, umschloss sie mit meiner Hand, bevor ich sie zwischen meine Lippen legte. Nikto griff nach der Kerze, die auf dem Tisch stand und hielt sie mir vors Gesicht. Das flackernde Licht wanderte zusammen mit der Wärme, die es verströmte, wie ein Sonnenstrahl über meinen Körper. Der Joint glühte, als ich einatmete. Ich musste husten, doch dann gewöhnte mein Hals sich daran, es schmeckte erdig, in meinem Mund entstand ein Gefühl von Zuhause und Geborgenheit, und die Völle verschwand aus meinem Magen genau wie das Drücken und Dröhnen aus meinem Kopf. Ich schaute dem Rauch dabei zu, wie er sich vor meinen Augen auflöste.

Nikto rückte mit ihrem Stuhl näher zu mir heran, setzte sich ganz nah neben mich. Ich reichte ihr die Zigarette. Dabei berührten sich unsere Arme, und es war wie ein tröstendes Streicheln. Ihre Berührungen ließen mich nicht zusammenzucken, nur bei ihr war es, als ginge es mir besser mit einer anderen Hand auf meinem Körper.

»Wie schnell wirkt das jetzt?«, fragte ich und spürte schon die Aufregung in mir emporsteigen, sie legte sich in meinen Hals, meine Brust. Es war wie in diesen Momenten als Kind, in denen man fest daran glaubte, dass von jetzt auf gleich etwas Bedeutsames passieren könnte: eine Fahrt mit dem Kettenkarussell, das Klopfen der leiblichen Eltern an die Tür des Klassenzimmers, eine Krähe, die einen mitnehmen würde an einen weit entfernten Ort, an dem es schön wäre – schön, warm und geborgen.

»Weiß nicht, das ist unterschiedlich.«

Immer kälter wurde es, ich schlang meine Arme um den Körper, und erst jetzt fiel mir auf, dass ich Nikto kein einziges Mal frieren oder schwitzen gesehen hatte. Sie saß neben mir in einem engen schwarzen T-Shirt, die Haare an ihren Armen lagen auf der Haut, obwohl sie sich bei der Kälte längst hätten aufstellen müssen. Und vorhin, in der Hitze, war keine einzige Schweißperle auf ihrer Stirn oder der Stelle über ihrer Oberlippe zu sehen gewesen. Nein, ihr Körper sah immer gleich aus, genau wie ihr Gesicht. Nichts daran veränderte sich bis auf die Farbe ihrer Augen.

Ich wollte sie fragen, wie sie das mache, wie sie es schaffe, immer genau gleich auszusehen, ohne Pickel, Schweißperlen, Haare, die ins Gesicht fielen, aber sie kam mir zuvor, stand auf und sagte: »Komm, wir gehen noch ein bisschen rein, damit dir nicht mehr kalt ist.«

***

Ich ging ihr nach, der Innenraum war schon von außen zu sehen gewesen, da keine Wände, sondern nur bodentiefe Glasfenster das Innen vom Außen trennten, dennoch bemerkte ich erst, als wir durch die Tür traten, wie edel das Restaurant eingerichtet war. Die Bänke und Stühle aus rotem Leder, auch die Wände und die Decke rot, alles rot. Bilder und Szenen aus Hitchcocks Marnie drängten sich in meinen Kopf, und mit ihnen sprang die Panik der Protagonistin auf mich über, ohne dass ich hätte sagen können, was der Grund dafür war. Das viele Rot war es nicht, immerhin das war mir bewusst. Ich bemühte mich, meine Angst zu unterdrücken, was mir erst gelang, als Nikto meine Hand nahm und mich hinter sich herzog.

Voll war es, sämtliche Tische waren belegt. Das Klirren des Geschirrs, die Schritte der Kellner und die Gespräche der Gäste vermischten sich zu einem einzigen Geräusch, es war wie ein Murmeln, das den Raum erfüllte. Nikto ging – ohne sich nach mir umzusehen – auf einen großen Tisch zu, an dem drei Männer in meinem Alter saßen, und fragte: »Können wir uns zu euch setzen?«

Die drei nickten synchron, fast wirkte es, als hätten sie es einstudiert. Sie rückten zusammen, Nikto und ich setzten uns jeweils an die Enden der Eckbank, uns gegenüber. Sie lachte laut, während die Männer über ein Buch sprachen, das ich nicht kannte, mischte ihre Worte unter die Worte der drei Fremden. Einer von ihnen hatte eine Pfeife im Mund und sah aus, als entstamme er einer längst vergangenen Zeit. Der Qualm legte sich über die Gesichter, ich schloss für einen Moment die Augen. Nikto redete und lachte noch immer, ich sah ihr dabei zu, wandte meinen Blick erst ab, als die drei sich vorstellten. An ihre Namen erinnere ich mich nicht, ich weiß nur noch, dass ich unentwegt das Gefühl hatte, als würde etwas nicht stimmen. Etwas an dem Restaurant, den Männern oder an dem Bild von Nikto und mir stimmte nicht.

Ich wollte nicht länger darüber nachdenken, mich nicht mehr damit befassen. Nicht heute, nicht so kurz vor meinem Tod. Gerade dann sollte man noch einmal, ein letztes Mal, leben und frei sein, die Momente genießen, dachte ich, und bestellte eine Flasche Pastis für uns alle.

»À la vôtre«, rief es von allen Seiten über den Tisch.

Wir tranken und redeten.

»Warum bist du hier?«, fragte einer der Männer, ich verstand die Frage nicht, schaute Nikto an, die nicht auf meine Blicke reagierte, sondern dabei war, aus einer Serviette eine Art Vogel zu falten.

»Einfach so.«

»Das stimmt nicht, du suchst nach irgendetwas. Deshalb bist du hier.«

Ich schüttelte den Kopf, dachte nach. Niemand sagte mehr etwas, es war ganz still, die Stille schien den ganzen Raum zu erfassen, und ich war die Einzige, die sie durchbrechen konnte. Alles wartete auf meine Worte, meine Antwort.

»Ich bin Psychotherapeutin. Einer meiner Patienten hat sich das Leben genommen.«

Die drei nickten, stellten nicht die üblichen Fragen, nicht: »Warum? Diagnose? Suizidvereinbarung?« Nichts davon, sie nickten nur.

Ich sagte, dass ich mir Vorwürfe mache und auf der Suche sei nach den Gründen für Herrn Mangolds Suizid.

»Braucht es einen Grund für etwas, das so naheliegend ist?«, fragte jemand. Ich schwieg, weil ich nicht verstand.

Ein anderer sagte: »Und sprichst du deinem Patienten, indem du dich fragst, was du falsch gemacht haben könntest, nicht seine eigene Freiheit ab? Wenn du davon ausgehst, dass jeder Mensch sein Leben frei gestalten kann, führt dies doch unweigerlich auch zu dem Schluss, dass jeder und jede sein Leben auch frei beenden kann.«

»Hmm«, machte ich.

Die drei redeten weiter über das Leben und das Sterben, über das Ende und darüber, dass die meisten Menschen ihre Zeit verschwendeten und sich dann später – kurz vor ihrem Tod – wunderten, wie schnell das doch alles gegangen sei, obwohl sie diesen Zustand selbst verursacht hätten mit ihrem Hetzen und Rennen, dem Vergeuden der Zeit.

Vergeudete Zeit. Niktos Worte. Ob sie die Männer kannte? Es spielte keine Rolle mehr, nicht mehr nachdenken wollte ich, mir nicht immer wieder diese Fragen stellen. In zwei Tagen würde ich vermutlich tot sein. Deshalb war es egal, deshalb konnte ich hier sein, diesen Abend genießen, als wäre das alles, als gäbe es nichts sonst.

Und dann fing ich an zu erzählen. Ich redete, immer weiter. Alles erzählte ich. Hier, zwischen Nikto und diesen fremden Männern, ging es, ohne dass ich wusste, warum. Zum ersten Mal in meinem Leben erzählte ich, zum ersten Mal schwieg ich nicht, log ich nicht.

Niemand erwiderte etwas darauf, ich schämte mich und befürchtete, etwas Triviales gesagt zu haben oder etwas viel zu Intimes. Ich wollte das Thema wechseln, es sollte nicht mehr um mich gehen, sondern um die anderen oder um Herrn Mangold, Hauptsache ich war nicht mehr Mittelpunkt des Gesagten.

»Und ihr, was macht ihr?«, fragte ich deshalb.

Sie antworteten, dass sie Künstler seien – malen, zeichnen, schreiben, von allem ein bisschen.

»Schön, das mag ich, ich würde auch gerne etwas Künstlerisches tun und damit Menschen begeistern«, sagte ich, überlegte, warum ich nie daran gedacht hatte, Fotografin zu werden, und mir kam der Gedanke, dass es tröstlich sein könnte, die Welt so abzubilden, wie sie sich mir zeigte.

Dann schwiegen wir alle, ich trank ein weiteres Glas Pastis, während der Pfeifenrauch in Kringeln und Schlieren über den Tisch zog. Nach einer Weile verschwand der Qualm, nur in meinem Hirn hielt er sich fest, alles schien plötzlich im Nebel zu liegen.

Einer der Männer sagte: »Ich habe vor, ein Buch zu schreiben, das die Menschen verwirrt, das wie ein offenes Fenster ist und sie dahin führt, wo sie niemals hinschauen wollten, ein Fenster, das mit ihrer eigenen Wirklichkeit verbunden ist.«

Nikto lachte laut auf und erzählte, dass ich auf der Suche nach dem Fenster in mir sei. Ich nickte leicht und wurde wütend, weil sie etwas erzählt hatte, das niemand außer ihr und mir je wissen sollte.

Immer weiter redeten sie, über alles Mögliche, ihre Kunst, ihre Träume, darüber, woher man wissen könne, was die Wahrheit und was bloße Illusion sei. Ich sagte nichts mehr, sondern trank zu viele Gläser Pastis hintereinander, zwischendurch Rotwein, der mich müde machte und meine Stimmung hin und her kippen ließ, von einer Seite zur anderen, wie eine Kinderwiege.

Wieder diese Wiege. Die Eltern daneben, in weißer Kleidung, jeweils eine Hand an den Holzstreben. Wie aus einer Werbung für Putzmittel sahen sie aus, strahlend, sauber, rein. Weg damit, weg mit diesen Bildern, sagte ich in meinen Kopf, trank ein weiteres Glas und betrachtete den Rauch, der über den Tisch und die Gesichter der anderen zog – wie blaue Farbe, die mit einem dicken Pinsel auf eine riesige Leinwand gemalt wurde.

Die Stunden überlagerten sich, ich hatte keine Vorstellung, wie spät es war, und verspürte einen Anflug von Angst, als ich daran dachte, dass ich bald ohne Nikto und wieder allein sein würde; ob im Leben oder im Tod machte keinen Unterschied.

Plötzlich nahm ich eine Melodie wahr, ohne zu wissen, ob sie aus meinem Kopf stammte oder sich tatsächlich über den Raum gelegt hatte. Ich stand auf, streckte meine Arme aus, wollte tanzen zu der Musik, doch dann erkannte ich, dass sie von draußen kam, von der Straße, schon dabei war, vorbeizuziehen.

»Ich muss jetzt gehen«, sagte ich und verstand meine Worte kaum noch, so konzentriert war ich auf die Töne, die in meinen Kopf strömten.

»Ich komme mit«, rief Nikto, was mich freute. Nur ihretwegen überkam mich bei dem Gedanken an meinen Tod ein Gefühl von Bedauern. Ich verabschiedete mich von den drei Männern, ohne zu wissen, ob sie Fremde oder Freunde waren.

Erst jetzt spürte ich die Wirkung des Marihuanas, zumindest war mir zuvor nichts aufgefallen. Eine kribbelnde Wärme legte sich auf meine Haut, während ich immer tiefer in mir selbst und den Melodien versank. Nikto ging vor mir her, ich schaute ihr nach. Als die Tür zum Restaurant ins Schloss fiel, rannte ich ihr hinterher. Auf der Straße war es kalt, doch die Kälte fühlte sich an wie eine warme Decke auf meinem Körper.

Nikto stand vor mir, blickte mir in die Augen und sah aus, als sei sie nur eine Zeichnung oder ein Foto, das jemand aus einer Zeitung ausgeschnitten hatte. Zweidimensional war sie, für einen Moment fürchtete ich mich davor, das Blatt mit ihrem Bild, ihrem Ich, könnte wie ein Papierflieger zu Boden sinken. Um ihm nicht dabei zuschauen zu müssen, wandte ich meinen Blick ab – weg von ihren Augen, hin zu der Umgebung, und nun sah es aus, als sei Nikto Teil einer Collage, als hätte ein Künstler, vielleicht einer der drei Männer, sie ausgeschnitten und mitten auf den Asphalt geklebt: vor die geparkten Autos, neben den Mülleimer und die Bäume am Straßenrand, zwischen die kleinen runden Tische des Restaurants.

Ich schaute an meinem Körper herunter, streckte meine Arme aus, starrte auf meine Hände, drehte sie hin und her, legte meine Handflächen aneinander und war erleichtert, dass ich mehr war als ein Blatt Papier.

***

»Was ist deine größte Angst?«, fragte ich.

»Ich habe keine Angst.«

Natürlich fürchtete sie sich nicht, vor nichts und niemandem. Längst wusste ich es.

»Meine ist es, alt zu werden, ohne erwachsen zu sein«, sagte ich, ohne dass sie nachgefragt hatte.

»Es ist nicht schlimm, wenn du nicht erwachsen wirst, vielleicht ist das sogar gut«, erwiderte Nikto, ging los, die dunkle Straße entlang, und ich wunderte mich, dass sie sich überhaupt bewegen konnte, fragte mich, wo ihre Knochen und Muskeln waren, ihre Sehnen und Organe. Sie hatten keinen Platz in dem dünnen Blatt Papier.

Um uns herum war es wunderschön. Der Beton funkelte, der Asphalt schimmerte glänzend und schwarz wie das Gefieder der Krähen, wie Niktos Augen in manchen Momenten. Ich wollte mich hineinfallen lassen in diesen schwarzen See aus Asphalt, mich über ihn rollen, immer hin und her. Vielleicht tat ich es.

Wir liefen nebeneinanderher.

Nikto fragte: »Was siehst du, wenn du zum Himmel schaust?«

Ich blickte nach oben, da war der Mond, eine schmale Sichel, aber kein einziger Stern. Ich sagte es ihr. Sie nickte, schien kurz zu überlegen, dann zündete sie sich eine Zigarette an und flüsterte: »Ja, man kann sie nicht erkennen wegen der Lichter der Stadt. Aber sie sind trotzdem da, die Sterne. Sie existieren, auch wenn man sie nicht sieht.«

Niktos Worte machten mich traurig. Die Euphorie, die ich bis eben noch verspürt hatte, war mit einem Mal verschwunden, und nichts war mehr in mir bis auf diese Traurigkeit.

Nikto legte ihren Arm um mich und sagte: »Das macht nichts, ist nicht schlimm, du musst nur lernen, den Schmerz darüber auszuhalten, ihn vielleicht sogar zu zelebrieren.«

Ich verstand nicht, wie sie das meinte, fragte aber nicht nach, sagte ihr nur, dass ich müde sei. Dann legte ich mich auf eine Rasenfläche und versank im warmen, kuscheligen Gras.

Ob ich geschlafen, geträumt oder bloß wach auf der Erde gelegen hatte, kann ich nicht mehr sagen, ich erinnere mich nicht. Dafür sehe ich bis heute vor mir, wie Nikto mich anschaute, als ich die Augen öffnete. Ihr Gesicht war mir so nah, dass es mich beinahe erschreckte. Unsere Nasenspitzen berührten sich, Nikto kniete neben mir und lachte. Ihre Augen schimmerten grünlich von der Farbe des Rasens unter uns. Ich wandte meinen Blick nicht von ihnen ab, weil sie sich nach Zuhause anfühlten – trotz des Schmerzes, den sie noch immer und immer wieder aufs Neue in mir verursachten.

***

Erst mitten in der Nacht machten wir uns auf den Weg zu meiner Praxis. Nikto ging schweigend neben mir. Auch sie schien müde zu sein. Ein paar letzte Feiernde zogen mit uns durch die Altstadt.

»Schau, das ist das Leben: dieser Abend, diese Nacht«, sagte Nikto.

»Ja, es kommt einem so vor, aber letztendlich ist das alles doch auch Zeitverschwendung. Nur Spaß, nur schöne Momente, nichts Bedeutsames.«

Nikto sah mich von der Seite aus an, presste ihre Lippen zusammen und schwieg, bis wir in meiner Praxis ankamen.

Da ich zu erschöpft war, um noch irgendetwas zu tun, legte ich mich mitten in meinem Behandlungszimmer auf den Boden. Nikto kam zu mir, kurz darauf stand sie wieder auf und ging zum Schreibtisch in der Ecke des Zimmers, um das Fenster zu öffnen. Und in diesem Moment, in dem sie sich immer weiter von mir entfernte, fühlte ich mich klein und unbedeutend, vor allem aber schrecklich einsam.

Die kühle Luft von draußen bedeckte unsere Körper, die Vorhänge wehten in den Raum hinein wie Taschentücher, die in diesen kitschigen Filmen einem abfahrenden Zug nachwinken.

Sofort schlief ich ein. Ich träumte, ich sei mit Nikto im Wald. Silber- und schwarzstämmige Birken neben uns. Am Himmel helle, flackernde Punkte. Der Weg wurde immer schmaler, bald fing es an zu schneien, mitten in diesem Wald, obwohl es gerade eben noch warm gewesen war.

»Mir ist kalt«, sagte ich in meinem Traum.

»Es muss kalt sein, damit es wärmer werden kann«, antwortete Nikto und drehte dabei ihren Kopf nach links. Ich tat es ihr nach. Erst jetzt bemerkte ich, dass wir an einem Abhang entlanggingen.

»Du musst dich entscheiden, Sara«, sagte Nikto. Und ich, ich hielt ein Messer in der Hand, zwischen Daumen und Zeigefinger lag es.

»Wofür oder wogegen?«, fragte ich.

Nikto antwortete nicht, sondern schaute auf die Schatten des Tageslichts, dann bückte sie sich, nahm eine Handvoll Schnee und aß ihn schnell auf.

Um uns herum war es laut – das Rauschen des Windes, ein Krähen, von irgendwoher ein Knacksen.

»Das ist ein guter Ort!«, schrie ich, damit Nikto mich hörte zwischen all den Geräuschen.

»Ein guter Ort zum Sterben oder zum Leben?«, fragte sie, und ich dachte darüber nach, ob das die Entscheidung war, die ich zu treffen hatte.

»Ich weiß nicht.«

Nikto erwiderte nichts, ihr Schweigen wurde so präsent, dass es die Geräusche des Waldes zum Verstummen brachte. Nun war es vollkommen still. In die

Stille hinein fragte ich sie, ob sie gar nichts mehr sagen werde. Ihre Augen funkelten bernsteinfarben – vor Angst oder Wut oder wegen der Sonne, die durch die Bäume schien.

Dann fing sie an zu reden, ihre Stimme vertraut. »Lass uns den Blick auf die Welt verändern, lass uns alles ausblenden, was wir sehen, und den Fokus auf das richten, was im Verborgenen liegt.«

Sie schaute mich an, dann drehte sie ihren Kopf zur Seite und trat einen Schritt weiter in Richtung des Abhangs. Bei mir Angst, dass sie fallen könnte.

»Sag doch was, bitte!«

»Nimm das Messer«, sagte Nikto, »halt es fest.«

Ein glatter Schnitt.

Wir verkrochen uns in einer Höhle aus Schnee, Nikto versuchte, ihn wegzuschaufeln.

Ich sagte: »Damals maltest du mit deinen Fingern Bilder von Bäumen und Tieren an die Wand der Höhle. Jetzt schreibst du nur noch Worte, die ich nicht lesen kann.«

Nikto antwortete nicht, entfernte sich von mir.

Und dann: Nichts als Leerstellen.

***

Ich hatte Schwierigkeiten, in die Realität zu finden. Es war, als befände ich mich in einer Zwischenwelt, als bräuchte mein Bewusstsein viel zu lange, um zurückzukehren. Zunächst war ich mir nicht sicher, ob die Verletzung an meiner Hand tatsächlich existierte oder mein Gehirn mir bloß ein Bild aus meinem Traum zugespielt hatte. Ein paarmal fuhr ich mit meinem rechten Zeigefinger über die Wunde, und erst als ich auch an meiner Fingerkuppe ein wenig Blut bemerkte, zweifelte ich nicht mehr daran: Ja, ein glatter Schnitt in meiner linken Handfläche, das Blut war meinen Arm entlanggelaufen. Es fühlte sich kalt und klebrig an. Auf dem Boden vor mir rote Tropfen. Ich stand auf, ging ins Badezimmer. Das Blut wusch ich nicht ab.

Nikto saß am Küchentisch und rauchte. Ich zeigte ihr meine Verletzung, fragte sie, ob sie etwas mitbekommen habe.

Sie schüttelte den Kopf.

Dann erzählte ich ihr von meinem Traum.

Sie lachte und sagte: »Ja. Im Grunde sind wir gleich, zwei Farben in Schattierungen.«

Auch sie hatte eine Verletzung an der Hand. Ein glatter Schnitt, auch bei ihr.

Ich schrie sie an. Die Sonne schien durchs Fenster, blendete mich.

Nikto saß ruhig auf dem Stuhl, die Knie angezogen, schaute mich an, ignorierte mein Schreien und sagte leise: »Du musst keine Angst haben, Sara. Oder tut es weh?«

»Nein«, antwortete ich und bemühte mich, meine Stimme ruhiger klingen zu lassen. Nein, es tat nicht weh, die Verletzung verursachte keine Schmerzen, obwohl der Schnitt tief war. Wenn ich ihn nicht gesehen hätte, wäre er mir nicht aufgefallen, er war nicht zu spüren.

»Irgendwann kommt der Punkt, an dem du dich entscheiden musst«, sagte Nikto. »Dann bleibt dir nur mehr das Auflehnen oder die Kapitulation. Du hast die Wahl, es ist deine freie Entscheidung. Wichtig ist nur, dass du ihn erkennst, diesen Punkt, wenn er da ist.«

»Und dann? Was bedeutet es, wenn dieser Punkt kommt?«

»Das weißt du doch längst«, sagte Nikto, stand schweigend auf und ging aus der Tür.

Ich sah ihr nach. Da ist eine Bindung, dachte ich und schrie ihr hinterher, dass ich sie nie mehr wiedersehen wolle, obwohl sie schon längst verschwunden, die Tür schon längst ins Schloss gefallen war. Es war eine Lüge, ich wollte sie wiedersehen. Immerzu wollte ich sie ansehen, immerzu sehen, was sie sah, und bei dem Gedanken an meinen Tod, der mit sich brächte, dass Nikto nicht mehr in meinem Leben sein würde, war es, als löste ich mich von innen heraus auf.

8

»Du allein musst die Entscheidung fällen.«

Hastig packte ich mein Notizbuch, die Kletterausrüstung, mein Handy und mein Portemonnaie in den Rucksack und fuhr zum Bahnhof. Vor dem kastenförmigen Gebäude blieb ich stehen. Es regnete. Ich setzte die Kapuze auf und sah mich plötzlich dort stehen, mich und meine Außenperspektive. Jede Bewegung wie dirigiert, als sei ich nicht mehr in diesem Körper. Ich wusste nicht, wie ich mich wieder spüren konnte, wieder im Innen sein, dachte nach, versuchte, mich an die Ratschläge zu erinnern, die ich meinen Patienten gegeben hatte. Doch dadurch rutschte ich zu sehr ins Denken, sah mich immer noch dort stehen, von außen, als wäre eine Kamera auf mich gerichtet. Ein Spalt tat sich auf, es ließ sich nicht mehr festmachen, was ich dachte, was in mir vorging und was tatsächlich geschah. Von außen sah ich, wie ich in das Gebäude lief, mich vor die Anzeigetafel stellte und den Menschen um mich herum dabei zusah, wie sie nacheinander – im Takt der Züge – in den Kreislauf der Welt verteilt wurden.

Ich kaufte ein Ticket nach Zermatt. Von dort aus würde ich losgehen – zuerst zur Hörnlihütte, dort übernachten und dann weiter Richtung Gipfel.

Am Gleis beobachtete ich die Menschen um mich herum. Sie telefonierten, spielten an ihren Handys, rauchten, schienen ganz versunken, als gäbe es die Welt um sie herum nicht, als gäbe es das Leben nicht und den Tod.

»Auf Gleis acht fährt ein …«, sagte eine Stimme aus dem Lautsprecher. Und in genau dem Moment sah ich das Kind wieder, das vor Niktos Fenster hin und her gelaufen war. Es stand neben mir am Gleis, etwa zwei Meter Abstand zwischen uns. Etwas wollte ich ihm zurufen, doch ich fand die Worte nicht. Und selbst, wenn ich sie gekannt hätte, die Worte und Sätze, die ich hätte sagen wollen, hätte es nichts geändert, denn es entstanden keine Töne in meiner Kehle, sie kamen nicht heraus. Ich ließ das Kind nicht aus den Augen. Es lief immer hin und her, wie auf einer Linie, direkt an der Bahnsteigkante entlang. In der Ferne sah ich den Zug einfahren. Ich wollte es warnen, das Mädchen, doch noch immer leisteten meine Worte Widerstand und auch meine Beine und Arme, meine Hände und Füße waren wie erstarrt. Ich war gefangen in meinem Körper, konnte nichts tun, mich nicht rühren, nicht schreien oder sprechen, weshalb ich hilflos dabei zusehen musste, wie das Kind das Gleisbett hinuntersprang, als der Zug einfuhr. Es war vollkommen still – trotz meines Mundes, der die Form eines Schreis angenommen haben musste.

Mir war bewusst, dass das Mädchen nicht wirklich existierte, nicht mehr war als eine Illusion, dass es meinem Kopf entsprang, mein Gehirn mir damit etwas aufzeigen wollte. Und wären nicht all diese anderen

Veränderungen gewesen, hätte nicht mein Ich sich in den letzten Wochen verformt oder meine Umgebung, wäre Nikto nicht aufgetaucht, hätte ich mir einzureden versucht, dass es nur – ganz banal – die Angst vor meinem Tod war, die diese Bilder hervorgebracht hatte.

Meine Hände zitterten beim Betreten des Zuges. Ich setzte mich auf einen Fensterplatz. Alles um mich herum erschien mir plötzlich wertvoller und wertloser zugleich. Nichts hatte eine Bedeutung, doch gerade dadurch wirkten selbst kleinste Dinge, Augenblicke und Worte außergewöhnlich. Jeder Lichtstrahl, jede kleine Blume am Wegesrand, das Rattern des Zuges – all das, alles um mich herum nahm ich viel intensiver wahr, sobald ich daran dachte, dass es das letzte Mal sein könnte. Das letzte Mal von einem Sonnenstrahl geblendet werden, das letzte Mal eine Blume pflücken, das letzte Mal das Rattern eines Zuges im Körper spüren.

***

Eine Familie mit zwei kleinen Kindern drückte riesige schwarze Kofferberge durch den Gang. Das grelle Licht von draußen wurde immer wieder unterbrochen durch das Schwarz der vielen Tunnel. Die Häuser schlichen an mir vorbei und verschwanden wieder, eines nach dem anderen. In den Orten, die der Zug auf seiner Fahrt passierte, gingen Menschen ihrem Leben nach, während ich mich auf einer Linie befand, die auf direktem Wege zu meinem Tod führte.

Der Regen prasselte laut gegen die Scheibe, mit jeder Station wurde es unfreundlicher. Das, was vor mir lag, war nicht zu sehen. Nichts war mehr zu sehen vor lauter Nebel.

In Zermatt stieg ich aus, am Himmel waren ein paar dunkle Flecken zu erkennen, ansonsten alles wie in weiße Watte gepackt, im Hintergrund ein Grummeln. Der Regen wurde immer stärker, ich fror, spürte meine Füße kaum noch vor Kälte und Nässe. In einem kleinen Café machte ich Halt, bestellte ein Stück Käsekuchen und einen Milchkaffee, zog unter dem Tisch meine Schuhe aus, stopfte Servietten in sie hinein und setzte mich auf meine Füße, um sie aufzuwärmen.

Als der Regen nachließ und die Kälte allmählich aus meinem Körper verschwand, ging ich los in Richtung Hörnlihütte. Auf meinem Weg kam ich an einem See vorbei, in dessen Wasser sich das Matterhorn spiegelte. Es war ein anderer, nicht dieser dunkle See von damals. Nein, das ist er nicht, sagte ich mir immer wieder, beinahe schrie ich es in die Luft.

***

Das Wasser des Sees war nicht dunkel und modrig, sondern hell. Glitzernde Punkte darauf von den wenigen Sonnenstrahlen, die durch die dunklen Wolken drangen. Ich legte meinen Rucksack ab, zog mich aus, bis ich nackt war, und ging hinein. Wie damals und doch anders. Das Wasser kalt und klar, ich rannte hinein, immer weiter hinein – trotz der Kälte und des Schmerzes, den die spitzen Steine auf dem Grund des Sees an meinen Fußsohlen verursachten. Der See schmiegte sich an mich, ich tauchte in ihn ein und er in mich. Wo hörte ich auf, wo fing er an? Ich wusste es nicht, es spielte keine Rolle, alles wurde eins in diesem See, oben und unten, hell und dunkel, alle Grenzen lösten sich auf, und dieses Mal – in diesem See, an diesem Tag – wollte ich nicht aufhören zu atmen, hoffte ich nicht darauf. Ich drehte mich unter Wasser im Kreis, und als ich wieder nach oben tauchte, kam es mir vor, als könnte ich sie doch abstreifen, die Dinge, die Vergangenheit. Als könnte ich mich häuten, wie die Schlangen es tun.

***

Der Weg zur Hörnlihütte war überlaufen – Familien mit Kindern, Fußgänger mit Hunden, sogar zwei Nonnen begegnete ich. Was sie wohl suchten, all diese Menschen? Eine ältere Frau mit einem Hund. Er kam auf mich zu, wedelte mit dem Schwanz. Ich streichelte ihn. Sein Fell weich und dick, schwarz, nur der Latz war strahlend weiß.

»Er mag sie«, sagte die Frau.

»Ja, ich ihn auch«, antwortete ich und fing schlagartig an zu weinen, weil es womöglich das letzte Mal war, dass ich das Fell eines Tieres berührte.

»Ist alles okay?«, fragte die Frau, ich nickte und ging schnell weiter, ohne mich noch einmal nach dem Hund umzudrehen. Ich musste mich fangen, konzentrieren auf den Weg, der vor mir lag.

***

Hinter mir öffnet sich die Tür, ich drehe mich um und hoffe, es wäre Maxime, weil er vertraut wirkte und weil ich ihm gerne noch etwas sagen würde, auch wenn ich die Worte noch nicht kenne. Es ist eher ein Gefühl oder der Wunsch, noch ein letztes Mal in seine Augen schauen zu können vor meinem Tod.

Aber nein, er ist es nicht, sondern eine erste Gruppe. Sie sind zu siebt, gehen ein paar Schritte an mir vorbei, alle hintereinanderher, bevor sie in der Dunkelheit verschwinden. Nur ihre Stirnlampen sind noch zu sehen, immer kleiner werden sie. Kurz darauf eine weitere Gruppe und noch eine. Einer der Männer sagt: »Wir gehen dorthin, wo man sterben könnte, um nicht zu sterben.« Die anderen nicken, alle gleichzeitig, wie einstudiert sieht es aus. Ich nicke nicht.

Immer mehr Menschen kommen aus der Hütte. Jede Seilschaft scheint – nach dem Wecken und einem kurzen Frühstück – möglichst schnell den Einstieg erreichen zu wollen. Wie eilig sie es alle haben. Den Gipfel als Ziel vor Augen, davor noch einmal die Ausrüstung richten, ein paar Blicke hinauf, bei manchen von ihnen mit einem Ausdruck von Angst im Gesicht, den sie zu überspielen versuchen. Hektik, während sie an mir vorbeilaufen, ich meine, ein paar leise Flüche zu hören.

Wieder öffnet sich die Tür. Zu fünft kommt die Gruppe von gestern Abend aus der Hütte, der Bergführer erzählt etwas, was ich nicht verstehe. Fast hätte ich sie nicht erkannt, die Ausrüstung gleicht die Menschen einander an.

Maxime kommt auf mich zu, während die anderen schon weitergehen. »Bonne chance, Sara«, sagt er, ich nicke ihm zu und wünsche auch ihm viel Glück und Berg Heil. Ich meine, ein Lächeln zu erkennen. Er ist schon an mir vorbeigegangen, als er sich noch einmal umdreht und fragt, warum ich nur von Herrn Mangold erzählt habe und nicht von mir selbst und was ich auf dem Berg suche. Er sagt es einfach so, als wäre es eine normale Feststellung, nicht viel zu intim. Seine Worte sickern in meine Haut ein.

Ohne eine Antwort abzuwarten, geht er weiter, rennt ein paar Schritte, um seine Gruppe einzuholen, ruft mir dabei zu, dass er sich freuen würde, mich nach dem Abstieg hier wiederzusehen, und für einen Moment ist es wie das Lesen einer vertrauten Handschrift, wie eine Autofahrt bei Nacht mit lauter Musik, wie das erste Mal im Frühling ohne Jacke nach draußen gehen. Bitte bleib, möchte ich ihm zurufen, bitte hilf mir, ich weiß nicht, was ich tun soll, ob ich sterben möchte oder nicht, wonach ich eigentlich suche.

Nichts davon rufe ich, kein einziges Wort sage ich, frage mich stattdessen, warum er all diese Themen ansprechen musste. Ausgerechnet jetzt. Ja, was suche ich hier? Wenn ich das wüsste. Suche ich Herrn Mangold oder mich, das Leben oder den Tod, Gott oder nur die Gewissheit, dass er nicht existiert? Und was ist mit Nikto? Wer ist sie, werde ich das jemals erfahren?

***

Ich muss los. Die Sonne geht schon langsam hinter den Bergspitzen auf, noch immer funkeln die Lichter der Stirnlampen in der Dunkelheit. Sie reihen sich hintereinander auf, bilden eine Kette. Meine Beine möchten lossteigen, ganz unruhig werden sie schon.

Die ersten Schritte auf den kantigen Felsen noch unkoordiniert, dann werde ich sicherer, meine Füße gewöhnen sich an den unebenen, steinigen Untergrund. Und mit jedem Schritt wird der Tod greifbarer. Immer wieder geht er mir durch den Kopf. Wie sich ein Absturz wohl anfühlen wird? Wer abstürzt, schreit nicht. Sagt man. Ich frage mich, ob einen die Gelassenheit, die sich angesichts des eigenen Sterbens einstellt, verstummen lässt oder nur – ganz banal und weniger tröstlich – der Verlust des Bewusstseins. Und dann nur ein kurzer dumpfer Ton, wenn der Körper auf einem Felsen aufschlägt. Ob man ihn von unten hören kann, den Aufprall? Wenn es schon keinen Schrei gibt. Oder verläuft das alles unbemerkt? Einfach so sterben, ohne Reaktion darauf, ohne dass es jemandem auffällt?

Zum Glück sind die Spuren deutlich zu sehen, die Felsen ausgeklettert. Je ausgetretener der Weg, desto eher bin ich richtig. Daran orientiere ich mich. Doch mein Körper gewöhnt sich nicht an die Höhe, ich bekomme schlecht Luft, kann kaum atmen, muss eine Pause einlegen, ein paar Minuten stehen bleiben. Und atmen, immer weiter atmen, nur nicht aufhören damit. Auch beim Gehen nicht. Ein Schritt vor den anderen, ein und aus.

Vor mir eine steile, glatte Wand, das muss die Stelle sein, die zur Solvayhütte, einem kleinen Biwak, führt. Und hinter mir das Nichts. Ein paar erste Sonnenstrahlen sind zu sehen, aber es wird nicht richtig hell. Das Licht ist fahl, ein paar Wolkenfetzen sausen um die Felsen. Ich neige meinen Kopf nach oben, um zu überprüfen, ob ich richtig bin, ob ich recht habe und die Hütte von hier aus sehen kann. Ja, dort oben, in der linken Ecke meines Blickfeldes ist ein kleines Stück Holz zu erkennen. Und daneben: Herr Mangold. Er steht auf einem Felsvorsprung ein paar Meter über mir und sieht mich an. Ohne zu lächeln, ohne jede Mimik, er steht nur dort und schaut zu mir herunter. Sein Körper ganz starr.

Hastig klettere ich los – so schnell ich kann. Ich muss mit ihm sprechen, auch wenn mir bewusst ist, dass er nicht wirklich existiert, nicht mehr ist als eine

Imagination. Der Felsen ist steil, meine Hände finden keinen guten Halt. Und die Füße, ich muss mich auf meine Füße konzentrieren, die einzelnen Schritte.

»Sind Sie noch da, Herr Mangold?«

Ich bin oben. Die Solvayhütte, etwa viertausend Meter jetzt. Doch Herr Mangold ist verschwunden. Vielleicht ist er im Biwak? Vielleicht wollte er sich schützen vor dem Wind? Eisig ist er, mein Gesicht spüre ich kaum noch und meine Hände. Ich öffne die Tür. Eine kleine Notunterkunft, eng, trostlos, ein paar Decken gibt es, mehr nicht. Viele Menschen in dem kleinen Raum – um sich aufzuwärmen vermutlich.

»Herr Mangold, sind Sie hier?«

Zwei ältere Männer sitzen vor mir auf dem Boden und sehen erschöpft aus, einer von ihnen legt seinen Kopf auf den Knien ab. Ein jüngeres Pärchen, sie reibt ihre Hände aneinander, er trinkt eine halbe Flasche Wasser in einem Zug aus. Dann küssen sie sich, als sei es das letzte Mal. Noch einmal schaue ich mich um, suche nach ihm, aber es hat keinen Sinn: Herr Mangold ist nicht zu sehen.

Beim Öffnen der Tür drückt der Wind von außen gegen meinen Körper, es ist, als hätte sich die Luft nach den wenigen Minuten in der Hütte abgekühlt, der Wind an Intensität gewonnen. Kalt und unheimlich ist es und viel dunkler als noch vorhin.

Die ersten vereisten Stellen. Ich lege meine Steigeisen an und klettere weiter. Und da, da steht er, rechts von mir, ich könnte ein wenig in seine Richtung gehen, den Weg verlassen.

»Herr Mangold?«, rufe ich.

Er schaut mich an. Und jetzt? Sollte ich zu ihm klettern, es zumindest versuchen? Es gibt kaum

Trittmöglichkeiten, ich würde es nicht schaffen, die Felsen sind lose, es ist eisig kalt.

»Hallo?«

Er reagiert nicht, schaut wieder nur. Und ich stehe hier und weiß nicht, was ich tun soll. Das Pärchen aus dem Biwak drückt sich von hinten an mir vorbei, sie sind viel schneller als ich. Meine Hände taub von der Kälte und vom Greifen. Von irgendwoher dringen Geräusche zu mir, ein Knattern und Fiepen, der Wind wird immer stärker. Etwas fliegt über mir durch die Luft. Ich sehe es nur aus den Augenwinkeln. Ein riesiges hässliches Insekt. Ein dicker Wurm mit Flügeln, ein fremdartiges, dunkles Geschöpf. Fast kommt es mir vor, als wollte es mich packen, mich mit sich tragen. Aber nein, es ist kein Insekt, nur ein Helikopter, der hier ist, um einen Menschen zu retten. Nur ein Hubschrauber, ich sage es mir immer wieder, rede mir ein, dass alles gut ist. Die Motorengeräusche bohren sich in meinen Kopf, alles um mich herum dreht sich, die Luft zerrt an meinem Körper und meinen Gedanken.

Für einen Moment schließe ich die Augen – um zu überlegen, was ich meinem Patienten sagen, welche Fragen ich ihm stellen möchte. Doch nichts, nichts fällt mir ein, kein einziges Wort. Kein einziges Bild von ihm hinter meinen geschlossenen Lidern – nein, ihn sehe ich nicht, nur mich.

***

Ich sehe mich als Kind die Straße zu unserem Haus entlanglaufen. Hinein in die Küche, zitternd vor Angst. Es ist die Angst vor der Stille, der Dunkelheit und vor dem, was dort lauert in diesem Haus. Es ist ganz leicht, höre ich mich sagen. Ich sehe den Ofen vor mir, diesen alten Gasofen, sehe mich, wie ich im Schneidersitz davorhocke, Zeitungen zerknülle, Kartons zerreiße. Es ist ganz leicht. Ich sehe mich Holz holen aus dem Schuppen im Garten, es um das Papier herumstapeln, ein Streichholz nehmen und einen Moment innehalten, bevor ich es anzünde und an die Zeitung halte. Die Flamme greift sofort über. Ganz leicht ist es. Und dann sehe ich das Feuer vor mir, wie es Besitz ergreift von dem alten Ofen, dem Zimmer, der Bibel, dem Jesus an der Wand, dem Küchentisch. Es greift über auf das ganze Haus. Es ist nicht das Feuer Gottes, nicht das Höllenfeuer, nein, es ist meines. Mein Feuer, kein anderes. Ein einziges Mal habe ich es in der Hand.

Nie wird es passieren, nie werde ich das tun, natürlich nicht, niemals werde ich zurückkehren an diesen Ort, doch die Vorstellung von mir und meinem Feuer tröstet mich in diesem Moment.

Es verschwindet nicht, das Bild, bleibt vielmehr in meinem Kopf: Ein Mädchen vor dem brennenden Haus. Ein kleiner heller Punkt vor einer riesigen orange-roten Flamme. Ein kleines Kind mit einem Kleid. Immer sollte ich Kleider tragen, Röcke, die Haare geflochten. Zwei Zöpfe, links und rechts. Immer zu eng gebunden, es ziepte, an jeder Seite, manchmal bekam ich Kopfschmerzen davon, es war wie ein Pochen an den Schläfen. Ein unentwegtes Pochen. Babumm babumm. In die Stille hinein.

***

Ich öffne die Augen, schaue nicht nach rechts, nicht zu meinem Patienten, sondern nur geradeaus. Denn jetzt endlich begreife ich: dass es nie um ihn ging, nie um Herrn Mangold, sondern immer nur um mich.

Der Hubschrauber verschwindet hinter einer Bergspitze, und kurz darauf ist nichts mehr zu hören, nichts mehr zu sehen. Um mich herum ist es bedrohlich still geworden.

Vor mir die schwerste Stelle. Eine etwa dreißig Meter hohe Wand. Und noch immer ist es dunkel, warum wird es denn nicht hell? Ich lege meine Hand an die Felswand. Alles glatt und voller Eis. Ich werde es nicht schaffen, habe keine Kraft mehr. Doch was macht das schon? Möchte ich es überhaupt noch, dieses Leben, das doch ohnehin im Tod enden wird? Noch nicht einmal das weiß ich sicher.

Nur einen Schritt würde es brauchen, einen einzigen, winzig kleinen Schritt. Wie leicht es doch wäre. Nur ein winziger Schritt. Warum fällt er mir so schwer? Heute noch, wie früher schon. Ich kenne sie, die Erleichterung, die einen überkommt bei dem Gedanken an das Ende. So oft schon war ich kurz davor, immer kurz davor: zwischen den fahrenden Autos, an die Leitplanke gedrängt, unter Wasser oder allein am Fenster stehend mit dem Vorsatz, nicht mehr zu atmen, einfach aufzuhören damit. Immer kurz davor. Warum ich den Schritt dennoch nie gegangen bin, kann ich kaum mehr sagen. Vielleicht war meine Angst zu groß – vor einer Strafe, die zwar zu abstrakt war, als dass ich sie hätte vor mir sehen können, aber dennoch zu nah, um mich ihr mutig entgegenzustellen. Ja, vielleicht war es das. Vielleicht blieb ich nur deshalb immer in einer Zwischenwelt, vielleicht entschied ich mich nur darum immer wieder für die Stagnation: aus Furcht vor einer falschen Bewegung, einem falschen

Gedanken, einem falschen Gefühl und der Strafe, die darauf folgen würde.

Und heute? Ich kann es nicht sagen, noch immer kann ich es nicht sagen.

»Warum antwortet mir niemand, warum öffnet niemand das Fenster in mir?«, rufe ich laut, ohne zu wissen, an wen die Frage gerichtet ist.

Ich reibe meine Hände aneinander, immer wieder, um sie aufzuwärmen. Und dann, mit einem Mal, legt sich eine Hand auf meine ineinander verschränkten Finger. Es ist Nikto, ich erkenne sie sofort.

***

Ihre Augen starren mich an. Ganz dunkel sind sie heute, nicht wie Bernstein, nicht grünlich, sondern fast schwarz. Verschwinde, möchte ich rufen. Und: Bleib bei mir, lass mich nicht allein. Ich rufe nichts davon, schaue sie nur an.

Sie faltet meine Finger auseinander, dreht meine Handflächen nach oben und legt ihr Notizbuch darauf.

»Das ist meine Novelle, ich habe sie fertig geschrieben, für dich, du musst sie lesen«, sagt sie, als sei es das Normalste von der Welt, dass sie plötzlich hier an diesem Berg auftaucht.

»Ich kann nicht, nicht hier in der Kälte.«

»Es ist aber wichtig, es geht um dich«, erwidert sie – ihre Stimme unbekümmert.

»Also bin ich die Protagonistin?«

»Im Grunde sind wir alle die Protagonisten, im Grunde geht es um uns alle.«

Schritte hinter uns, sie kommen immer näher. Und ich stehe hier mit Nikto, die schweigt, als sei alles gesagt.

Ausgerechnet hier, an der schwersten Stelle, vor dieser steilen Wand. Ein einzelner Bergsteiger drückt sich an uns vorbei, nickt mir dabei kurz zu.

»Komm, Sara, wir müssen uns beeilen, sonst schaffen wir es nicht, der Abstieg wird länger dauern als der Aufstieg.«

»Also bleibst du bei mir?«, frage ich und schaue ihr dabei in die Augen – immer muss ich ihr in die Augen schauen, es ist, als hielten sie mich gefangen.

Ihr Blick schweift ab, fort von mir, hin zum Gipfel. Und dann klettert sie los, ohne auf meine Frage zu antworten, ohne ein einziges Wort. Vor mir her, unbeschwert, als wiege sie nichts, als strenge sie das alles nicht an, als litte sie nicht unter der Kälte. Und das, obwohl sie noch nicht einmal eine Mütze trägt, keinen Helm, keine Steigeisen an den Schuhen. Meine Kraft verlässt mich, meine Füße spüre ich nicht mehr, auch meine Hände nicht, doch ich klettere ihr hinterher, weil ich ihr überallhin folgen würde. Wenn ich ihre Schritte betrachte, mich darauf konzentriere, fällt es mir leicht, denselben Weg zu nehmen wie sie. Ja, mit ihr schaffe ich es nach oben, die Wand hinauf.

Für einen Moment bleibe ich stehen, gebückt, meine Hände auf die Oberschenkel gestützt, dann frage ich: »Wer bist du, Nikto?«, obwohl ich weiß, dass sie mir nicht antworten wird. Ihr Schweigen gibt mir recht, doch weil es mich nicht loslässt, weil ich es nicht mehr aushalte mit diesem Kopf voller Fragen, auf die ich keine Antworten finde, rede ich immer weiter. »Ich möchte nur wissen, wer du bist, woher du kommst. Ich möchte verstehen, warum du diesen Schmerz in mir verursachst. Und warum ich trotzdem – oder gerade deshalb – möchte, dass du in meinem Leben bist.«

»Es ist nicht gut, wenn du das möchtest. Ein Leben mit mir ist ein einsames Leben, Sara«, sagt sie, und mit jedem Wort werden ihre Augen dunkler. Bald sind die Pupillen nicht mehr zu erkennen, nichts ist mehr zu sehen außer zwei großen schwarzen Kugeln inmitten der weißen Ränder. Schwarz wie das Gefieder der Krähen. Ich will es mit nach Hause nehmen, das Schwarz ihrer Augen, denke ich, mich hineinfallen lassen, die Welt um mich herum damit anstreichen, es auf ein Blatt Papier kleben, um es immer bei mir tragen zu können.

***

Jemand sagt: »Da ist etwas, das nicht stimmt.«

»Hast du das gesagt, Nikto, oder ich?«

»Da ist etwas, das nicht stimmt.«

Ist das nicht auch von Beckett? Und was stimmt hier nicht?

Nikto dreht sich zu mir um, schaut mich an. Der eisige Wind scheint ihr nichts auszumachen, sie steht ganz ruhig auf dem Felsen. Ich reibe meine Hände aneinander, bewege meine Zehen, um zu verhindern, dass sie noch steifer werden. Wir dürfen hier nicht stehen bleiben. Ohne die Bewegung ergreift die Kälte immer stärker Besitz von meinem Körper, sie frisst sich nach innen durch.

»Alles stimmt, Sara. Es kommt dir nur nicht so vor, weil du noch immer meinst, die Wahrheit finden zu müssen. Und wenn das die Prämisse ist, dann bin ich das, was nicht stimmt. Du suchst die Wahrheit, wie Herr Mangold sie gesucht hat, und verkennst dabei, dass schon diese Suche bloß eine Illusion ist. Du darfst deine Zeit nicht damit verschwenden, nach etwas zu suchen, auf etwas zu hoffen, dir etwas zu wünschen. Es führt zu nichts, spielt keine Rolle. Nichts spielt eine Rolle.«

»Wie meinst du das? Und woher weißt du, dass auch Herr Mangold die Wahrheit gesucht hat?«

Sie steht direkt vor mir, sagt kein Wort, sieht mich an. Ich weiß, dass ich die Antworten auf meine Fragen aus ihrem Schweigen heraushören müsste, doch so sehr ich mich auch bemühe: Ich höre nichts. Ihr Schweigen wirkt so absolut, dass es mir Angst macht. Ich rede weiter, immer weiter, zusammenhanglos, reihe Sätze aneinander, die keinen Sinn ergeben – nur, um sie dadurch zum Sprechen zu bewegen. Sie darf nicht aufhören damit, sie darf nicht gehen, mich nicht allein lassen an diesem Berg, mit meinem Tod.

»Aber wenn nichts eine Rolle spielt«, sage ich, »wenn nichts eine Bedeutung hat, warum denn dann weitermachen mit diesem Leben?«

»Weil du es kannst.«

»Wie meinst du das?«, frage ich. Nichts verstehe ich mehr, gar nichts, es ist, als hätte Nikto all mein Wissen, all mein Denken, alles, was irgendwann einmal in mir gewesen war, aus mir herausgezogen.

»Schau, wenn du ein Stein wärst oder vielleicht auch ein Baum, dann hättest du keine Wahl, dann müsstest du existieren, ob du es willst oder nicht, dann könntest du es nicht beeinflussen, weder dein Leben noch deinen Tod. Aber du, du kannst es.«

Als hätte ich es in der Hand, denke ich, als hätte ich es jemals in der Hand gehabt. Nur er kann es entscheiden. Wenn er will – Gott oder der Tod –, dann holt er mich.

»Wenn du willst! Wenn du willst, dann holt er dich«, sagt Nikto, als hätte sie meine Gedanken gehört. Natürlich kann sie es: in meinen Kopf kriechen, mein Denken lesen. Sie kann es, wie die Krähen es können. Längst weiß ich das.

»Und Sara«, sagt sie dann, »hör endlich auf mit diesem Gott. Du hast doch längst erkannt, dass er nicht existiert. Dann hör auch auf, dich an ihm festzuklammern, nur weil du dich fürchtest vor einem Leben, in dem nichts eine Bedeutung hat, nichts eine Rolle spielt. Um Gott geht es nicht und auch nicht um Herrn Mangold, sondern nur um deine Entscheidung. Du musst dich einfach nur entscheiden.«

»Ich weiß nicht, wie ich mich entscheiden soll, Nikto. Ich brauche jemanden, der mir dabei hilft.«

»Komm mit!«, sagt sie, dreht sich von mir weg und geht ein paar Schritte nach links, ich ihr hinterher. An einer schmalen Stelle bleibt sie stehen und flüstert mir zu: »Du musst hinuntersehen, Sara, alles musst du sehen wollen.«

Dabei macht sie einen Schritt nach vorn, ihre Fußspitzen ragen in die Luft, vor ihr das Nichts, die Tiefe, um uns herum der Nebel, der immer dichter wird, als wollte er uns einfangen.

»Pass auf, Nikto!«, rufe ich. Dabei löst sich über uns ein Stein, prallt gegen ein paar Felsbrocken, bevor er den Abgrund hinunterfällt. Ich sehe ihm nach, höre keinen Aufprall, er verschwindet einfach, der Stein. Verschwindet und nichts passiert, nichts ändert sich.

»Jetzt ist er weg«, sage ich.

Nikto nickt, fragt, noch immer am Abgrund stehend: »Und?«

»Und nichts, er ist weg und alles bleibt, wie es ist.«

»Siehst du«, sagt Nikto und lacht. Ich möchte sie fragen, warum sie lacht, warum sie so tut, als sei das alles belanglos, warum ich mich anders fühle, seit sie in mein

Leben getreten ist. So vieles möchte ich sie fragen, doch die Worte verstecken sich vor mir.

»Du musst weiterklettern, Sara, sonst wird es zu spät, sonst schaffst du den Abstieg nicht. Oder du musst springen. Eine andere Möglichkeit gibt es nicht. Es liegt allein an dir, ob du es dir leicht machen möchtest oder nicht.«

»Nikto, ich weiß noch nicht einmal, was der leichtere Weg ist, ich verstehe deine Worte nicht.«

Sie schaut mich an, formt ihren Mund zu einem Lächeln und legt ihre Hand auf meine Schulter, was mich tröstet.

»Der leichtere Weg ist immer der Sprung – wenn nicht in den Glauben, dann von diesem Felsen. Denn der Tod, das Sterbenmüssen ist nicht das Problem, nichts, wovor du Angst haben musst. Es ist nur schwer, sich einem Leben zu stellen, in dem nichts einen Sinn hat, das kann unerträglich sein.«

Ich schaue sie an, den Abgrund neben ihr, ihre dunklen Augen. Und dann bleibe ich einfach stehen. Springe nicht. Weil sie da ist. Eine Weile schweigen wir, ohne dabei unsere Blicke voneinander abzuwenden, bevor Nikto sagt: »Siehst du, du hast dich schon längst entschieden. Die Novelle ist in deinem Rucksack. Lies sie, zumindest den Anfang, wenn du oben bist, ja?«

Ich nicke, frage: »Und du?«

Sie antwortet nicht, dreht sich von mir weg. Kein einziges Geräusch ist zu hören, die Wolken stehen beinahe still, bewegen sich nur wie in Zeitlupe über den Himmel, der Wind ist weitergezogen. Vollkommen still ist es plötzlich. Mit der Stille kenne ich mich aus, niemand kennt sie besser als ich, doch selbst die Stille ist anders hier. Hier am Berg, hier bei Nikto wirkt sie nicht bedrohlich, hier macht sie mir keine Angst. Nein, sie beruhigt mich, tröstet mich, in diesem Moment mag ich sie, die Stille. Und schon verändert sie sich wieder, wird noch einmal anders, als Nikto sich umdreht und mich anschaut. Es ist, als tauchte ich ein in das Schwarz ihrer Augen. Ich werde es nie wieder los, dieses Schwarz, diese Dunkelheit, dieses Nichts, das spüre ich.

»Ich gehe jetzt, Sara, ich habe alles gesagt«, flüstert Nikto, und es klingt, als sei ihre Stimme nicht die eines Menschen.

Sie läuft nach links, ich gehe ihr nach, natürlich gehe ich ihr nach – auch wenn ich nicht weiß, ob ich den Weg schaffen werde, aber das spielt keine Rolle. So viele Fragen möchte ich ihr noch stellen, ihr so vieles sagen. Und vor allem möchte ich, dass sie bleibt, mich nie wieder allein lässt. Meine gesamte Kraft muss ich aufwenden, die Felsen hier sind lose, keine Spuren außer Niktos sind im Schnee zu sehen. Der Weg ist falsch, das ist nicht richtig hier.

»Das ist nicht richtig hier!«, rufe ich, aber Nikto dreht sich nicht um, klettert immer weiter den Felsen entlang.

Alles voller Schnee. Er knirscht unter meinen Schuhen, während die Dunkelheit um mich herum wächst. Das kann nicht sein, irgendwann muss es doch mal heller werden. Es wird nicht heller, immer dunkler wird es und nebliger. Der Sonne gelingt es nicht, die Wolken zu durchbrechen, der Nebel ist dabei, sich einzunisten, und ich fürchte mich davor, dass er für immer bleiben, nicht mehr fortziehen, dass er sich nun immer weiter ausbreiten und damit einen Blick in Niktos Augen unmöglich machen wird.

Eiskaltes Wasser läuft in meine Schuhe, zwischen die Zehen, an meinem Rücken herunter. Meine Finger gefrieren. Mit vor Kälte tauben Füßen gehe ich ihr nach, ich bin zu langsam, mit beiden Händen muss ich mich festhalten, mein linker Schuh rutscht ab, ich kann mich gerade noch halten. »Nikto, warte doch!«

Für einen kurzen Moment bleibt sie stehen, bevor sie sich in den Schnee legt, an einer steilen Stelle, ganz nah an den Felsen gedrückt.

»Komm da weg, Nikto, du wirst sterben, wenn du hier liegen bleibst! Und ohne dich möchte ich es nicht!«

Sie bewegt ihre Hand in meine Richtung und sagt, ganz leise und schwach, ihre Stimme abgedämpft durch den Schnee, in dem ihr Gesicht liegt: »Du darfst es nicht von mir abhängig machen. Um mich geht es nicht.«

Was soll ich darauf antworten? Ich möchte nur, dass sie aufsteht, nicht mehr hier am Abgrund liegt, in diesem Berg aus Schnee. Ihre Lippen und Hände schon ganz blau vor Kälte, ihr Haar voller weißer Punkte.

»Aber ich möchte nicht ohne dich sein, Nikto. Ich möchte, dass unsere Geschichte weitergeht!«, rufe ich, berühre ihr Gesicht dabei, drehe es aus dem Schnee.

»Dann musst du es jetzt auf den Gipfel schaffen und meine Novelle lesen«, sagt sie, und ihre Stimme wird mit jedem Wort leiser, so leise, dass es mir Angst macht.

»Sag mir noch, warum du hier bist, hier am Berg, bei mir, warum du mich gefunden hast.«

»Weil du mich erkannt hast – direkt nach Herrn Mangolds Tod. Oder warum sonst hättest du mir in seiner Wohnung diesen Brief schreiben sollen? Du hast mich gerufen. Und nur weil du dem Nichts, weil du mir schon ins Auge geblickt hast, bin ich in dein Leben getreten. Und nun liegt es an dir, nun musst du für dich entscheiden, ob du es aushalten kannst, dass alles auf das Nichts hinausläuft, dass deine Existenz, wie jede andere auch, zufällig ist, dass nichts einen Sinn hat; ob du es ertragen kannst, dass wir uns am Ende einfach nur auflösen, oder ob du davor flüchten willst, wie Herr Mangold es getan hat.« Ihre Stimme wird immer leiser und schwächer.

Ich lehne mich über sie, berühre ihr Gesicht, dabei fasse ich ihr versehentlich ins Auge. Es reagiert nicht auf meine Berührung. Ich nehme ihren Körper, schüttle ihn, lege mein Gesicht auf ihre Brust, rufe ihren Namen. Sie antwortet nicht. Und verschwindet, löst sich auf im Schnee, so wie wir uns alle irgendwann auflösen werden. Einfach so, da ist nichts anderes, auch das begreife ich jetzt. Ich schaue mich um, betrachte die Abdrücke im Schnee, erkenne meine Steigeisen, folge der Spur mit meinem Blick, versuche, eine zweite auszumachen. Doch nichts, Niktos Fußabdrücke sind verschwunden. Als hätte es sie nie gegeben.

***

Ich weine – um sie und wegen all der Gedanken. Immer wieder möchte ich ihren Namen rufen, in Großbuchstaben. NIKTO!, NIKTO!, NIKTO! Ich lasse es sein, ich brauche meine Kraft, ich habe mich entschieden. Dafür. Weil ich ihre Novelle lesen möchte, weil sie es so wollte und weil ich jetzt verstehe: dass es nie um Herrn Mangold ging und auch nicht um Nikto, nicht um das kleine Mädchen in dem gestreiften T-Shirt, das aussah wie sie, wie ich. Es ging immer nur um mich und meine Suche. Und plötzlich ist da nichts mehr, das nicht stimmt. Plötzlich stimmt alles, plötzlich weiß ich, was ich tun muss, was ich möchte. Zumindest für den Augenblick. Ich habe mich entschieden.

Der Boden unter mir ist glatt und rutschig, mein Atem geht immer schwerer, doch ich schaffe es auf den richtigen Weg. Vor mir eine letzte Seilschaft, an der ich mich orientieren kann. Immer ihr nach, immer weiter Richtung Gipfel, um Niktos Novelle zu lesen. Nur dort wird es gehen, auf diesem schönen Berg. Ganz oben, wie sie es sich gewünscht hat. Ein paar Fixseile sichern mich, der Gipfel kann nicht mehr weit sein.

Wie still es noch immer ist, denke ich. Und in genau dem Moment kommt eine Krähe aus dem Nichts angeflogen, flattert neben mir her. Das kann nicht sein, weit und breit kein anderer Vogel, nur diese eine Krähe, ihr Gefieder so schwarz und glänzend wie Niktos Augen. »Kra«, ruft sie in die Stille hinein.

Endlich – der Grat. Ich laufe ihn entlang, rechts und links von mir geht es steil nach unten, man müsste sich nur fallenlassen, ich müsste, ich könnte nur einen einzigen winzig kleinen Schritt zur Seite machen. Aber nein, ich gehe weiter, setze mich. Zum Glück bin ich ganz allein hier, Niktos Novelle in der Hand, die Krähe ein paar Meter über mir. Das schwarze Notizbuch, Niktos Schrift. Wie schön sie ist, jeder Buchstabe wie ein Gemälde.

Mein Name ist Nikto. Ich schreibe über dich, um das Fenster in dir zu öffnen – so, wie du es wolltest. Mein Name ist Nikto. Ich schreibe über dich, Sara, wie ich über mich selbst schreibe und über das kleine Mädchen vor dem Fenster. Mein Name ist Nikto. Mein Name bedeutet Niemand. Ich bin du und du bist ich. Im Kern sind wir gleich. Zwei Farben in Schattierungen. Leb so, wie du es möchtest. Es muss nicht gut sein, du brauchst kein Ziel, musst dich nicht verstellen, nichts hoffen, nichts glauben.

Es hat ohnehin keine Bedeutung, braucht keinen Sinn. Alles ist nichts, alles ist ich, alles ist einfach so da.

Ich lese immer weiter, und je mehr ich lese, je öfter ich umblättere, desto stärker verändert sich das Aussehen der Buchstaben, Worte, Sätze – sie verwandeln sich, werden zu meiner eigenen Handschrift. Nikto ist ich, ich bin sie, alles ist nichts. Nikto ist niemand, ist das Nichts, ein Teil von mir und Herrn Mangold, ein Teil von all diesen anderen Leben.

Ich verstehe es jetzt. Ich muss mich stellen, das Nichts akzeptieren und als Teil meines Lebens annehmen. Und selbst wenn dann nur der Augenblick bleibt, wenn da nichts anderes ist, nichts Höheres, kein Sinn, ist es gut, wie es ist. Ich denke zurück an die letzten Wochen – und ja, immer waren es die kleinen Momente, in denen ich mich lebendig fühlte. Das Fell des Hundes, das Reden mit Maxime, das klare Wasser des Sees, die Stunden mit Nikto. Und nicht nur in den letzten Wochen, nein, immer war es schon so, immer waren es diese kurzen Augenblicke, in denen es nur das Hier gab, das Jetzt. Konzerte mit Yannick, seine Küsse, die paar Minuten auf dem Kettenkarussell, die Nächte mit Natalie auf dem Balkon. Immer dann, nur dann war es das Leben. Also ist das alles. Nichts sonst. Mehr ist da nicht, und dem muss ich mich stellen, bevor ich mich irgendwann auflösen werde, einfach so, wie Herr Mangold sich aufgelöst hat. Dann Erde drauf und fertig, dann wird sich der Vorhang schließen und das Stück, die Geschichte, mein Leben ein Ende bekommen, ohne dass es eine Bedeutung hatte.

Während ich darüber nachdenke, reißen von einer Sekunde auf die andere die Wolken auf, ein Sonnenstrahl trifft mich, und auf meinem Weg nach unten bilde ich mir ein, hinter dem Schnee des Gipfels das Leben zu riechen.

Ich muss mich konzentrieren, die letzten Schritte fallen mir schwer, ich merke, dass ich unvorsichtig werde, nicht mehr gezielt auftrete. Doch dann denke ich an Nikto, und mit ihr – mit ihr in meinem Denken und Fühlen – schaffe ich es immer weiter. »Danke«, rufe ich ihr zu und meine, ein »Gerne« wahrzunehmen. Ohne Echo – weil es aus meinem Kopf stammt, das weiß ich, vermutlich wusste ich es schon immer.

Ja, ich werde mich stellen, dem Nichts und dem Leben. Alles ist einfach so da. Und es ist gut, wie es ist. Ich könnte mit einem Hund leben, in den Bergen wohnen oder am Waldrand, fotografieren, die Welt so abbilden, wie sie sich mir zeigt. Endlich sehe ich mein Leben vor mir, zumindest in Teilen. In Teilen, die ich zusammensetzen werde zu einem Ich, das mir gefällt, das sich befreit von all dem, was war.

Noch ein letztes Mal schaue ich nach oben, sehe die Schneeflocken, den klaren Himmel, und dabei denke ich an all diese Leben, die hier endeten. All diese absurden, sinnlosen Leben.

Ob Nikto auch bei anderen ist, ob sie auch diese anderen Leben begleitet, diese Stirnlampenmenschen, die noch am Berg unterwegs sind – so wie diese eine Krähe mich auf meinem Weg nach unten begleitet? Sie fliegt um mich herum, lässt sich zwischendurch auf einem Felsen nieder, scheint mich anzuschauen dabei. Dann plustert sie ihr Gefieder auf, bevor sie wieder in die Luft flattert. Sie wartet auf mich, lässt mich nicht allein. Das kann nicht sein. Kein anderer Vogel weit und breit. Aber vielleicht spielt es keine Rolle, warum sie bei mir ist, diese Krähe, vielleicht spielt es keine Rolle, ob Nikto auch andere Menschen begleitet. Nichts spielt eine Rolle – bis auf die Entscheidung. Meine Entscheidung: Ich sterbe nicht, ich lebe. Atmen, essen, trinken, schlafen. Atmen, essen, trinken, schlafen. Es ist ganz leicht.

***

»Gut, dass wir uns wiedersehen.« Maxime steht vor mir und lächelt mich an.

»Ja«, antworte ich, mehr nicht, denn es sind nicht die Worte, die zählen, sondern meine Gedanken. Die Gedanken an das Jetzt, das sich gut anfühlt hier auf dem steinigen Boden vor dieser Hütte. Für den Augenblick sind wir wichtig, Maxime und ich, auch wenn unsere Leben keine Bedeutung haben. Es ist, als würde ich mich verlieben – aber nicht in ihn, nicht in seine Augen, seine Wärme, die zerzausten Haare und diese raue, kratzige Stimme, sondern in die Erinnerung an diesen Moment.

Dann der Flügelschlag eines Vogels neben mir.

»Kra«, ruft die Krähe, und ich erkenne sie, ich weiß, sie ist es.